Tödlicher Glühwein

21 Weihnachtskrimis aus der Pfalz

W0057693

EDITION-TZ.DE

Tödlicher Glühwein

21 Weihnachtskrimis aus der Pfalz

herausgegeben von
Gina Greifenstein und Angelika Schulz-Parthu

EDITION-TZ.DE

Die Handlung und alle Personen sind völlig frei erfunden;
Ähnlichkeiten wären rein zufällig.

Layout & Druck: TZ-Verlag & Print GmbH, 64380 Roßdorf

EDITION-TZ.De
Tel. 0 61 54 / 8 11 25
E-Mail: service@tz-verlag.de
www.edition-tz.de

ISBN 978-3-96031-037-2

Inhalt

Wie ein Stich ins Herz Claudia Platz   7

Barbelrother Lichterglanz Gina Greifenstein   18

Ein letztes Mal Kathrin Pohl   30

Backtage Antje Fries   49

Engel im Blindflug Susanne Knepper   58

Schrottreif Birgit Jennerjahn-Hakenes   70

Ein elender Lump Monika Deutsch   87

Spätzug nach Frankenthal
Alexandra Guggenheim   106

Kleine Geschenke Wolfgang Kemmer   112

Marmeladen-Roulette Brigitte Vollenberg   118

Und wenn das letzte Lichtlein brennt
Jana Thiem   127

Von Mandelecken und Trüffeln Astrid Plötner   134

Der Weißdornkönig Cornelia Anken   142

Vom Himmel hoch Heidi Moor-Blank   154

Hoffnung Ella Daelken   162

Die letzte Kerze Jürgen Heimbach   170

Christmas Shooting Gabriele Scholtz   185

Späte Bescherung Walter Landin   195

Das Weihnachtsgeschenk Petra Scheuermann   213

Mit Mama auf dem Weihnachtsmarkt
Isabella Archan   **224**

Kirschbaumopfer Christina Bacher   **232**

Die Autorinnen und Autoren   **238**

Wie ein Stich ins Herz Claudia Platz

„Und du findest das Azur wirklich nicht zu grell und den Ausschnitt zu groß?"
„Nein, das Blau unterstreicht die Farbe deiner Augen und das Kleid zeigt genau so viel, wie es zeigen soll. Du kannst das tragen. Wirklich!"

Vor Schreck klemmte sie ein bisschen Haut im Reißverschluss des Rockes ein und konnte nur mit Mühe einen Schrei unterdrücken. Schweiß brach aus allen Poren. Die Umkleidekabine begann sich zu drehen, die Wände schienen auf sie einzustürzen, der Vorhang drohte sie zu ersticken. Sie zitterte, schaffte es aber irgendwie die Haut zu befreien. Zurück blieb ein kleiner violetter Abdruck. Sie plumpste auf die schmale Ablage, lehnte sich mit geschlossenen Augen gegen die Wand, atmete schwer.

Seine Stimme hätte sie unter Tausenden erkannt. An jedem Ort der Welt, zu jeder Tages- und Nachtzeit. Nur hatte sie niemals damit gerechnet, ihm je wieder zu begegnen. Schon gar nicht heute und ausgerechnet in einer Umkleide in der Rhein-Galerie Ludwigshafen. Sie bedauerte, dass der Laden auf Musikbeschallung verzichtete – anders als die Supermärkte, die während der Weihnachtszeit gern ihre Kunden mit sentimentaler Musik berieselten.

Alles hätte sie ertragen, nur um diese Stimme nicht hören müssen. Selbst George Michaels Pop-Schmodder-Song „Last Christmas". So aber überwanden seine Worte mühelos die Trennwände der Kabine, schwappten in ihr Ohr, drangen tief in sie hinein. Jedes einzelne war dabei wie ein Stich ins Herz.

7

*„Ich probiere trotzdem das Cremefarbene noch an", hörte sie die Frau
nebenan sagen.*
Vorhangringe klapperten.
„Wie du meinst! Wir haben ja Zeit."

Ihr Magen rebellierte. Sie war kurz davor, sich zu übergeben.
„Reiß dich zusammen", flüsterte sie sich zu. „Konzentriere
dich aufs Atmen. Langsam ein und wieder aus, ein und wieder aus, bis du die Entspannung im Solarplexus spürst", be-
tete sie mantragleich, so wie sie es im Meditationskurs gelernt
hatte. Heute klappte die Übung nicht. Ihr Magen lag wie ein
Klotz in ihrem Bauch. Schuld daran war er, dort draußen vor
dem Vorhang, nur wenige Schritte von ihr entfernt.

„Schade, es spannt über der Brust."
„Besser als wenn es zu weit wäre", frotzelte er.
*„Ich weiß ja, was du magst", kicherte sie. „Brummbärchen, kannst du
mal nachsehen, ob sie es eine Nummer größer haben?"*

Brummbärchen? Wie albern war das denn! Und gänzlich unpassend. Ein weiterer Schwall Magensäure schoss ihre Speiseröhre hoch, brannte in der Kehle. Er hatte so gar nichts
Knuddeliges an sich, nicht wie der gutmütige Bärenmarken-
teddy. Er war ein Raubtier, das mit einem Lächeln seine Fän-
ge tief in seine Beute schlug und sie bis auf die Knochen
abnagte.

*„Ich schau, was sich machen lässt. Vielleicht erwische ich ja jetzt eine
Verkäuferin", seufzte er.*
*„Es geht doch auch super ohne! Du machst das für einen Mann ein-
fach toll! Eine bessere Shopping-Begleitung kann sich keine Frau wünschen."*

8

Das stimmte – leider. Sie schluckte mehrmals. Atmete weiter tief in den Bauch. Wenn dieses Gesäusel nicht bald aufhörte, kotzte sie wirklich. Mit zittrigen Fingern leerte sie eine Plastiktüte aus, beugte sich nach vorn und hielt den leeren Beutel unters Kinn. Sicher war sicher. Vielleicht sollte sie besser direkt in die Tüte pusten, so wie sie es im Fernsehen immer machten, wenn jemand hysterisch reagierte. Aber sie hyperventilierte ja nicht, sondern fühlte sich einfach nur hundeelend.

Nebenan wurde es ruhig. Der gallige Geschmack in ihrem Mund ließ nach, die Übelkeit klang ab. Tränen sammelten sich in ihren Augenwinkeln, liefen warm die Wangen hinunter, schmeckten salzig. Sie schniefte, wischte sie mit dem Handrücken ab. Ausgerechnet hier in der Pfalz musste sie auf ihn treffen. Konnte der Scheißkerl denn nicht endlich Vergangenheit sein? Auf Nimmerwiedersehen verschwinden und sie in Ruhe lassen? In ihrer Handtasche fand sie ein Taschentuch, schnäuzte sich leise.

„Das Kleid gibt es nicht mehr größer und eine Verkäuferin habe ich auch nicht gefunden. Aber, was hältst du von diesem Burgunderfarbenen aus Seide oder dem Nachtblauen aus Taft?"
„Die sind beide schön. Hängst du das Cremefarbene bitte weg? Ich habe sonst überhaupt keinen Platz hier drinnen. Und dann nimm noch die Kette an dich. Ich habe Angst, dass sie beim Anprobieren reißt.
„Mache ich doch gerne. Bin gleich wieder da, Schatzimausi."

Schatzimausi? Würg! Sie knüllte das Papiertuch zu einem festen Ball. Ihr Herz stolperte, kam aus dem Takt, schlug hart gegen ihre Rippen. Die Nachwehen ihres überwunden geglaubten Liebeskummers. Dieser Mistkerl hatte sie zutiefst verletzt und sie dumme Pute hegte trotzdem noch Gefühle für ihn. Jede Träne seinetwegen war eine zu viel. ‚Tickst du noch richtig?', ärgerte sie sich über sich selbst. Doch die Erinnerung ließ sich nicht so einfach verbannen. Zehn herrliche Monate hatten sie in Wetzlar miteinander verbracht, von denen sich jeder einzelne Tag in ihre Gehirnrinde eingebrannt hatte. Tage voller Leichtigkeit, Liebe, Leidenschaft. Kein Mann zuvor hatte ihm das Wasser reichen können. Keiner nach ihm würde es je wieder vermögen.

Sein markantes Gesicht mit den Robert-Redford-Augen und dem süßen Grübchen am Kinn tauchte vor ihr auf. Sie sah sein Lausbubenlächeln und bekam Puddingknie. ‚Denk nicht an ihn, sondern an etwas wirklich Schönes!' Endlich verschwand sein Konterfei. Eine weiße Winterlandschaft tauchte vor ihr auf. Unberührter Schnee. Skifahren täte jetzt gut. Eine Schussfahrt ins Tal!

„Und, hast du schon eins an?", brachte seine Baritonstimme ihren Tagtraum zum Platzen.
„Ja, das Nachtblaue. Es ist wirklich hinreißend. Nur bekomme ich es allein nicht zu. Hilfst du mir?"
„Sehr gerne", lachte er leise und schob den Vorhang zurück.

Die Härchen in ihrem Nacken stellten sich auf. Ein wohliger Schauer lief über ihren Rücken. Wie hatte sie dieses Lachen geliebt. Es brachte jedes Mal die Schmetterlinge in ihrem Bauch zum Flattern – auch jetzt wieder. Und erst seine zärtlichen Hände, die verlangenden Küsse … Sie wollte sich nicht mehr erinnern. Schluss, aus, vorbei!

„Das ist es! Es steht dir fantastisch!"
„Aber es kostet wahnsinnig viel."
„Für dich ist nichts zu teuer."

Wie oft hatte sie diesen Satz von ihm gehört. Anfangs zumindest. Da war er ja auch äußerst spendabel gewesen. Es änderte sich erst, als er in finanzielle Schieflage geriet, angeblich durch Fehlspekulationen seiner Bank. Er bat sie um ein Darlehen – nur zur kurzzeitigen Überbrückung, wie er versicherte. Sie gab gern. Half ihm erst mit fünftausend, dann mit zehntausend, schließlich mit zwanzigtausend Euro aus der Patsche. Wie doof kann ein Mensch nur sein! Aber hinterher ist man immer schlauer.

„Du wirst die schönste Frau auf der Silvestergala sein!", schmeichelte er.
„Ich freue mich schon so wahnsinnig darauf."
„Und danach wartet eine Überraschung auf dich", versprach er.

Er fuhr also noch immer dieselbe Masche. Etwas mehr Einfallsreichtum hätte sie ihm schon zugetraut. Aber er hielt sich eben an Bewährtes. Never change a running system!, lautete sein Wahlspruch.

Sie wusste genau, was Silvester geschehen wird: Schlag Zwölf würde er sich mit der anderen verloben. Dann mit Champagner auf ihr neues, gemeinsames Leben anstoßen und ihr den Ring an den Finger stecken, der teuer aussah, aber nur eine billige Imitation war.

Ihr Kleid war damals jadegrün gewesen, die Farbe hatte ihre Augen wie Smaragde leuchten lassen. Sein Verrat brannte weiter, fraß sich tiefer in ihre Seele. Ihr Herz stach. Am liebsten hätte sie ihm ihre Verzweiflung ins Gesicht geschrien, alles zurückgefordert. Aber dafür fehlte ihr der Mumm. Stattdessen bohrte sie ihre Nägel tief in die Handflächen und entspannte die Finger erst, als der Schmerz unerträglich wurde.

„Och, bitte, bitte, gib mir doch einen kleinen Hinweis", bettelte Schat-
zimausi.
„Nein, dann ist es keine Überraschung mehr! Vertrau mir einfach!"

Besser nicht!, schoss es ihr durch den Kopf. Vertrauen war
für ihn eine einseitige Angelegenheit und auf den weiblichen
Part seiner Beziehungen beschränkt. Ohne Gewissensbisse
missbrauchte er es, nahm Frauen der Reihe nach aus wie
Weihnachtsgänse. Auch sie hatte ihm vertraut. Seitdem tat
sie sich schwer damit.

Mitleid mit seiner Neuen flammte auf. In längstens drei
Monaten war Brummbärchen über alle Berge. Sie hätte ihm
gern die Tour vermasselt und Schatzimausi gewarnt. Doch
das war aussichtslos. Das wusste sie aus Erfahrung. Die ro-
sarote Brille machte blind. Dafür hatte sie selbst teuer be-
zahlt. Mit ihrem Ersparten, dem goldenen Familienring ihres
Urgroßvaters, der geliebten Perlenkette ihrer Oma und vor
allem ihrer Selbstachtung.

Sie schämte sich und behielt seinen Verrat für sich. Tat
vor Freunden und Familie so, als hätten sie sich einvernehmlich getrennt. Anzeige erstattete sie keine. Was hätte die Polizei auch schon tun können? Das Geld hatte sie ihm freiwillig
und ohne Quittung überlassen. Und wie sollte sie beweisen,
dass sie ihm den Ring und die Kette nicht geschenkt, sondern er sie heimlich genommen hatte, wo er doch sonst so
viel von ihr bekam?

Noch knapp ein Jahr hielt sie es in Wetzlar aus. Dann gab
sie auf. Die Erinnerung ließ keinen Neuanfang zu. Sie floh
aus der Stadt des unglücklichen jungen Werthers, der genauso an der Liebe verzweifelt war wie sie. Auch jetzt wollte sie
nichts wie weg. Weg aus dieser Kabine, aus der Rhein-Galerie
in ihre gemütliche Wohnung in Neustadt an der Weinstraße,

etwas mehr als dreißig Kilometer von hier entfernt. Dort hatte sie ein neues Zuhause gefunden, die Menschen, das Klima und den Pfälzer Wein schätzen gelernt, fühlte sich geborgen. Leise schlüpfte sie aus dem Rock, hängte ihn auf den Bügel, zog ihre Jeans wieder an und die Stiefel. Dann lugte sie vorsichtig durch den Vorhang. Er stand mit dem Rücken zu ihr, lässig an die Wand gelehnt, versperrte ihr den Weg.

Der Anprobenbereich war nur nach einer Seite hin offen, ihre Ankleide die letzte in der Reihe. Wenn sie raus wollte, musste sie an ihm vorbei. Dafür reichten weder ihre Kraft noch ihr Mut. Keine weitere Wunde.

Er spielte mit einem goldenen Ring am linken, kleinen Finger. Anscheinend war er eine Spur zu groß, denn er konnte ihn mühelos drehen. Sie erkannte ihn sofort wieder. Es war der ihres Urgroßvaters. Beim Anblick des Erbstücks an seiner Hand blieb ihr die Luft weg. Ihre Ohnmacht wandelte sich in Wut. Sie musste ihn wiederhaben. Unbedingt. Nur wie?

‚Denk nach‘, ermahnte sie sich. Der exklusive Gin, den sie vorhin für ihren Schwager zu Weihnachten gekauft hatte, kam ihr in den Sinn. Ein kräftiger Schluck aus der Pulle förderte womöglich den Ideenfluss. Nur der Preis hinderte sie. Er wäre ein verdammt teurer Impulsgeber. Sie hatte keine finanziellen Reserven mehr, knapste sich die Geschenke regelrecht ab, was sie ihrer Familie jedoch tunlichst verschwieg. Der Merlot für den Vater ging auch nicht. Die Flasche hatte einen Korken. Dann mussten eben die handgemachten Pralinen für die Mutter ihrem Gehirn auf die Sprünge helfen. Zwei Champagnertrüffel landeten in rascher Folge in ihrem Mund, schmolzen auf der Zunge, belebten sie.

„Ich schlüpf noch schnell in das Burgunderrote.“

,Komm endlich in die Gänge, sonst haut er mit deinem Schmuck ab!' Am liebsten hätte sie ihm den Hals umgedreht. Aber für einen Mord war sie entschieden nicht der Typ und Halsumdrehen sicherlich schwieriger als gedacht!

„Na, wie findest dus?"
„Wow. Das haut mich um. Das ist es."
„Nicht das Nachtblaue?"
„Nein, nimm dieses!" Er senkte die Stimme. „Das macht mich echt scharf. Was hältst du davon, wenn wir den Weihnachtsmarkt heute sausen lassen und stattdessen die neuen Dessous ausprobieren?"

Wieder dasselbe Spiel. Auch sie hatte damals nach dem Kauf des Kleides auf den Besuch des Weihnachtsmarktes verzichtet und war mit ihm gegangen. Selbst unter den jetzigen Umständen musste sie zugeben, dass es sich gelohnt hatte. Schon wieder dieses Kribbeln im Bauch!
Zwei Whiskeytrüffeln zum Ablenken.

Von drüben albernes Gekicher. „Du bist mir vielleicht einer! Ich will noch einmal das Azurblaue anziehen. Nur um ganz sicherzugehen."
„Beeil dich."

Die Zeit drängte. Sie wollte ihn nicht schon wieder ungeschoren davonkommen lassen. Ihre Finger waren eiskalt, als sie die beiden Kirschwasserpralinen aus der Schachtel nahm. In ihrem Kopf herrschte lähmende Leere. Sie hatte keine Idee, wie sie ihn aufhalten konnte.

Erneutes Geraschel. „Du hast recht. Ich bleibe bei dem Burgunderfarbenen. Es steht mir einfach am besten." Schatzimausis Tonfall änderte sich, wurde zu einem Hauchen. „Ich kann dir gar nicht sagen, wie froh ich bin, dass wir beide endlich mal wieder die Feiertage und den Jahresbeginn zusammen verbringen können. Ich habe es satt, dich mit den anderen teilen zu müssen. Wir haben uns in den letzten Jahren viel zu selten gesehen."

„Damit ist jetzt erst einmal Schluss. Dank dem alten Meyerhoff und der Million, die er dir vermacht hat."

„Du hast aber auch nicht schlecht gewirtschaftet. Deine Damen waren ebenfalls recht großzügig. Wir landen weich", wisperte sie anerkennend.

„Vielleicht sollten wir mal darüber nachdenken, sesshaft zu werden."

„Ist das die Überraschung?", quietschte es durch die Trennwand.

„Vielleicht."

Sie verschluckte sich beinah. Die andere war gar kein Opfer, sondern seine Komplizin! Brummbärchen und Schatzimausi gingen einvernehmlich auf Beutezug, wenn auch jeder für sich. Ihre Wut steigerte sich zu blankem Hass. Der Mordgedanke von vorhin loderte wieder auf, konkretisierte sich. Zum Halsumdrehen gab es eine Alternative, lautlos und schnell. Praktisch, dass sie heute ihre Weihnachtseinkäufe erledigt hatte. Sie holte das japanische Allzweckmesser für ihre Schwester aus der Papiertüte des Haushaltswarengeschäftes. Lange hatte sie überlegt, ob sie es kaufen sollte. Auch wenn es ein Sonderangebot war, kostete es immer noch eine Menge. Sie hatte unschlüssig vor der Auslage gestanden. Daneben lief auf einem Monitor ein Werbefilm, in dem eine bekannte Schauspielerin für Santoku-Messer warb.

„Sehen Sie, es lässt sich kinderleicht handhaben und ist wunderbar ausbalanciert. Es schneidet nicht nur mühelos Schinken, sondern auch Braten und Fleisch. Selbst durch die dickste Schwarte geht es wie durch Butter", demonstrierte sie an einem Schweinebauch und lächelte dabei vom Bildschirm.

Argumente, die zogen. Sie streifte ihre Lederhandschuhe über, entfernte die Verpackung und nahm das Messer heraus. Verdammt scharfe Klinge. Es lag wirklich federleicht in der Hand. Eine perfekte Waffe, schoss es ihr durch den Kopf. Ob es sein Versprechen auch an lebenden Objekten hielt? Sie zögerte, legte es hin. Der Stahl glänzte matt.

„Brauchst du noch lange?", drängelte er.
„Nein. Du kannst mir gleich die Perlen wieder anlegen!"

Perlen? Trug die andere etwa ihre Kette? Sie biss sich die Lippen blutig. Das Maß lief endgültig über. Ihr Entschluss stand fest. Es gab kein Zurück mehr. Ihre Nervosität verschwand. Sie wurde absolut ruhig. Ein letzter Blick durch den Vorhang. Seine Haltung war unverändert. Nur, dass er jetzt nicht mehr mit dem Ring, sondern mit ihren Perlen spielte. Er durfte sie nicht länger beschmutzen, sollte sie niemals wieder einer Frau um den Hals legen.

Rasch stopfte sie ihre Haare unter die Wollmütze und zog sie tief in die Stirn. Den Schal schlang sie so um den Hals, dass er bis zur Nase reichte. Von ihrem Gesicht war kaum etwas zu erkennen. Sie verteilte die Geschenke auf möglichst wenig Tüten – nur das Messer nicht. Mit ihrem Jackenärmel verdeckte sie ihre rechte Hand, ließ aber die Spitze der Klinge frei. Mit der Linken packte sie ihre Einkäufe und den Rock. Nicht ganz einfach, aber zu schaffen.

Ein letzter Blick nach draußen. Außer ihm wartete niemand vor den Kabinen. Überwachungskameras gab es hier auch nicht. Keine Zeugen. Gut so! Nebenan klapperte ein Kleiderbügel. Noch immer betatschte er ihren Schmuck. Sie holte tief Luft, glitt geräuschlos durch den Vorhang, die Augen fest auf seinen Rücken gerichtet. Ihr Puls beschleunigte sich etwas, ihr Körper bewegte sich wie ferngesteuert. Ein letzter Schritt auf ihn zu, die Hand auf der Höhe, in der sie sein Herz vermutete. In einem Krimi hatte sie einmal gelesen, dass ein gezielter Stich sofort tötete. Sie hoffte für sich, dass es stimmte, kein schriftstellerisches Fantasiegespinst war. Angeblich bemerkte der Betroffene ihn noch nicht einmal, wurde vom Tod regelrecht überrascht. Das wiederum fand sie bedauerlich. Er hätte Schmerzen verdient – große Schmerzen und vor allem langanhaltende.

„Bin gleich so weit", trällerte es aus der Umkleide.
„Gut. Ich habe nämlich Hunger – nach dir!", raunte er.
Verliebtes Gelächter. „Wir werden dich schon satt kriegen!"

Noch ein paar Zentimeter. Wenn sie nur nicht die Rippen traf! Dann wäre alles umsonst. Sie hielt die Luft an, stieß zu. Die Klinge drang mühelos bis zum Schaft ein. Der Stich saß – mitten im Herzen. Es blutete erstaunlicherweise kaum. Sie ließ es stecken. Das war es ihr wert. Er röchelte leise. Die Kette rutschte aus seiner erschlaffenden Hand. Sie fing sie auf und konnte ihm irgendwie auch noch den locker sitzenden Ring abstreifen. Beides landete in einer der Tüten. Bevor sein Körper langsam an der Wand herunterrutschte, war sie aus dem Umkleidebereich verschwunden. Sie hängte den Rock auf den nächstbesten Ständer und ging weiter, ohne zu hasten oder sich umzudrehen.

Die Werbung hatte nicht zu viel versprochen. Das Messer war jeden Cent wert. Es ging wirklich mühelos durch Fleisch wie durch Butter und auch durch einen Kaschmirmantel, wie sie soeben hatte feststellen können. Sie wollte gleich ein neues kaufen. Auf dem Weg zum Ausgang hörte sie Schatzimausi schreien.

Barbelrother Lichterglanz Gina Greifenstein

Ich erzähle Ihnen jetzt mal von meinem Mann.

Viel zu erzählen gibt es ja eigentlich nicht, denn er ist ... ähm, war eher der unspektakuläre Typ. Will sagen: Er war ziemlich langweilig.

Er hieß Hubert und war bis zu seiner Pensionierung vor ein paar Jahren Buchhalter in einer großen Firma – also nicht so ein kleines Buchhalterlein, nein, er war so lange in dieser Firma, dass er es zum Schluss quasi zum Oberbuchhalter geschafft hatte. Er war nie krank und ich glaube sogar, er liebte diesen eher faden Beruf. Irgendwie passten seine Arbeit und er perfekt zusammen: Dort bekam er die sture Routine, die er zum Leben brauchte, und es gab keinerlei Aufregung, die sein kleines, ruhiges Dasein durcheinanderbrachte – höchstens mal eine Rechnung, die falsch abgelegt oder verloren gegangen war.

Daheim war er nicht viel anders, ruhig, ich will nicht sagen faul ... doch, ich will sagen faul. Stinkfaul, um genau zu sein!

‚Haushalt ist Frauensache‘, das war seine Devise. Und für ihn waren Gartenarbeit und Straße kehren auch Frauensache. – Tätigkeiten, die seine männlichen Nachbarn übrigens alle perfekt beherrschten – nur bei uns musste ich das machen.

Sein Lieblingsplatz war definitiv der Fernsehsessel. Nachdem er nicht mehr zur Arbeit gehen musste, hatte ich manchmal wirklich Sorge, er könnte dort festwachsen.

Aber irgendwie bin ich jetzt abgeschweift ... was hatte ich Ihnen vor dem Exkurs über die Faulheit meines Mannes erzählt? – Ach, ja, dass er Buchhalter war, genau. Nun, zu Hause wollte er nach Dienstschluss auch das Buch halten, sprich: Er kontrollierte meine Ausgaben. Stellen Sie sich das mal vor: Ich musste ein Haushaltsbuch führen! Am Anfang fand ich das ja noch irgendwie originell und ich trug auch alles fein säuberlich ein – bis er eines Tages ein Defizit in meiner Haushaltskasse feststellte.

Ein wirklich gewaltiges Defizit von sage und schreibe zehn Cent.

Das war ein Aufstand, kann ich Ihnen sagen! Wie Rumpelstilzchen hat er sich aufgeführt – fehlte nur noch, dass er mich der Unterschlagung und böswilligen Täuschung bezichtigte!

Ich war wirklich überrascht, wie viel Feuer und Energie in meinem Hubert steckte, das können Sie mir glauben.

Irgendwie hat dieser Ausraster wegen lumpiger zehn Cent unserer Beziehung damals einen Knacks versetzt.

Wofür ich die zehn Cent ausgegeben habe?! – Sie sind ja fast schon wie mein Mann, aber ehrlich! – Eine Plastik-Einkaufstüte habe ich davon gekauft. Das fiel mir damals etwa gegen vier Uhr morgens siedend heiß ein, nachdem ich deswegen die ganze Nacht kein Auge zugemacht hatte.

Von da an rechnete ich übrigens immer ein paar Einkaufstüten mehr ab, als ich wirklich brauchte, nicht weil ich mir so ein ansehnliches Vermögen beiseiteschaffen wollte, sondern weil es mir einfach eine diebische Freude bereitete, meinen Hubert zu besch…ummeln.

Vor sieben Jahren geschah es dann … oder war es schon vor acht Jahren? … hm, ist ja auch nicht so wichtig. Da bekamen wir von Huberts Schwester einen Schwibbogen.

Sie kennen doch diese hübschen holzgeschnitzten Lichterbögen, die in der Adventszeit in die Fenster gestellt werden und so angenehm heimeliges Licht in die kalten Winternächte ausstrahlen? – So einen Bogen bekamen wir von

Hildegard zum ersten Advent. Jetzt muss ich erwähnen, dass Hubert von jeher jeglichen Firlefanz im und ums Haus verabscheute. Erstens, weil er es als totalen Humbug empfand, und zweitens, weil dieser unnötige Zierrat nur unnötig Geld kostete. Ganz zu schweigen von jedem einzelnen Glühbirnchen, das nichts anderes im Sinn hatte, als seinen teuren Strom zu fressen.

Ich hatte mir schon immer so einen Schwibbogen gewünscht, war aber stets auf vehemente Ablehnung seinerseits gestoßen.

Nun brachte aber Hildegard diesen Bogen ins Haus – übrigens auf Anregung von mir, das gebe ich gerne zu – und er durfte bleiben. Er durfte sogar seinen Stecker in eine von Huberts heiligen Steckdosen stecken und seinen sorgsamst gehüteten Strom verbrauchen! Das war aber nur der Anfang.

Bei einem unserer seltenen gemeinsamen Ausflüge in einen Baumarkt erstand Hubert tatsächlich eine Lichterkette. Für draußen. Sonderangebot. Fünfhundert Meter lang.

Ich wunderte mich, sagte aber kein Wort, um ihn nicht irgendwie zu verschrecken und eventuell von dem Kauf abzubringen.

Denn insgeheim hatte ich schon immer alle meine Nachbarn beneidet, die in der Vorweihnachtszeit die Bäume in ihren Vorgärten mit Lichterketten schmückten. Dieses Jahr würde ich also auch endlich einen so schön geschmückten Baum haben – mit einer fünfhundert Meter langen Lichterkette, ha, da würden die Nachbarn aber Augen machen!

Die Kette war dann doch ein erhebliches Stück zu lang für unsere kleine Tanne vor dem Haus. Doch Hubert – und mal ganz im Vertrauen: So viel Improvisationstalent hatte ich ihm gar nicht zugetraut – befestigte die restlichen zweihundertfünfunddreißig Meter entlang der Dachrinne und ein

Stück den Giebel hinauf. Doch bevor ich ihn darauf hinweisen konnte, dass so ein halb geschmückter Giebel nun doch etwas komisch aussähe, war er schon von sich aus wieder in den Baumarkt unterwegs, um die restlichen Sonderangebotsketten zu kaufen.

Was man mit viereinhalb Kilometer Lichterkette macht, wollen Sie wissen? – Das fragte ich mich anfangs auch. Doch mein Hubert legte eine Kreativität an den Tag, die in der ganzen Nachbarschaft ihresgleichen suchte! Eigentlich gab es nichts mehr im Garten, dass NICHT von einer Lichterkette umwunden, eingerahmt oder geschmückt war: der Gartenzaun in seiner vollen Länge – oberer Holm sowie unterer Holm –, das komplette Dach, die Garage, jede Hecke, jeder Strauch.

Ich kann Ihnen sagen, wenn es abends in der Südpfalz dunkel wurde, war es um unser Haus herum taghell.

Das ganze Dorf bestaunte regelmäßig Huberts Kunstwerk. Was anfangs recht nett war, denn unsere Kontakte zu dem Rest der Barbelrother waren bis dahin eher eingeschränkt gewesen. Jetzt plauderte Hubert munter mit den herbeiströmenden Dorfbewohnern und prahlte und protzte mit Watt- und Voltzahlen, dass die übrige männliche Einwohnerschaft Barbelroths vor Ehrfurcht nur noch mit den Ohren schlackerte.

Dieses erste Jahr mit unserem phänomenalen Lichterglanz war das schönste. Obwohl die Stromrechnung gewaltig war.

Das Jahr darauf ging auch noch. Allerdings entdeckte Hubert zu meinem Entsetzen die Existenz von bunten Lichterketten.

Die wickelte er zusätzlich zu den ganz normalen Ketten um alles, was sich ihm in den Weg stellte. Er umrahmte damit jedes einzelne Fenster und die Haustür. Disneyworld war ein

Dreck dagegen. In diesem Jahr wallfahrten sogar die Leute aus Oberhausen, Billigheim, Hergersweiler und Dörrenbach regelmäßig nach Barbelroth, um sich unser Weihnachtshaus anzusehen.

Da hatte Hubert die Idee mit dem Glühweinstand. Ich kochte von da an in der gesamten restlichen Adventszeit Abend für Abend bis zu zwanzig Liter Glühwein, den wir dann an die Schaulustigen verkauften. Doch der florierende Verkauf des Glühweins deckte nur halbherzig die in diesem Jahr entstandene Stromrechnung. Der Lichterglanz kostete uns in den sechs Wochen bis zum Abschmücken mehr, als ich das ganze Jahr an Haushaltsgeld zugeteilt bekam!

Habe ich schon erwähnt, dass Hubert damals schon im Oktober damit beschäftigt war, die ganzen Lichter auszupacken, die Leuchttauglichkeit jeder einzelnen Birne zu kontrollieren und dann alles liebevoll und gewissenhaft um unser Haus zu wickeln? – Da ja in der Zwischenzeit die bunten Lichterketten noch dazugekommen waren, brauchte er für das Entfernen, Einpacken und Wegräumen bis weit in den März hinein.

Für die darauffolgende Vorweihnachtszeit, also genau fünfeinhalb Monate später, packte er dann schon wieder aus und begann alles zu schmücken, was nicht weglaufen konnte. Ja, er toppte das Ganze noch: Er kaufte für jedes unserer dreiundzwanzig Fenster einen Leuchtstern. Ha, nicht irgendeinen Leuchtstern, wahrhaftig nicht! Jeder dieser Sterne blinkte in rhythmischen Intervallen.

Dazu erstand er einen beleuchteten Nikolaus, der vier beleuchtete Rentiere führte, die wiederum vor einen beleuchteten Schlitten gespannt waren. Ein Ausbund der Scheußlichkeit, wie ich fand, doch all den anderen Menschen schien das tatsächlich zu gefallen: Mit Bussen kamen sie jetzt jeden

Abend angefahren, sobald das letzte Tageslicht verglommen war.

Reiseveranstalter aus Landau, Neustadt, Bad Dürkheim, ja sogar aus dem elsässischen Wissembourg karrten ganze Busladungen Menschen zu unserem Haus. Die Busse parkten die engen Dorfstraßen zu, oft war kein Durchkommen mehr. Die Nachbarschaft war darüber natürlich nicht allzu entzückt. Anonyme Drohbriefe fanden den Weg in unseren Briefkasten. Immer wieder brach das Stromnetz im Dorf zusammen.

Keiner von den Dorfbewohnern kam jetzt mehr zu einem Plausch an den Gartenzaun, alle mieden uns.

In der zweiten Adventswoche kam Hubert dann mit dem Riesengrill an – von da an gab es zu dem Glühwein (inzwischen hundert Liter pro Abend!) Bratwurst im Brötchen.

Wenn dann all die Menschen wieder abtransportiert, der Grill verstaut, der Müll eingesammelt und die Berge von dreckigen Glühweinbechern gespült waren, lag ich fix und fertig im Bett. Ich wollte nur eines: schlafen. Aber an Schlaf war nicht zu denken.

Da Hubert darauf bestand, dass sein heiß geliebter Lichterglanz die ganze Nacht über brannte, war es taghell in unserem Schlafzimmer, ganz zu schweigen von dem unsäglichen blinkenden Stern am Fenster. Ich könnte wetten, dass es in Las Vegas nachts dunkler ist, als es das damals nachts in Barbelroth war!

Die Stromrechnung war exorbitant und brachte uns an den Rand des Ruins. Davon abgesehen, dass Hubert bis weit nach Ostern brauchte, bis auch der allerletzte Weihnachtsschmuck abgebaut war, sinnierte er auch darüber nach, seine eigene Reisegesellschaft zu gründen. Slogans wie „Lichterglanz-Reisen" oder „Reisen ins Weihnachtsdorf" schwirrten um meine Ohren. Als er dann auf die glorreiche Idee kam, diese Reisen auch in China und Japan zu bewerben, und dafür eventuell sogar die Weihnachtsbeleuchtung ganzjährig in Betrieb zu lassen, begann ich mir ernstlich Sorgen zu machen.

Und ich kam zu dem Schluss, dass ich da auf gar keinen Fall mitmachen wollte!

Der Bürgermeister, dem er diesen Vorschlag unterbreitete, war jedoch Feuer und Flamme. Aller Unmut war schlagartig vergessen, als er die einmalige Möglichkeit erkannte, Geld in die klamme Gemeindekasse zu spülen. Er musste nur noch den Gemeinderat davon überzeugen, dass die riesigen Ackerflächen rund um Barbelroth aufgekauft und in gebührenpflichtige Parkplätze umgewandelt werden müssten. Und dass im Zuge dieser Baumaßnahmen auch gleich noch einige Toilettenhäuschen gebaut werden sollten, denn auch damit konnte man sich eine goldene Nase verdienen, glaubte er zu wissen. Auch das Wort *McDonald's-Filiale* soll bei diesem Gespräch gefallen sein.

Doch der restliche Gemeinderat war seinen visionären Plänen nicht so aufgeschlossen zugetan wie erhofft. Das für den Juli angestrebte Bauvorhaben wurde erst auf den September, dann in einer weiteren Sitzung auf den November verschoben. Schließlich wurde endgültig beschlossen, im Februar – also erst nach dem nächsten Barbelrother Lichterglanz – den Grundstein für den neuen Parkplatz zu legen.

Als Hubert dann schon im September damit begann, den Lichterschmuck auszupacken, entschied ich mich für Sabotage.

Hie und da ließ ich eine Glühbirne verschwinden oder machte sie kaputt. Worauf er schlecht gelaunt loszog, um Ersatz zu besorgen. Ich versteckte Trafos und Verlängerungskabel, die er dann aber doch irgendwie fand – oder er hatte heimliche Vorräte, von denen ich nicht wusste. Alles, was ich damit erreichte, war eine minimale Verzögerung, aber aufhalten konnte ich ihn nicht.

Pünktlich zum ersten Advent erstrahlte unser Haus im altgewohnten Lichterglanz. Plus der schrecklich kitschigen fünf leuchtenden und blinkenden Engel, die er im Sommer zu einem Sonderpreis im Internet entdeckt hatte. Und inklusive der Lichternetze, die er dieses Jahr zusätzlich über das Dach und jeden Baum geworfen hatte. Geschätzte hundertfünfzigtausend Glühbirnchen saugten inzwischen gierig den Strom aus unserer Leitung.

Und zum ersten Advent kamen auch die Besucherscharen. Busse aus Frankfurt, Mainz und Nürnberg verstopften das Dorf sowie jede Zufahrtsstraße.

Ich musste wieder Glühwein ausschenken und Hubert grillte massenweise Bratwürste. Neu im Sortiment waren die Postkarten, die Hubert hatte machen lassen: Es war ein Foto von unserem Haus im Lichterglanz – werbewirksam mit „Das Haus des Weihnachtsmanns" untertitelt. Sie verkauften sich wie blöd.

Am nächsten Tag war ich wie gerädert und wünschte mir nur eines: Ruhe und auf gar keinen Fall weihnachtliche Beleuchtung.

Über Nacht war es bitterkalt geworden und da kam mir eine wunderbare Idee: Unter dem Vorwand, endlich mal das große Dachfenster zu putzen, füllte ich einen Eimer mit Wasser und stieg die Treppen hinauf. Natürlich putzte ich das Fenster, es war ja gut möglich, dass Hubert das später kontrollieren würde. Aber ich tat noch etwas anderes: Besagtes Fenster befindet sich ganz in der Nähe des Schornsteins, der in diesem Jahr auch eine Lichterkette verpasst bekommen hatte. Ich kletterte also vorsichtig aus dem Fenster hinaus aufs Dach, sorgsam bemüht, auf gar keinen Fall nach unten zu sehen, geschweige denn, runterzufallen. Die nächstbeste Glühbirne, die ich zu fassen bekam – es war eine rote – drehte ich so weit aus der Fassung, dass der Kontakt unterbrochen war. Zufrieden krabbelte ich zurück und schloss das Fenster – nicht ohne vorher das Putzwasser auf das Dach hinauszuschütten. Es fror augenblicklich auf den Ziegeln fest. Ich schloss das Fenster, platzierte den Schwibbogen wieder auf dem Fensterbrett und knipste dessen Lichter an. Äußerst zuversichtlich, ja regelrecht beschwingt ging ich nach unten.

Kurz nach sechzehn Uhr machte Hubert wie an jedem Tag die Beleuchtung an. Bei seinem kurzen Kontrollgang entdeckte er die ausgefallene Birne am Schornstein.

Während er die Leiter holte, begann es leicht zu schneien.

Er steckte sich die Ersatzbirne zwischen die Zähne und stieg zielstrebig die viereinhalb Meter bis zur Dachrinne hinauf. Voller freudiger Erwartung sah ich nach oben, wo er gerade unsicher aufs Dach robbte und sich zum Schornstein emporhangelte.

Jetzt schneite es schon mehr, dichte Flocken schwebten aus dem von Hubert erhellten Abendhimmel herab.

Jeden Augenblick musste er auf dem spiegelglatten Dach ausrutschen und abstürzen … aber den Gefallen tat er mir nicht.

„Sie war nur locker", rief er undeutlich mit der Ersatzglühbirne im Mund aus und arbeitete sich vorsichtig millimeterweise zur Leiter zurück.

Wider meine Erwartungen schaffte er es tatsächlich problemlos und fand mit dem rechten Fuß die oberste Leitersprosse. Als er glücklich den zweiten Fuß auf die Leiter setzte, half ich dem Schicksal spontan nach: Ich warf mich mit meinem gesamten Gewicht, das von jeher nicht gerade unerheblich war, gegen die Leiter. Die geriet daraufhin heftig ins Schwanken und mit ihr Hubert, der nach kurzem, verlorenem Kampf ums Gleichgewicht in die Tiefe stürzte und unsanft vor meine Füße plumpste.

Als ich kurz darauf mit dem Notarzt telefonierte, sah ich durch das Fenster, dass heftiges Schneegestöber eingesetzt hatte. Nur widerwillig deckte ich Hubert mit einer Decke zu, ich wollte ja keinesfalls, dass er noch gerettet werden konnte.

Aber da hätte ich mir gar keine Sorgen machen müssen, denn er hatte sich bei dem Sturz das Genick gebrochen und war somit sofort tot gewesen.

Ich kann Ihnen sagen, dann war hier vielleicht was los!

Der Notarzt kam wegen der vielen Busse kaum durch, die Polizei regelte dann letztendlich den Verkehr und vertrieb die Schaulustigen. Sogar ein Mann von der Kripo war da, einer von der Mordkommission, der stellte mir unangenehme Fragen. Was mein Mann denn da auf dem Dach wollte? Wo es doch so geschneit hat und überhaupt, warum hat er nicht gewartet hat, bis es wieder hell geworden war? Ob ich von irgendwelchen Feinden wüsste? Worauf ich fast laut aufgelacht hätte, schließlich hatte er inzwischen – bis auf den Bürgermeister – das ganze Dorf zum Feind. Mich eingeschlossen, aber das sagte ich natürlich nicht. Schließlich stellte er aber fest, dass es wohl ein bedauerlicher Unfall war. Und ich stimmte ihm selbstverständlich und gekonnt erschüttert zu.

Als endlich alle weg waren, schaltete ich die Hauptsicherung ab. Tiefe Dunkelheit umfing mich – was für eine Wohltat!

In den darauffolgenden Tagen und Wochen ließ ich alles verschwinden, jede einzelne Lichterkette, die Leuchtengel, die blinkenden Fenstersterne, den unsäglichen leuchtenden Nikolaus nebst Rentieren und Schlitten – ja, sogar den Schwibbogen.

Meine Nachbarn redeten von da an übrigens auch wieder mit mir, worüber ich ausgesprochen froh war.

Ach, noch was: Der geplante und bis zuletzt ziemlich umstrittene Parkplatz wurde dann doch nicht gebaut.

Alles war also gut. Etwa ein Jahr lang.

Bis eines Tages meine Nachbarin von direkt gegenüber aufgelöst vor meiner Tür stand und heulend berichtete, dass ihr Göttergatte ernsthaft überlegte, Huberts Geschäftsidee aufzugreifen und professionell auszubauen. Er hatte sogar schon mit dem Bürgermeister gesprochen, der daraufhin die Parkplatzpläne sofort wieder aus der Schublade geholt hatte. Sie stammelte in diesem Zusammenhang auch noch etwas von einem riesigen Einkaufszentrum, das im Zuge dessen gleich mit errichtet werden sollte – nur für Weihnachtsartikel, wohlgemerkt!

Sie wollte diesen Zirkus aber nicht schon wieder vor ihrem Haus haben.

Ich natürlich auch nicht.

Wir sahen uns nur stumm an und wechselten ein verschwörerisches Lächeln – es war klar, dass ihr Mann das nicht überleben würde.

Drei Wochen später war die Beerdigung.

Der Frau des Bürgermeisters, der Huberts Traum ebenfalls zu gerne weitergeträumt hätte, konnte exakt ein Jahr später auch geholfen werden. Ihr Mann erlag tragischerweise einem Stromschlag, als er die Weihnachtsbeleuchtung an seinem Haus installieren wollte.

Bedauerlicherweise wurden auch andere männliche Bewohner Barbelroths aller Altersklassen in der darauffolgenden Zeit nicht müde, Huberts Lichterglanz-Plänen neues Leben einhauchen zu wollen.

Einem aufmerksamen Beobachter wäre sicher aufgefallen, dass die Totenglocke in unserem kleinen Ort umso häufiger geläutet wurde, je näher die Weihnachtszeit rückte. Ebenso würde im Falle einer statistischen Erhebung für unser nettes, kleines Barbelroth im Vergleich zu anderen Orten der Pfalz ohne Zweifel eine überproportional hohe Männersterblichkeit festgestellt werden.

Aber wer macht schon solche Erhebungen?

Ein letztes Mal Kathrin Pohl

Anna fürchtete sich im winterlichen Wald. Nicht viel, nur ein bisschen. Aber schließlich gehörte das zu einer nächtlichen Schatzsuche dazu, ganz gleich, ob man zehn oder vierundzwanzig war.

Hinter einem Stamm sprang plötzlich eine dunkle Gestalt hervor und stürzte auf sie zu. Sie schrie, rannte davon, stolperte über eine der Wurzeln, die hier im Pfälzerwald überall unter dem Schnee verborgen lagen, fiel hin und spürte gleich darauf einen schweren Körper, der sich mit ihr am Boden wälzte, bis sie Brust an Brust unter ihm zu liegen kam.

„Gibst du auf?" Unheildrohend funkelten Lars' Augen auf sie hinab, während gleichzeitig seine Hände ihre Handgelenke noch tiefer in den Schnee hineinpressten.

„Niemals!" Vergeblich versuchte sie sich zu befreien.

Er lachte voller abstoßender Selbstgefälligkeit. Plötzlich befand sich sein Gesicht so nah an ihrem, dass nichts von der Helligkeit des verschneiten Winterwaldes übrig blieb. Sie hörte seinen keuchenden Atem, roch seine ganz persönliche Geruchsmischung aus Schweiß und Aftershave – und spürte seine Lippen auf ihren. In einem natürlichen Reflex zuckte ihr Knie empor.

Anna nutzte die Zeit, die Lars allein mit sich und seinen Schmerzen beschäftigt war, um sich unter ihm hervorzuwinden und wieder auf die Füße zu kommen.

„Braucht ihr noch lange, ihr Turteltäubchen?", drang Simones Stimme spöttisch zwischen den Bäumen hindurch.

„Wir sind keine Turteltäubchen!", fauchte Anna zurück, hob ihre rote Nikolausmütze vom Boden, die ihr bei Lars' Angriff vom Kopf gefallen war, und stapfte auf die Gruppe

30

zu, die sich inzwischen am Fuß der Burg Scharfenberg versammelt hatte.

„Sind wir wirklich nicht!", rief Lars hinter ihr. „Sie hat mir ihr Knie voll in die Eier gerammt!" Unter dem Gelächter der anderen hörte alleine Anna, wie er leise hinzufügte: „Was du allerdings nicht getan hättest, wenn ich Stefan wäre."

Zum ersten Mal in dieser Nacht war Anna dankbar für die Dunkelheit, die niemanden die verräterische Röte erkennen ließ, die ihre Wangen emporkroch – vor allem nicht Stefan. Ihre ganze Schulzeit über war sie in ihn verliebt gewesen, in den bescheidenen, freundlichen Stefan mit den braunen gelockten Haaren und der Brille auf der Nase, die ihn genauso intelligent aussehen ließ, wie er tatsächlich war.

Nur wegen ihm hatte sie sich vor fünf Jahren dazu entschlossen, wie die anderen aus ihrer Clique in Landau zu studieren – eine Entscheidung, die sie in letzter Zeit immer mehr in Zweifel gezogen hatte. Schließlich konnte sie nicht ihr ganzes Leben in der Hoffnung auf etwas ausrichten, das vermutlich niemals geschehen würde. Vielleicht hatte sie deshalb nicht ablehnen können, als Marta sie gefragt hatte, ob sie zum traditionellen Adventstreffen der Clique im Ferienhaus von Simones Eltern nahe Leinsweiler mitkommen wolle. Weil es das letzte Mal sein würde. Zumindest für sie.

„Glühwein?", fragte Marta, und hielt ihr einen dampfenden Becher hin.

„Danke." Mit einem Lächeln nahm Anna den Becher, nicht jedoch von den Plätzchen, die sie in der anderen Hand hielt. Wie seltsam es war, dass Marta sie stets mit der Herzlichkeit einer Mutter umsorgte, war deren eigene doch am Wohlergehen Martas so gar nicht interessiert. Seitdem ihre Mutter sie als Fünfzehnjährige verlassen hatte, um sich gemeinsam mit ihrem Liebhaber in Amerika ein neues Leben aufzubauen, war die Clique Martas Familie gewesen.

Außer Marta, Anna, Stefan, Lars und Simone, der Künstlerin unter ihnen, die mit ihren Bildern gerade erst ein Jahresstipendium in Irland gewonnen hatte, bestand ihre Clique noch aus Christoph, der wie Anna an der Uni in Landau Germanistik studierte. Nur hatte Christoph statt Französisch Geschichte dazugewählt – und war jetzt offenbar zu verpeilt, um anders als alle anderen, den Weg zur Burgruine zu finden.

„Hat jemand Christoph gesehen?", fragte Anna.

„Vielleicht ist er schon beim Schatz", sagte Simone und fügte nach einem Blick auf Glühwein, Plätzchen und die roten Zipfelmützen auf ihren Köpfen hinzu: „Falls das hier noch eine Schatzsuche und nicht ein mutierter Weihnachtsmarkt ist."

Dieses Mal verstand Anna Simones Bissigkeit. Denn Simones Eltern gehörte nicht nur das Ferienhaus, sie war es auch gewesen, die die Schatzkarten an sie ausgeteilt hatte – an jeden von ihnen eine andere –, die Bäume mit Pfeilen markiert und Burg Scharfenberg als Ort des Schatzes auserkoren hatte. Und sie hatte wahrhaft gute Arbeit geleistet, wenn sie nun alle nach kilometerweiter Wanderung zum selben Zeitpunkt an der Ruine ankamen.

Anna schüttete den Rest des Glühweins aus und gab den Becher an Marta zurück. „Dann wollen wir mal." Sie steuerte auf die nachtgrauen Felsen zu, durch die die Treppen empor führten, und ließ den Sandstein im Schein ihrer Taschenlampe rot aufleuchten. Oben auf dem Plateau vor dem Bergfried pfiff der Wind so heftig, dass er den Schnee aufwirbelte und Anna zusammen mit den Strähnen ihrer halblangen blonden Haare ins Gesicht wehte.

„Bei Christophs Höhenangst würde es mich wundern,

wenn er alleine hier hochgeklettert wäre!", rief Anna nach hinten und zeigte auf das dünne Eisengeländer, das alles war, was einen vor einem Absturz bewahrte.

„Ist er auch nicht." Stefan ließ den Kegel seiner Taschenlampe zu einer bunt geschmückten Kiste wandern, die im Windschatten des Turmes nah am Abgrund stand. „Der Schatz ist noch da."

„Aber …", begann Anna, wurde jedoch von Lars unterbrochen.

„Hurra!", brüllte er, und drängte mit dem ihm eigenen Ungestüm nach vorne. Da Anna heute schon mehr Körperkontakt mit ihm gehabt hatte, als ihr lieb war, wich sie zur Seite aus, stolperte dabei, drehte sich halb um sich selbst, und fiel gegen das Geländer. Glücklicherweise war es stabiler, als es aussah. Alleine ihre Mütze segelte nach unten. Gleich darauf spürte Anna einen Arm, der sie vom Abgrund zurückkriss.

„Alles in Ordnung?", fragte Stefan mit einer liebevollen Besorgnis in der Stimme, für die sie eben noch ihr rechtes Bein geopfert hätte.

Sie hob ihr käsebleiches Gesicht zu ihm empor und stammelte: „Da unten liegt jemand. Ich glaube, es ist Christoph!"

„Es muss ein Unfall gewesen sein", sagte der Rettungssanitäter, der nichts mehr für Christoph tun konnte.

„Es muss ein Unfall gewesen sein", sagte der Polizist, für den ein einziger Blick auf den Tatort genügte, um sein Urteil zu fällen.

„Es muss ein Unfall gewesen sein", murmelte Anna in ihrem Bett. Schlafen konnte sie trotzdem nicht.

Als sie sich schließlich, bleiern vor Müdigkeit, erhob, verblasste gerade der Morgenstern am kalten, klaren Himmel vor dem Fenster. Kaffee, sie brauchte Kaffee. Nur wartete in der Küche kein Kaffee, sondern Lars. Tiefe Augenringe zeugten davon, dass er wohl ebenso wenig Schlaf gefunden hatte wie sie selbst.

„Komm her", flüsterte er, streckte die Hand nach ihr aus und zog sie an sich. Bevor sie protestieren konnte, drehte er ihren Kopf zum Fenster. „Mach keine falsche Bewegung."

„Werde ich nicht", gab sie zurück und blickte mit den staunenden Augen eines Kindes nach draußen. Denn direkt vor ihrem Fenster, am Saum des Waldes, der sich den Berg hinunter bis zum Ferienhaus zog, stolzierte ein Rehbock mit majestätischen Schritten vorbei.

Deshalb würde der Pfälzerwald auf ewig ihre Heimat bleiben. Weil er ihr selbst nach dieser furchtbaren Nacht einen solch magischen Augenblick bescheren konnte. Zumindest so lange, bis Lars' Hände an den Seiten ihrer Hüften hinabfuhren und sie seine Lippen in ihrem Nacken spürte.

„Lass das!" Sie stieß ihn zurück – und schreckte damit den Rehbock auf, der in langen Fluchten zwischen den Bäumen den Berg hinauf entschwand.

Lars seufzte theatralisch. „Wieviel Spaß wir doch miteinander haben könnten, wenn du nicht glauben würdest, du seiest in Stefan verliebt. Erinnerst du dich noch an den Abi-Ball?"

„Nein", leugnete Anna.

„Ich schon." Er grinste sie an. „Auch da glaubtest du, ich diene dir nur als Trost, weil Stefan für dich nur die ihm eigene freundliche Gleichgültigkeit übrig hatte. Im Bett wirkte das jedoch ganz anders."

Verdammt, jetzt war sie doch rot geworden! „Können wir bitte das Thema wechseln!"

„In Ordnung." Plötzlich verschwand jeglicher Schalk aus

seinem Gesicht. „Warum glaubst du, dass Christophs Tod mehr als nur ein Unfall war?"

„Bitte?" Sie starrte ihn erschrocken an. „Aber ich hab doch nie gesagt …"

„Genauer gesagt, hast du gar nichts gesagt. Den ganzen Abend nicht."

„Es ging uns allen schlecht genug. Wenn ich jetzt noch damit angefangen hätte, dass Christophs Tod kein Unfall war, sondern …"

„Mord?"

Anna zuckte unwillkürlich zusammen. „Von Mord würde ich nicht reden."

„Wovon dann?" Lars ergriff ihre Hand. „Anna, was hast du gesehen?"

„Nichts." Sie stieß seine Hand weg. „Nur Spuren im Schnee. Von zwei Menschen, dicht beieinander. Vielleicht war Christoph gar nicht alleine dort oben gewesen."

„Warum hast du der Polizei nichts davon erzählt?" Er wirkte ernstlich besorgt. Und das machte ihr mehr Angst als sie sich eingestehen wollte.

„Weil du mit deinem dämlichen Freudentanz um den Schatz dort oben jegliche Spur zerstört hast!", fuhr sie ihn an.

„Und das war der einzige Grund?"

„Was denn sonst?"

„Vielleicht wolltest du jemanden schützen."

„Schützen? Ich versteh nicht." Dann verstand sie plötzlich doch. „Das ist nicht dein Ernst!"

„Außer uns war doch niemand im Wald."

„Wir haben nur niemand anderen gesehen! Warum sollte ausgerechnet jemand von uns Christoph ermorden wollen?"

„Keine Ahnung", sagte Lars. „Aber vielleicht ist es besser,

du redest mit niemandem über deine Vermutung. Nicht, dass du die Nächste bist."

Natürlich glaubte Anna Lars nicht. Nur konnte sie trotzdem nicht vermeiden, dass seine Worte sich wie mit hässlichen kleinen Widerhaken in ihr verfingen.

War es Marta gewesen?, fragte sie sich, während sie darüber diskutierten, ob sie das Wochenende abbrechen sollten und sich schließlich dagegen entschieden. Gemeinsam waren Christoph und Marta aus Landau angereist. Vielleicht war im Auto etwas geschehen.

Vielleicht war es aber auch Lars, dachte Anna, als sie hinter ihm durch die Schneeverwehungen zur Madenburg stolperte. Früher waren Christoph und er die besten Freunde gewesen, aber in letzter Zeit hatte deren Beziehung sich merklich abgekühlt. Vielleicht hing das damit zusammen, dass einer von Christophs Geschichts-Dozenten einen Ruf an die Hochschule in Kiel bekommen hatte, und Christoph angeboten hatte, als sein Assistent mit ihm zu kommen. Wenn man selbst niemals über das Mittelfeld hinauskam, konnte das am Selbstvertrauen nagen.

War es Stefan gewesen?, fragte sie sich, als sie ihm in einer der Fensternischen der Burg Landeck gegenübersaß. Aber nein, das konnte, das wollte Anna sich nicht vorstellen.

Musste sie auch gar nicht. Ganz gleich, was für ein Motiv Stefan haben mochte, die Gelegenheit für einen Mord hatte nur eine Einzige gehabt. Diejenige, die genau wusste, wo der Schatz versteckt war, diejenige, die Christoph die Karte mit dem kürzesten Weg geben konnte und sich in den Wäldern rund um Leinsweiler so gut auskannte, dass sie dennoch vor ihm an der Burg Scharfenberg sein konnte, weil sie seit frühester Kindheit jeden Herbst und Frühling, Sommer wie Winter durch diese Wälder gestreift war: Simone.

Der Versuch, sich von Christophs Tod nicht ihr Treffen verderben zu lassen, scheiterte am Abend endgültig, als beim Wichteln ein einsames Päckchen in dem Korb liegen blieb, in den sie am Freitagmittag ihre Geschenke hineingetan hatten – als sie noch vollzählig gewesen waren.

So saßen sie nun zusammen und betranken sich. Nur brachte selbst der dritte Becher Glühwein die Fragen in Annas Kopf nicht zum Verstummen. Er führte nur dazu, dass die Jagdtrophäen, die Simones Vater an die Wände geschlagen hatte, in einem wilden Reigen aus Hörnern und Geweihen zu tanzen begannen.

„Brauchst du noch einen?", fragte Lars und hielt ihr mit bitterem Grinsen die Kelle hin. Dabei verschüttete er einen Tropfen Glühwein, der hinabfiel auf die weiße Tischdecke und sie mit seinem Rot tränkte. Rot wie Blut …

Anna erhob sich schwankend. „Ich muss hier raus." Sie ging zur Tür, stieß sie auf und wankte in den dunklen Wald. Es war kalt, aber sie spürte die Kälte nicht, zu erhitzt vom Glühwein. Spürte erst die Tränen, die begleitet von Schluchzern, ihre Wangen hinabzulaufen begannen, und sie direkt neben dem Stamm einer mächtigen Eiche in die Knie zwangen. Sie weinte und weinte, so als könnten ihre Tränen Christophs Tod ungeschehen machen, wenn sie nur genug davon vergoss.

Dazu aber war keine Träne der Welt in der Lage. Zumindest fühlte sie sich ein wenig besser, als endlich die Tränen versiegt waren und der frostige Winterwald sie so weit ernüchtert hatte, dass sie in der Dezemberkälte unkontrolliert zu zittern begann. Ohne Jacke hinauszurennen war nicht besonders klug gewesen, erst recht nicht so tief in den Wald hinein. Nur noch klein und schwach leuchteten die Lichter des Ferienhauses von unten herauf.

Doch bevor Anna den Rückweg antreten konnte, hörte sie ein Knacken, ein verräterisches Knacken hinter einem Baum, keine zehn Meter entfernt von ihr. Jeder nächtliche Wald war voller unheimlicher Geräusche. Nur führten zu diesem Baum Fußspuren im weißen Schnee. Natürlich konnten die auch von ihrer gestrigen Schatzsuche kommen. Aber was, wenn das Simone war? Was, wenn Simone sie und Lars am Morgen belauscht hatte? *Nicht, dass du die Nächste bist.*

Splitternde Zweige, knirschende Schritte und das Geräusch keuchenden Atems begleiteten Annas Flucht durch den Schnee. Sie blieb nicht stehen, um herauszufinden, ob noch jemand außer ihr dafür verantwortlich war. Sie wollte leben, wollte nicht enden wie Christoph, wollte ... Ein niedrig hängender Tannenzweig raubte ihr jegliche Sicht. Sie schrie, schlug um sich, rannte weiter – und stieß keine hundert Meter vom Ferienhaus entfernt mit jemandem zusammen.

„Nein", schluchzte sie, ihre Hände in verzweifelter Gegenwehr erhoben. „Ich werde auch nichts sagen, ich werde nicht, ich ..."

„Anna?"

„Stefan!" Ihre zu Fäusten geballten Hände öffneten sich und krallten sich an ihm fest. „Du bist es! Ich dachte ..., ich hatte solche Angst! Ich ..."

„Sch ...", machte Stefan und fuhr beruhigend über ihre Schultern. „Es ist alles gut."

„Und was, wenn nicht?", schluchzte Anna. „Was, wenn Christophs Tod kein Unfall war, wenn ..."

„Anna", flüsterte Stefan an ihrem Ohr. „Beruhige dich."
Er streichelte die Tränen von ihrer Wange, legte seine Hand
unter ihr Kinn, hob ihr Gesicht zu sich empor – und dann
küsste er sie.

Mit einem Mal verflüchtigten sich Annas Ängste in die
Dunkelheit des Waldes. Denn ihre eigene Welt leuchtete so
hell wie der weiße Schnee.

Eine einzige Nacht verbrachte Anna in ihrer Zauberwelt.
Eine Nacht, in der sie Lars auf dem Sofa seinen Rausch ausschlafen ließen und das kleine Zimmer auf der rechten Seite
der steilen Holztreppe für sich eroberten. Doch am nächsten
Morgen erwachte Anna vom Heulen der Sirenen.

„Was ist geschehen?", fragte sie, als sie die Treppe hinun-
tergestürzt kam, dicht gefolgt von Stefan.

Mit grauem Gesicht sah Lars ihr entgegen. „Simone liegt
draußen."

„Ist sie verletzt, hat sie eine Alkoholvergiftung, ist sie …?"

„Schlimmer als das." Ausdruckslos sah er Anna an. „Sie
ist tot."

Nachdem der Gerichtsmediziner seine Untersuchung beendet hatte, kam ein Polizist zu ihnen hinüber, derselbe wie
gestern, ein älterer Mann, dessen Figur man ansah, dass er
das pfälzische Essen zu würdigen wusste – und das nicht nur
zur Weihnachtszeit.

„Ein Rehbock muss sie aufgespießt haben", erklärte er.

„Erst gestern haben wir einen direkt vor dem Haus gesehen", stammelte Anna. „Aber der ist davongelaufen, sobald
er uns bemerkt hat."

„Das wäre auch das normale Verhalten eines Rehbocks",
sagte sein jüngerer Kollege, weit skeptischer als er.

„Wahrscheinlich ist das Tier von ihr im Dunkeln überrascht worden", sagte der Ältere, „und hat nur aus einem Verteidigungsreflex heraus zugestochen. Dass er dann gerade ihre Brust getroffen hat, und der Stoß tödlich war … leider gibt es im Leben immer wieder solche tragischen Zufälle."

Der Jüngere warf ihm einen merkwürdigen Blick zu. „Äh, ja", murmelte er. „Nur selten zweimal direkt nacheinander. Hat einer von Ihnen vielleicht gesehen, was geschehen ist, oder etwas gehört?"

„Tut uns leid", sagte Stefan, „wir waren gestern alle ziemlich betrunken. Wegen Christoph."

„Aber Sie werden sich doch noch daran erinnern, ob einer von Ihnen in dieser Nacht ebenfalls vor der Tür war."

„Anna war draußen", sagte Lars, „und Stefan. Mehr weiß ich nicht mehr."

„Wir waren draußen", sagte Stefan. „Aber zusammen. Nicht wahr, Anna?"

Zögernd nickte Anna. „Ja. So in etwa."

Der Jüngere wollte noch mehr fragen, nur erhielten die Polizisten gerade in diesem Moment einen Anruf und sein Kollege zog ihn danach mit sich fort zum nächsten Einsatz. Es sei ja alles geklärt, meinte er, und da er der Ranghöhere war, blieb der Widerspruch des Jüngeren ohne Erfolg.

„Das wars dann wohl", sagte Lars, als die Polizisten das Haus verlassen hatten. „Oder hat hier noch jemand Interesse an der Fortführung der Farce des gestrigen Tages?"

Sie alle schüttelten den Kopf.

„Lasst uns nur noch zur Burgruine Neukastell hinaufsteigen", schlug Marta vor. „Dort haben wir uns vor zwölf Jahren ewige Freundschaft geschworen."

„Und mit Blut besiegelt", sagte Lars mit bitterem Lächeln.

„Vielleicht sollten wir tatsächlich noch einmal dorthin gehen", sagte Stefan. „Ein letztes Mal. Wo alles seinen Anfang genommen hat, soll es auch sein Ende finden."

„Ich mach nur noch den Glühwein heiß", sagte Marta und eilte in die Küche.

„Wozu denn das?", rief Anna ihr hinterher.

„Einen Kater bekämpft man doch am besten mit Alkohol", raunte Lars ihr zu. „Und einen Mord mit Mord?"

Anna zuckte zusammen. Mochte der jüngere der beiden Polizisten auch Zweifel daran haben, dass beide Todesfälle nichts anderes als Unfälle waren, sie selbst wollte daran glauben. Unbedingt! Und das tat sie auch – bis sie kurz darauf, keine hundert Meter vom Ferienhaus entfernt, stolperte und beinahe hinfiel.

„Alles in Ordnung?", rief Stefan ihr zu, der mit Lars vorgegangen war, während Marta das Haus abschloss.

„Ja", rief Anna zurück, „ich bin nur gestolpert!" Sie ging direkt neben der Wurzel in die Knie, um den Schnürsenkel wieder zuzubinden, der bei ihrem Beinahe-Sturz aufgegangen war. Eine komische Wurzel. Seltsam spitz und hart und von der rostbraunen Farbe getrockneten Blutes … Anna erbleichte. Mit zitternden Fingern fuhr sie unter dem Schnee an der Wurzel entlang – bis sie das hölzerne Schild erreicht hatte, von dem beide Geweihstangen abgingen. Nur ein Spießer, kein Sechsender, und damit keine Trophäe fürs Wohnzimmer, sondern für die Abstellkammer. Niemandem wäre aufgefallen, wenn eine von dem Stapel fehlte.

„Anna?"

Erschrocken blickte sie hoch zu Lars und Stefan, die immer noch auf sie warteten. Täuschte sie sich, oder lag tatsächlich ein lauernder Ausdruck in Stefans Blick? Keine zehn Meter von hier entfernt war die Tannengruppe, an der sie gestern Nacht mit Stefan zusammengestoßen war – und wo er sie geküsst hatte. All die Jahre zuvor hatte er das nicht getan. Warum sollte er ausgerechnet jetzt seine Gefühle für sie entdeckt haben? Was, wenn er es nur getan hatte, um zu verhindern, dass sie weiterlief, und entdeckte, was verborgen bleiben sollte?

„Kommst du endlich, Anna?", rief Stefan ungeduldig. „Ich warte auf dich!"

Worauf? Darauf, sie zu ermorden? Lars und Marta würden dem verliebten Paar gewiss einige einsame Minuten auf der Burgruine gönnen. Mehr würde Stefan nicht brauchen, um den nächsten Unglücksfall zu inszenieren – wenn sie ihm die Gelegenheit dazu gab.

„Geht schon mal vor", rief sie ihm zu. „Ich warte auf Marta." Mit einem intensiven Blick versuchte sie, Lars vor Stefan zu warnen, aber da er keine Gedanken lesen konnte, blickte er nur verständnislos zurück und folgte Stefan den Trampelpfad empor zum Wanderweg.

„Nett von dir, auf mich zu warten", sagte Marta, die kurz darauf zu Anna aufgeschlossen hatte. „Und dabei hatte ich gedacht, du würdest von nun an mit Stefan unzertrennlich sein."

„Nun ja", murmelte Anna. Wenn Stefan sich nicht gerade als Mörder entpuppt hätte, träfe das wahrscheinlich auch zu.

„Ist es nicht ein wahres Weihnachtswunder, dass er endlich erkannt hat, was er an dir hat? Er hat auch lange genug dafür gebraucht. ‚Stefan', habe ich zu ihm gesagt, ‚warum versuchst du es nicht mal mit Anna. Sie mag nicht ganz so gertenschlank und chic gekleidet sein wie deine bisherigen Freundinnen, aber dafür hat sie das Herz auf dem rechten Fleck. Nachdem all deine vorherigen Beziehungen gescheitert sind, wäre es vielleicht einmal an der Zeit, ein Mädchen zu wählen, das nicht deinem normalen Beuteschema entspricht.'"

„Das hast du zu ihm gesagt?", fragte Anna entsetzt. Und Stefan hatte darauf gehört. Selbst wenn er kein Mörder wäre, würde das ihre beginnende Beziehung infrage stellen. Inzwischen war sie sich selbst zu wertvoll, als dass sie als Trostpreis genommen werden wollte.

„Und es hat funktioniert." Spontan umarmte Marta Anna. „Es tut mir so leid, dass diese beiden Todesfälle euer Glück überschatten müssen."

„Tja", murmelte Anna. „Das ist nun wahrlich nicht das Wochenende, das wir uns alle erhofft haben."

„Irgendwann müssen wir das nachholen", sagte Marta. „Wenn etwas Zeit vergangen ist. Nächstes Jahr im Frühling wird sich gewiss ein Wochenende finden."

Anna warf ihr einen nachdenklichen Blick zu. Eigentlich hatte sie nicht vorgehabt, mit irgendjemandem aus der Clique über ihren Entschluss zu sprechen. Nicht, bevor sie das Ergebnis hatte. Aber nach dem gestrigen Tag voller verlogener Fröhlichkeit konnte sie nicht anders.

„Ich denke nicht, dass ich da Zeit haben werde."

„Wieso nicht? Klar wird das Referendariat anstrengend werden. Aber gerade dann brauchen wir alle doch ein entspannendes Wochenende."

„Ich werde nicht ins Referendariat gehen."

Marta blieb geschockt stehen. „Warum?"

„Ich habe mich an der Journalistenschule in Berlin beworben."

„Aber, wieso? Als Lehrerin hast du doch eine sichere Stelle."

„Aber nicht das, was ich will."

„Schön", sagte Marta. „Dann such dir wenigstens ein Volontariat bei einer Zeitung irgendwo hier in der Nähe."

Anna schüttelte den Kopf. „Mein ganzes Leben lang war

ich in der Pfalz. Und sie wird immer meine Heimat bleiben. Aber jetzt muss ich etwas anderes sehen."

„Und verlässt mich", sagte Marta, so trostlos wie ein kleines Kind, für das die Welt zusammenbricht, wenn es sein geliebtes Spielzeug verliert. „Du hast versprochen, das nicht zu tun."

„Tut mir leid", sagte Anna. „Ich habe mich einfach weiterentwickelt."

Marta warf ihr einen langen, langen Blick zu. „Gott, Anna, ich werde dich vermissen." Sie umarmte sie fest, wischte sich einige Tränen aus den Augenwinkeln und sagte dann: „Und jetzt lass uns sehen, dass wir vor den Jungs an der Burgruine ankommen. Ich kenne eine Abkürzung." Sie ergriff Annas Hand und zerrte sie durch den kahlen Winterwald den Berg hinauf.

Marta schien tatsächlich eine Abkürzung zu kennen. Denn als sie im Angesicht des Slevogthofs den Wanderweg querten und in den schmalen Trampelpfad hoch zur Burgruine einbogen, war von den beiden Männern noch nichts zu sehen. Da diese den Rucksack mit dem Glühwein trugen, hatten sie allerdings auch ein Handicap.

„Brauchst du auch einen?", fragte Marta und klaubte einen langen Stock vom Boden als Wanderstab auf.

„Geht schon", keuchte Anna, obgleich der Weg steil war, und sie im aufgewühlten Schnee immer wieder wegrutschte. Aber irgendwie fühlte sie sich wohler, wenn sie beide Hände frei hatte, um sich bei einem plötzlichen Sturz abstützen zu können.

Am Fuß der Burgruine Neukastell blieb sie stehen und blickte auf die einsame Fußspur im Schnee, die weiter hinaufführte – und vielleicht nur von einem Wanderer stammte. Vielleicht.

„Kommst du?", fragte Marta.

Anna zwang sich ein Lächeln ab. „Ich fühle mich gerade nicht gut. Macht es dir was aus, wenn ich hier unten bleibe?"

„Natürlich nicht." Liebevoll berührte Marta sie am Arm. „Ruh dich ein wenig aus."

Genau das hatte Anna auch vor. Irgendwo weit entfernt von tiefen Abgründen und Rehgeweihen. Sie wollte sich gerade an der Felswand herabgleiten lassen, die als Einziges von der Burg übrig geblieben war, als ein Schrei sie aufschrecken ließ.

„Hilfe!", brüllte Marta von oben. „Anna, so hilf mir doch!"

Dann stammten die Fußspuren also doch von Stefan! Hatte er Lars bereits getötet? Aber Marta sollte er nicht auch bekommen. Diesen Tod würde sie verhindern!

Anna hastete die Stufen am ehemaligen Treppenturm empor. „Halt durch, Marta!"

Die Plattform war leer, als Anna sie endlich erstürmt hatte. So schien es. Doch eigentlich hatte der Angreifer sich nur in einer Felsspalte versteckt. Plötzlich sprang er hervor, ergriff Anna an den Haaren und schleuderte sie gegen das Geländer.

„Du hast dich also weiterentwickelt, ja?!"

„Marta?", keuchte Anna und versuchte sich aufzurappeln. „Du hast es getan?"

„Meine Mutter hat sich auch weiterentwickelt!" Marta ließ den Stock auf Annas Rücken hinabzischen und brachte sie damit endgültig zu Fall. „Nie wieder sollte mir das geschehen. Nie wieder. Das habe ich mir geschworen!"

„Und deshalb willst du mich töten?! Deshalb hast du Christoph und Simone getötet?!"

„Ihr seid meine Familie", schluchzte Marta, während sie

gleichzeitig Anna so fest in den Bauch trat, dass diese vor Schmerzen aufschrie. „Man verlässt seine Familie nicht!"

„Hast du Christoph ebenso wie mich auf den Felsen gelockt?", brachte Anna heraus, in dem verzweifelten Versuch, ein wenig Zeit zu gewinnen. „Um ihn dafür zu bestrafen, dass er nach Kiel gehen wollte?"

„Er folgte mir freiwillig, als ich zu ihm sagte, ich kenne eine Abkürzung. Da letztes Jahr die Burgruine Anebos dran war, musste es dieses Jahr wieder die Scharfenberg sein. Und dann genügte das hier, um ihn zu töten." Ein weiterer Tritt raubte Anna den Atem. Gleich darauf spürte sie den Stock, der sie unbarmherzig über die Felskante schob.

„Nein!" Panisch griff Anna nach der unteren Eisenstange des Geländers. Mit voller Wucht schlug ihr Körper gegen den Felsen. „Tu das nicht!"

„Du hättest eben nicht die falsche Entscheidung treffen dürfen!", schrie Marta sie an. „So wie Simone. Auch sie wollte einfach nicht auf ihr Stipendium verzichten. Lars war zu betrunken, um noch irgendetwas mitzubekommen. Ich musste nur noch Stefan dazu bringen, dir in den Wald hinaus zu folgen, damit ich Simone mit dem Geweih erstechen konnte. Glücklicherweise ist sie ja immer eine langsame Raucherin gewesen."

Vergeblich versuchte Anna, sich zurück auf das Felsplateau zu ziehen. „Lass mich leben!", bettelte sie. „Ich werde auch nicht fortgehen. Ich verspreche es."

Traurig sah Marta sie an. „Du hast dein Versprechen schon einmal gebrochen. Ich kann dir nicht mehr glauben. Ich muss noch einmal töten. Ein letztes Mal."

„Nicht, Marta!" Doch unbarmherzig sauste der Stock auf Annas Hände nieder. Sie schrie auf, aber noch klammerte sie sich fest.

„Anna!", klang es da in einem zweistimmigen Aufschrei von der Treppe her.

Annas Blick flog zu Stefan hinüber, der gemeinsam mit Lars dort aufgetaucht war.

„Stefan", schluchzte sie. „Hilf mir!"

Doch er starrte nur auf den drohend erhobenen Stock in Martas Hand – und wich einen Schritt zurück.

„Stefan!" Tränen liefen Annas Wangen hinab. Wie konnte seine Angst nur wichtiger sein als sie? Schon begannen ihre Hände sich vom Geländer zu lösen, als Rettung von gänzlich unerwarteter Seite kam.

„Glühwein?", fragte Lars, der sich Schritt für Schritt an Marta herangeschlichen hatte, und schleuderte ihr den Inhalt der Thermoskanne entgegen.

Selbst eine Verrückte war empfänglich für Schmerz. Schreiend riss Marta ihre Hände empor, Lars holte mit der Thermoskanne aus und schlug sie damit zu Boden.

„Halt dich fest, Anna!" Er stürzte zur Brüstung.

„Ich kann nicht mehr", schluchzte sie.

Seine Hände legten sich warm und tröstend um ihre Handgelenke. „Macht nichts", sagte er. „Ich hab dich."

Er hatte sie. Und er ließ sie nicht los. Nicht auf dem Felsplateau, wo sie auf die Polizei warteten, die Marta festnahm und abführte. Nicht auf dem Weg zurück durch den Wald, der für Anna nur noch einen winzigen Funken seines einstigen Zaubers barg. Nicht vor dem Ferienhaus, als Stefan sich von Anna verabschiedete, verlegen und kleinlaut und dennoch ohne jeglichen Versuch, sie erneut für sich zu gewinnen.

„Weißt du, Anna", sagte Lars, als sie die Einzigen waren, die noch vor dem verschlossenen Ferienhaus standen, „im Moment bist du sicherlich nicht in der Lage dazu, irgendeine sinnvolle Entscheidung zu treffen. Und ausnahmsweise werde ich das einmal nicht ausnutzen."

„Wie freundlich von dir." Anna kuschelte sich tiefer in seinen Arm hinein, der so natürlich um ihren Körper herumlag, als gehörte er zu ihm.

„Ja, nicht?", sagte Lars mit unüberhörbarem Bedauern.

„Hältst du mich einfach, bis ich so weit bin?"

Er lächelte auf sie hinab. „Wenn du darauf bestehst …"

Backtage Antje Fries

„An den Adventssamstagen backen die Weberinnen. Das war schon immer so und wird auch immer so bleiben. Und jetzt, wo du das Kind hast, backen wir bei dir!"

So hatte das angefangen mit meinem Malheur. Und jetzt stecke ich drin. Mittendrin.

Als ich siebenundzwanzig war, verließ mich mein langjähriger Freund, als er hörte, dass ich ein Kind von ihm erwartete. Vater wolle er noch nicht werden, verkündete er – und ward nicht mehr gesehen. Zum Glück hatte ich als Chemikerin bei einem großen Ludwigshafener Unternehmen einen sicheren Job und Kinderbetreuung von Anfang an, sodass ich mir keine Sorgen machen musste, wie es nach Lolas Geburt weitergehen sollte.

Inzwischen ist Lola zehn Monate alt und der Grund, warum die Weberinnen fortan bei mir backen wollten.

Alle noch lebenden Frauen der Weber-Sippe haben schon immer in der Vorweihnachtszeit gebacken, als gelte es, die US-Truppen komplett mit Gebäck zu versorgen. Kategorisch jeden Samstag im Advent. Und wenn es sein musste, auch noch an den Freitagen. Da gab es dann jeweils nur Suppe zu Mittag, aber niemand wagte, zu protestieren, da man sofort an die bevorstehenden weihnachtlichen Genüsse erinnert wurde. Je älter ich wurde, desto öfter versuchte ich, mich zu drücken, allerdings mit wechselndem Erfolg.

„So wird er dich niemals heiraten!", erfuhr ich einmal. Als hänge mein Lebensglück – oder das meines Lovers – von Vanillekipferln und Spritzgebackenem ab!

„Ihr jungen Frauen lasst euch ausnehmen. Das dankt

euch niemand. Denk doch lieber an die Zukunft, da wirst du dankbar sein, alle Gebäcksorten für deine Familie aus dem Effeff zu beherrschen. Uns wird es ja schließlich nicht ewig geben! Tja, aber unsere gesellschaftlichen Werte verkommen eben immer mehr!", dröhnte es aus dem Telefonhörer, als ich mich einmal wegen angeblicher Überstunden abzumelden versucht hatte.

In diesem Jahr war dann alles grandios schiefgegangen: Ich hatte nicht schnell genug reagiert, als sich die Frauen meiner Sippe bei mir einluden. Da mich meine Mutter erst wenige Tage zuvor besucht hatte, ließ sich auch keine ansteckende Erkrankung meiner Tochter vorschieben. Ich hatte keine Wahl. Ich würde es einfach durchstehen müssen. So schlimm würde es schon nicht werden.

Und nun stand ich da …

Am ersten Adventssamstag klingelte es um Punkt zehn an meiner Tür in der Sodastraße. Ich bewohne dort ein Häuschen, das meinem Arbeitgeber gehört und das von Dutzenden Häuschen umgeben ist, die auch meinem Arbeitgeber gehören.

Die Weberinnen schoben sich eine nach der anderen in meine Küche und luden ab, was sie mitgebracht hatten. Danach sahen die Arbeitsflächen nicht mehr so aus, als könne man sie noch benutzen: Überall türmten sich Berge von Zutaten.

„Tja, bis auf Butter, Eier und Milch, die wir jede Woche frisch holen müssen, haben wir schon alles dabei, das reicht hoffentlich bis Weihnachten", verkündete meine Mutter.

Na, Mahlzeit, dann würde ich also bis zum Fest irgendwo im Wohnzimmer essen, weil die Vorräte jedes noch so kleine Plätzchen in meiner Küche okkupiert hatten!

Trotzdem gelang es irgendwie, alle um den Tisch zu platzieren: Großtante Henriette mit ihren 84 Jahren bekam einen Stuhl, Tante Herta ebenfalls, denn die war für die Verzierungen zuständig. Da brauchte man eine ruhige Hand und also einen Sitzplatz. Meine Cousine Steffi, meine Mutter und ich mussten stehen, das war quasi Ehrensache.

„Wie, du hast nicht einmal eine Küchenmaschine? Bloß nen einfachen Mixer?" Steffi riss entsetzt die Augen auf.

„Da fehlt eben ein Mann im Haus!", konstatierte Tante Herta.

„Genau!", ergänzte Steffi. „Mein Markus hat mir in zehn Jahren Ehe schon dreimal das neuste Modell zu Weihnachten geschenkt. Toll, gell?"

Ich nickte ergriffen und widmete mich wieder dem einfachen Butterplätzchenteig, den ich verzweifelt und härter als jemals durchknetete.

„Ja, hättest du den Johannes mal geheiratet, dann könnten wir jetzt auch eine moderne Küchenmaschine benutzen. Nächste Woche bringe ich eben meine mit. Aber heute wird das natürlich eine beschwerliche Sache. Wie früher!", rührte meine Mutter genüsslich noch einmal in der Wunde.

„Mama, er hat mich wegen Lola verlassen und heiraten wollte er sowieso schon mal nicht."

Nun war Großtante Henriette auf den Plan gerufen: „Lola, so nennt man doch höchstens eine Animierdame!"

Ich stach schweigend Monde und Glocken aus und drapierte sie auf einem Blech.

„Und wenn du mal überlegst, dass deiner Tochter ihr Name nicht mal in Mode ist. Das arme Kind, wenn das in die Schule kommt!"

Ja, da hatten Steffis Kinder es sicher besser: Garantiert wusste jede Grundschullehrerin auf diesem Planeten, noch bevor sie die Gören gesehen hatte, was mit Jason und Shanaya-Darlene auf sie zukam.

So ging es den ganzen Tag weiter und nur weil Lola irgendwann aufwachte und gewickelt und gefüttert werden musste, entkam ich der Großaktion für einige Minuten. Später lag mein Kind leise gurgelnd mit einem angelutschten Stofftier im Ställchen, das meine Mutter extra vom Dachboden geholt hatte, um es dann hier aufzubauen, damit nur ja jede Hand für die Bäckerei frei blieb.

„Habe ich euch schon mal erzählt, wie meine Schwestern und ich seinerzeit für die Wehrmacht gebacken und unsere Plätzchen an der Front für ein glückliches Weihnachtsfest gesorgt haben?"

„Hast du!", stöhnte ich. „Letztes Jahr. Und das Jahr davor. Und in dem davor auch. Und überhaupt, seit ich denken kann."

Meine Mutter schickte einen strafenden Blick zu mir herüber und sagte milde: „Liebe Henriette, das gehört doch unbedingt dazu bei unserer Bäckerei. Erzähl uns doch noch mal, wie es dazu gekommen ist, dass du beinahe einen Orden vom Gauleiter verliehen bekommen hättest, wenn die Amis nicht mit ihren Bombern dazwischengekommen wären!"

Großtante Henriette nickte dankbar. „Ja, damals also, da waren ja unsere Verlobten alle an der Front. Nicht so wie heute, wo sich die jungen Männer vor der Wehrmacht drücken wie dein Johannes!"

„Der ist nicht mehr meiner!", brummte ich dazwischen und schob das gefühlt siebenundzwanzigste Blech in den Ofen.

„Uns war klar, dass wir in unseren Luftschutzbunkern viel heimeliger Weihnachten feiern würden als unsere heldenhaften Soldaten. Da haben meine Schwestern und ich beschlossen, ihnen mit der Weihnachtsbäckerei eine kleine Freude an der Front zu bereiten." Und so ging das noch stundenlang weiter, was immerhin zu einer Pause des Beschusses auf so missratene Mitglieder der Weber-Sippe wie mich führte. Ich nahm den Sermon also hin, auch wenn ich jedes einzelne Wort längst kannte.

„Um Gottes willen, deine Dosen sehen ja so aus, als hättest du sie gar nicht heiß ausgespült!", rief Tante Herta, als sie die ersten ihrer kunstvoll verzierten Kekse auch in meine, in den Tagen zuvor noch schnell gekauften, Dosen setzen wollte. Das stimmte: Ich war eilig in ein Kaufhaus gelaufen und hatte einen Schwung bunter Dosen erworben, um wenigstens in diesem Jahr nicht dafür schief angesehen zu werden, dass ich meine Weihnachtsplätzchen in alte Plastikdosen stapelte, in denen ich seinerzeit Kartoffelsalat gekauft hatte. O Gott, war das furchtbar gewesen: „Du kaufst Kartoffelsalat?", hatte Steffi ungläubig gefragt und danach ausführlich beschrieben, wie sehr ihr Markus den selbst gemachten Kartoffelsalat *Wirtshaus Art* mochte. Ja, das sah man ihm auch an, dem Markus. Und so würde das natürlich auch nichts mehr werden mit meinem Johannes, hatten die Frauen im vergangenen Jahr vorausgesehen.

Wesentlich besser erging es mir aber auch in diesem Jahr nicht, fand ich. Und weghören, das konnte ich immer so schlecht. Und das sollte noch wie viele Jahrzehnte so weitergehen? Es war zum Verzweifeln! Ich sah mich schon in dreißig Jahren mit einer noch fülligeren Steffi und ihrer schwammigen Shanaya-Darlene in deren Küche stehen, Teigbrocken abteilen und die kleinen Justines oder Stevens oder LaToyas vom Naschen abhalten. Grauenvoll, die Vorstellung!

Es musste dringend etwas passieren!

Erst nach Einbruch der Dämmerung räumten die Weberin-
nen die Küche und ich hatte mein Reich – abgesehen von
Bergen von Zutaten, Keksdosen und hartnäckigem süßen
Plätzchenduft – wieder für mich. Matt sank ich neben Lola,
die im Wohnzimmer spielte und zum Glück offensichtlich
keinen größeren Schaden genommen hatte: weder durch das
Eingesperrtsein im Ställchen noch durch das Gebabbel der
Verwandten. Es dauerte nicht lange und ich war eingenickt.

Im Bett streckte ich die vom langen Stehen müden Bei-
ne und genoss die Wärmflasche unter dem schmerzenden
Kreuz. Da schoss es mir durch den Kopf, dass eigentlich
nur das Ableben diverser Weberinnen dafür sorgen würde,
dass ich meine Adventssamstage ab dem kommenden Jahr
erstmals im Leben selbst gestalten könnte. Ich grinste ins
Dunkle: Mord! Dann stellte ich mir vor, wie ich Großtante
Henriette mit dem Nudelholz erschlagen, Tante Herta in den
Ofen schieben und Cousine Steffi ihr großes Maul mit einem
Elch-Backförmchen stopfen würde. Pietätvoll, wie ich war,
fiel mir für meine Mutter jedoch keine spontane Form des
Abgangs ein.
     Nach dem zweiten Kaffee am nächsten Morgen ging es
mir durch den Kopf, wie gern ich eigentlich das Backen
einmal gemocht hatte. Das war zu der Zeit gewesen, als ich
auswärts studiert hatte und das Budget für wöchentliche
Heimreisen nicht reichte. Damals war ich berühmt gewesen
für meine Backkünste. Vor allem die Haschkekse hatten sich
großer Beliebtheit erfreut und das nicht nur in meiner WG.

Einmal Haschkekse für die ganze Sippe? Aber würde das
mein Problem lösen? Auch nicht wirklich. Doch ein anderes
Kraut im Teig, das würde gehen …

Auf einer Industriebrache am Rheinufer, dort, wo manchmal eine Leiche gefunden wurde, wenn der Tatort mal wieder in Ludwigshafen gedreht wurde, hatte ich schon vor Wochen bei einem meiner ausgedehnten Spaziergänge mit dem Kinderwagen einen stattlichen Stechapfel entdeckt.

Meine Uroma war wegen eines Stechapfels als Halbwaise aufgewachsen: Asthmazigaretten sollen seinerzeit der letzte Schrei gewesen sein für Asthmatiker wie ihren Vater. Weil der aber gar nicht so viel rauchen mochte, wurde ihm ein Tee aus den Pflanzenteilen gebraut, was schiefgegangen sein muss, da er einer plötzlichen Atemlähmung erlag. Seitdem wird ein enormer Respekt vor dem Stechapfel an jede folgende Generation weitergegeben.

Natürlich stand er da noch, denn wer kam hier schon hin? Und wenn, hätte das ja obendrein auch noch jemand mit speziellen botanischen Kenntnissen sein müssen. Vorsichtig verfrachtete ich die komplette Pflanze mit Arbeitshandschuhen in eine Plastiktüte und schob sie in den Korb unten im Kinderwagen.

Zu Hause hängte ich einen Großteil des Stechapfels schön unsichtbar im toten Winkel hinter der Küchentür zum Trocknen auf. Den Rest hackte ich klein und rührte ihn gleich in einen Teig. In genau den Teig, der für das kommende Wochenende auf dem Programm stand. Die Mandelplätzchen, die ich daraus backte, waren wirklich hervorragend gelungen, fand ich. Nun mussten nur noch die am kommenden Samstag genauso geraten, damit ich sie unbemerkt austauschen konnte.

Tante Herta legte immer größten Wert darauf, dass niemand vor den Feiertagen oder bei nicht legitimierten Tee-Runden Kekse naschte, doch wussten alle Weberinnen, dass sie selbst sich absolut nicht daran hielt. Sie naschte, wann immer man nicht genau hinsah. Es würde also ein Leichtes sein, ihr die präparierten Plätzchen unterzujubeln. Die würde nicht mehr über meine Keksdosen und meine kaputte Beziehung lästern, die nicht!

Stoisch ertrug ich den zweiten Backtag. Immerhin hatte ich mir zur Belohnung morgens schon eine Flasche Sekt kalt gestellt, die ich abends genüsslich köpfen würde.

Tante Herta hatte noch am gleichen Abend zugegriffen. Nachts erlag sie dann völlig unerwartet einer Atemlähmung, die der sofort hinzugezogene Notarzt ihrem chronischen Asthmaleiden zuschrieb. Dienstags war ich auf der Beerdigung und samstags wurde wieder gebacken, da gab es nichts.

Am dritten Adventssamstag nahm Cousine Steffi weinend ein paar Rumkugeln mit, denn jeder hatte Verständnis dafür, dass die Arme, die eben erst ihre Mutter zu Grabe getragen hatte, sich mit etwas Süßem tröstete. Die frisch gerollten Kugeln sahen aber auch zum Anbeißen aus! Wenigstens hatte keins der Kinder Interesse an den alkoholisch getränkten Kugeln gezeigt, das hätte ich mir dann doch nicht verziehen. Jedenfalls wurde auch Steffis Tod nicht genauer untersucht, weil sie sonntags, auf dem Weg vom Friedhof nach Hause in ihr Reihenhaus drüben in Mannheim, mit ihrem Kleinwagen und viel Schwung von einer Rheinbrücke stürzte. Überhöhte Geschwindigkeit, Kontrolle verloren, Ende. Ich wusste es besser, aber das ließ ich lieber nicht durchblicken. Mittwochs bei der Beerdigung war es recht hübsch, dass die Kränze auf Tante Hertas Grab nebenan noch frisch leuchteten.

Am Samstag, dem vierten im Advent, liefen meine Mutter und Großtante Henriette überaus geknickt bei mir ein.

„Man könnte meinen, es liegt ein Fluch auf der Familie", seufzte meine Mutter und rührte gedankenverloren im Zuckerguss herum.

Ich konzentrierte mich auf die Kokosmakronen und deren möglichst identische Größe, aber plötzlich fiel mir ein, dass heute der vierte Adventssamstag war, und es lebten noch zwei von ihnen. Mir würde die Zeit nicht reichen bis Weihnachten! Ich hatte im Trubel der ganzen Woche obendrein auch noch vergessen, etwas Sinnvolles vorzubereiten, um meine Serie fortzusetzen.

Dann kam mir der Zufall zu Hilfe: Tante Henriette wachte am Adventssonntag einfach nicht mehr auf, was ja mal passieren kann mit über achtzig. Da meine Mutter diejenige war, die sie montags schließlich fand, fühlte sie sich im „Weber-Fluch" bestätigt und regte sich so auf, dass sie ein Herzinfarkt dahinraffte.

Am Donnerstag vor Weihnachten fand das Doppelbegräbnis statt. Direkt danach bekam ich mit Lola noch einen Last-minute-Flug. Heute ist Heiligabend und wir sitzen auf Teneriffa am Strand. Ohne Gebäck.

Und dann riss die seit geraumer Zeit sich selbst überlassene Lola wild an meinen Haaren und ich erwachte völlig zerknautscht auf meinem Sofa. Es war immer noch der erste Adventssamstag! Wohlig duftete mein ganzes Haus nach Weihnachtsbäckerei. Ich legte eine Klassik-CD ein und machte Glühwein warm. Lola fütterte ich mit Butterplätzchen. Auch ich griff zu. Auf Mandelplätzchen und Rumkugeln verzichtete ich aber lieber.

Engel im Blindflug Susanne Knepper

Karin stand am Fenster und schaute in die Dämmerung hinaus. Jetzt konnte es nicht mehr lange dauern, bald musste Geros Auto vorfahren.

Wie immer, wenn er auf einer seiner vielen Geschäftsreisen war, wartete sie ungeduldig auf seine Rückkehr. Erst recht an Tagen wie diesem, einen Tag vor Heiligabend.

Und doch fühlte sich ihre Ungeduld dieses Mal anders an.

Sie schaute sich um. Alles war vorbereitet. Der Esstisch glänzte festlich gedeckt: die guten Teller, aufwendig gefaltete Servietten, das blank geputzte Besteck, die zwei Rotweingläser und in der Mitte der üppig dekorierte Adventskranz. Als Begrüßungstrunk stand Geros Lieblingswein bereit, Nußdorfer Bischofskreuz Spätburgunder.

Wie oft schon hatten sie hier am Tisch in trauter Zweisamkeit gesessen, seine Rückkehr mit einem romantischen Dinner gefeiert. Und sie hatte sich jedes Mal gewünscht, er würde nie wieder verreisen und sie alleine lassen.

Sie zündete die vier Kerzen am Adventskranz an und dimmte die Deckenlampe über dem Tisch. Dann ging sie zur Sitzecke hinüber, steckte die Lichterkette am noch unvollständig dekorierten Weihnachtsbaum ein und machte die Stehlampe neben dem Sofa an. Zufrieden ließ sie den Blick durch das große Wohnzimmer schweifen, das nun in einem gemütlichen, milden Licht lag. Das Feuer im Kamin knackte und knisterte und tauchte den Raum zusätzlich in einen flackernden goldenen Schein.

Sie ging wieder ans Fenster. Ihre Schritte hallten auf den kalten, blanken Fliesen in dem stillen Haus. Durch das abgedämmte Licht hatte sie nun einen besseren Blick auf die

Straße, die man hinter der hohen Hecke des großen Gartens nur erahnen konnte. Trotzdem hatte sie bisher jedes Mal Geros Auto entdeckt, wenn es die Straße hochkam, ja, selbst in der Dunkelheit erkannte sie die Scheinwerfer seines Wagens.

Sie seufzte. Ihr Blick wanderte durch den schneebedeckten Garten, die Straße entlang vorbei an den entfernt liegenden Nachbarhäusern, in denen nun nach und nach auch die Lichter angingen. Ihr Haus war das letzte der Straße, dahinter gab es nur noch Nußdorfer Weinberge – und große Dunkelheit.

Unzählige Male hatte sie hier gestanden in den acht Jahren ihrer Ehe, hatte die Minuten gezählt, bis Gero sie endlich wieder in seine starken Arme schloss.

Trotz des flackernden Kaminfeuers zog Karin fröstelnd die Schultern hoch und rieb sich mit der rechten Hand den linken Arm. Ihr ganzer Körper sehnte sich nach Geros Berührung, nach seiner Wärme, seinen zärtlichen Fingern und sanften Lippen. Nach seinen Augen, deren strahlendes Blau einen wirkungsvollen Kontrast zu seinem schwarzen Haar bildete. Nach seinen starken und trotzdem weichen Händen, auf denen er sie mühelos die Treppe hoch ins Schlafzimmer trug.

Karin musste lächeln, als sie daran dachte, wie er sie das erste Mal hier ins Bett getragen hatte, wie er sie langsam und bedächtig auszog, jeden Zentimeter ihres Körpers mit den Fingern erforscht und mit Küssen bedeckt hatte. Spätestens in diesem Moment hatte sie gewusst, dass sie auf immer und ewig ihm gehörte. Niemals würde ein anderer Mann ihr das geben können, was er ihr gab. Und niemals hätte sie gewollt, dass ein anderer Mann sie so berührte.

Sie wusste, dass sie immer wieder Liebesabenteuer hätte haben können, selbst als Gero und sie schon lange verheiratet waren. Bei vielen Geschäftsessen, auf die sie Gero begleitet hatte, hatte sie unter dem Tisch plötzlich die Fußspitze ihres Gegenübers an ihrer Wade gespürt oder die Hand ihres Tischnachbarn auf ihrem Knie. In diesen Momenten hatte sie immer demonstrativ nach Geros Hand gegriffen und die Person in kühlem Ton direkt angesprochen: „Schade, dass Ihre Frau nicht hier sein kann" oder „Was, sagten Sie noch, macht Ihre Verlobte?"

Manchmal hatte sie Gero davon erzählt. Dann hatte er herzlich gelacht, sie fest in die Arme genommen und gesagt: „Es ist wunderbar, dich an meiner Seite zu haben."

Sie hatte gefragt: „Hast du denn keine Angst, dass ich mal schwach werde bei all den Angeboten?"

Er hatte ihr zärtlich durch die Haare gestrichen: „Nein, nicht du. Du bist ein Engel."

Karin hatte es stets mit Stolz erfüllt, dass er sich so sicher fühlte bei ihr. Aber er hatte ihr ja die gleiche Sicherheit gegeben. Er zeigte überall genauso deutlich, dass sie zusammengehörten. Egal, wohin er sie auch mitnahm, immer hielt er fest ihre Hand. Oder er legte ihr sachte seine Hand in den Rücken, während er sie neben sich herführte. Auf Bällen tanzte er ausschließlich mit ihr, ihre Körper ganz nah aneinandergeschmiegt, als wären sie miteinander verschmolzen, und sie genoss die neidischen Blicke, wenn er höflich, aber bestimmt anderen Frauen einen Korb gab: „Pardon, ich tanze nur mit meiner Frau."

Nirgends sonst fühlte sie sich sicherer, als wenn sie nachts eng umschlungen beieinanderlagen, nachdem sie sich geliebt hatten. Manchmal schaute Gero sie fasziniert an, wenn sie sich tief in seine Arme schmiegte, und fragte leise: „Mein Gott, habe ich dich wirklich verdient?"

Sie kannte darauf nur eine Antwort: Sie küsste seinen ganzen Körper und liebte ihn noch einmal. Und wenn sie ein Engel war, dann nur, weil er sie zu einem gemacht hatte. Er hatte ihr Flügel verliehen und das Schweben im siebten Himmel beigebracht.

Draußen war es inzwischen völlig dunkel geworden. Ihr Blick kehrte aus der Ferne zurück und traf auf ihr Spiegelbild in der Fensterscheibe, wie sie in ihrem seidigen weißen Kleid mit verschränkten Armen dastand. Das braune, leicht gewellte Haar fiel locker auf ihre Schultern herab. Das Lächeln, das bei ihren Gedanken ihren Mund umspielt hatte, war in dem verschwommenen Spiegelbild merkwürdig verzerrt, glich eher einer Grimasse. Trauer kroch bei diesem Anblick in ihr hoch und legte sich schwer auf ihre Brust.

Sie war wohl nur ein Engel im Blindflug gewesen.

Es hatte nicht in ihrer Absicht gelegen, Gero nachzuspionieren. Sie hatte lediglich seine Wäsche wegräumen wollen, eines morgens, nachdem er wieder von einer mehrtägigen Geschäftsreise zurückgekommen war. Sie hatte sofort den Parfumgeruch an seinem Hemd bemerkt, das er in der Nacht achtlos auf den Boden neben das Bett geworfen hatte, bevor er zu ihr unter die Bettdecke gekrochen war. Einen Moment lang war sie wie gelähmt gewesen, hatte immer wieder ihre Nase in das Hemd gedrückt. Das war nicht sein Geruch, das war ein fremder Geruch, ein weiblicher. Eine furchtbare Ahnung hatte sie ergriffen.

Von dem Moment an hatte sie wirklich begonnen, ihm nachzuspionieren. Sie untersuchte seine Wäsche, wühlte in seinen Jackentaschen, durchstöberte seine Aktentasche. Und im Laufe der Zeit war die Ahnung zur schrecklichen Gewissheit geworden: Er betrog sie, und das offensichtlich mit ständig wechselnden Frauen. Ihre Nase nahm immer wieder andere Parfums wahr. Manchmal entdeckte sie blonde Haare auf seinem Jackett, manchmal schwarze oder rote. Einmal fand sie in seiner Jackentasche ein Stück Serviette, auf dem mit weiblicher Handschrift eine Telefonnummer in Paris aufgeschrieben war. Ein anderes Mal war es ein Streichholzbriefchen aus einem Madrider Hotel mit einem spanischen Frauennamen und einer Telefonnummer.

Sie rechnete damit, Veränderungen an Gero selbst wahrzunehmen. Doch ihm war nichts anzumerken. Er war ihr gegenüber genau so aufmerksam und zärtlich wie am ersten Tag und liebte sie immer noch mit unglaublicher Hingabe. Immer wieder sagte sie sich, dass sie sich vielleicht alles nur einbildete, vielleicht war sie einfach zu viel allein und kam deshalb auf dumme Gedanken. Solange er da war, sie ihn spüren konnte, fühlte sie sich sicher. Aber sobald er nach einem Termin länger ausblieb oder wieder auf Geschäftsreise fuhr, kehrte die Unsicherheit zurück.

Sie weitete ihre Nachforschungen aus. Wenn Gero angeblich wegen eines Geschäftsessens abends nicht nach Hause kam, rief sie unter einem Vorwand bei den Geschäftspartnern an. Mehr als einmal hatte sie die verblüffte Antwort bekommen, dass es kein Geschäftsessen gäbe und ihr Mann nicht dort sei, und sie hatte sich entschuldigt, dass sie wohl den Namen verwechselt habe. Den restlichen Abend zermarterte sie sich den Kopf, wo Gero wohl war, in welchem Bett, in den Armen welcher Frau. Der Gedanke brachte sie fast um, dass er diese Frau genau so anfasste wie sie, dass er ihren nackten Körper küsste, sich ihr hingab. An diesen Abenden weinte sie allein im Bett, bis Gero mitten in der Nacht kam. Sie stellte sich schlafend, wenn er zu ihr unter die Decke kroch und sich an sie schmiegte. Seine Berührungen brannten auf ihrer Haut und am liebsten hätte sie laut geschrien, aber sie biss sich stets auf die Lippen und ertrug den Schmerz stumm.

Letzte Gewissheit hatte sie bekommen, als sie Gero heimlich nachgereist war. Sie hatte sich in einem billigen Hotel am gleichen Ort eingemietet und war mit Perücke und Sonnenbrille verkleidet in sein Hotel gegangen. Dort hatte sie in der Lobby gesessen und gewartet, bis er kam. Neben ihm war eine groß gewachsene, schlanke Blondine gegangen, sie hatten sich mit verschränkten Fingern an der Hand gehalten wie frisch Verliebte. Er hatte einen Zimmerschlüssel geholt, der Blondine sachte seine Hand in den Rücken gelegt und sie zum Fahrstuhl geführt. Karin hatte noch eine ganze Weile unbeweglich in der Lobby gesessen. Sie war kaum in der Lage gewesen, das Hotel zu verlassen und in ihr kleines, schäbiges Zimmer zurückzukehren. Sie konnte nicht einmal mehr weinen.

Karin legte eine Hand an die Fensterscheibe auf ihr Spiegelbild. Der Engel war abgestürzt.

Sie wandte sich vom Fenster ab, blieb unschlüssig im Zimmer stehen. Langsam schlenderte sie zum Tisch hinüber, rückte die Gläser zurecht und betrachtete die Weinflasche.

In dem Hotel war ihr klar geworden, dass etwas geschehen musste. Sie hatte lange überlegt.

Wenn sie Gero zur Rede stellte, würde er sie vielleicht um Vergebung bitten und ihr versprechen, sie nie mehr zu betrügen. Aber konnte sie jemals wieder sicher sein?

Möglicherweise würde er ihr auch einfach anbieten, sich scheiden zu lassen. Dann hätte sie ihn endgültig verloren.

So weiterleben konnte sie aber auf keinen Fall mehr. Sie wollte ihren Mann nicht mit anderen teilen, er gehörte ihr allein, so wie sie auch nur ihm gehörte. Sie musste dafür sorgen, dass er keine andere Frau mehr anfassen, dass er ihre Liebe nie wieder verraten konnte.

Es gab nur eine Möglichkeit. Sie war zu ihrem Arzt gegangen, hatte über ihre Einsamkeit und Schlaflosigkeit geklagt und sich Schlafmittel verschreiben lassen. Sie hatte sich immer wieder neue Rezepte geholt und um stärkere Mittel gebeten. Der Arzt hatte ihr zwar geraten, sich Ablenkung zu suchen, ein Hobby zu finden, aber er hatte ihr trotzdem die Mittel verschrieben. So hatte sie eine ausreichende Menge an Tabletten gesammelt, um einen ordentlichen Gift-Cocktail mischen zu können.

Karin strich mit den Fingerkuppen sachte an der Weinflasche entlang. Ihren größten, ihren einzigen Weihnachtswunsch, von Gero nie mehr alleingelassen und betrogen zu werden, würde sie sich hiermit selbst erfüllen. Gero liebte diesen Spätburgunder wegen seines würzigen Geschmacks. Genau diese Würze würde verhindern, dass er das Tablettengemisch herausschmecken konnte.

Gero würde nur noch ein einziges Mal eine Frau berühren und liebkosen – und diese Frau würde sie sein. Seine letzte Liebe würde auf immer und allezeit ihr allein gehören und keine Frau konnte sich mehr dazwischenstellen.

Sie hatte alles durchgeplant. Sie hatte für sich ein Hotelzimmer in der Schweiz gebucht. Der Putzfrau hatte sie schon gestern für die nächste Woche freigegeben mit dem Hinweis, dass sie über die Weihnachtstage in Urlaub fahren werde. Sie hatte einen Brief an Gero geschrieben, in dem sie ihm mitteilte, dass sie ihn verlassen werde.

Wenn Gero gleich käme, würde sie dafür sorgen, dass er den Wein trank. Sie würden sich ein letztes Mal lieben, gleich hier auf dem Sofa. Sobald er seinen letzten Atemzug getan hätte, würde sie die leeren Tablettenröhrchen und ihren Brief auf den Tisch legen und sich auf den Weg in die Schweiz machen.

Sie hatte Gero vor seiner Reise das Versprechen abgerungen, dass er erst nach den Weihnachtstagen wieder ins Büro gehen würde. So würde es vier Tage dauern, bis jemand ihn vermisste. Sie würden ihn hier finden, mit den Tabletten und dem Brief.

Jeder würde denken, Gero hätte sich das Leben genommen, weil sie ihn verlassen hatte. Niemand konnte ihr beweisen, dass sie noch hier gewesen war, als er den Wein trank.

Und niemand konnte ihr mehr ihren Mann stehlen.

Autoreifen knirschten auf dem Schnee in der Hofeinfahrt. Sie schüttelte ihr Haar und atmete tief durch. Sie lauschte auf das Klappen der Autotür, den Schlüssel im Schloss, seine Schritte im Hausflur und wandte sich genau in dem Moment zu ihm um, als er das Zimmer betrat.

Gero kam beschwingt auf sie zu. Mit seinem aufrechten Gang, seinen breiten Schultern und seinem strahlenden Gesicht nahm er mit einem Schlag den ganzen Raum für sich ein. Sein schwarzes Haar glänzte, das weiße Hemd war am Kragen leicht geöffnet und gab den Blick auf seine auch im Winter braun gebrannte Brust frei. Karin konnte nicht verhindern, dass ihr Herz schneller schlug und das Blut heiß durch ihren ganzen Körper floss. Dicht vor ihr blieb Gero stehen, schlang seine Arme um sie und zog sie an sich. Sie spürte seine Hände auf ihrem Rücken, wie sie zärtlich ihre Wirbelsäule entlang herunterglitten, sich auf ihr Gesäß legten und ihre Hüfte gegen seine pressten. Er neigte sein Gesicht zu ihr herunter, sein Atem streichelte über ihre Wange.

„Hallo, mein Engel", flüsterte er und drückte seine Lippen auf ihren Mund.

Karin schloss die Augen. Sie tauchte in seine weichen Lippen ein, gewährte seiner suchenden Zunge Einlass und sog seinen Geschmack tief in sich ein.

Als sie sich nach einer Weile voneinander lösten, seufzte Gero.

„Ich habe dich so vermisst", sagte er.

Karin lächelte stumm. Wie sehr wünschte sie sich, ihm das glauben zu können.

Gero fasste sie an den Schultern, schob sie ein Stück von sich weg und betrachtete sie von oben bis unten. „Dieses Kleid ist neu", stellte er fest. „Es ist wundervoll. Du siehst wirklich aus wie ein Engel. Fehlen nur noch die Flügel."

Die hast du mir gebrochen, dachte Karin und schaute zu Boden.

Erneut zog er sie an sich. Er schob ihr Haar beiseite und küsste ihren Hals, vom Ohr hinunter bis zur Schulter und wieder hinauf.

Karin spürte eine Gänsehaut ihren Rücken entlanglaufen. Sie atmete schwer ein und aus. Sie musste ihre Gedanken beisammenhalten, sie musste etwas tun.

„Wie waren die Geschäfte?", fragte sie.

Gero richtete sich auf, schaute an ihr vorbei und wiegte den Kopf. „Ganz gut, denke ich", meinte er. Dann sah er sie wieder an. „Aber langweilig für dich."

Sie verschränkte ihre Finger in seinen. „Ohne dich ist es hier auch langweilig."

Gero lächelte sie liebevoll an. „Jetzt bin ich ja da."

Er hob ihre Hände an seinen Mund und küsste jeden einzelnen ihrer Finger.

Karin betrachtete seine kräftigen Hände, in denen ihre fast verschwanden. Wessen Hände hatte er wohl die letzten Tage und Nächte gehalten, in wessen Fingern hatten sich seine verschränkt?

Seine Küsse begannen zu schmerzen.

Langsam entzog sich Karin ihm und wandte sich zum Tisch. Sie griff nach Weinflasche und Glas. „Du möchtest doch sicher einen Schluck Wein?"

Ohne die Antwort abzuwarten, schenkte sie ihm ein und reichte ihm das Glas. „Unser Wiedersehenstrunk, wie immer?"

Gero nahm es und schaute sie abwartend an. Als Karin sich nicht anschickte, auch das zweite Glas zu füllen, fragte er: „Und du?"

Sie zog die Stirn kraus. „Ich … habe etwas Kopfschmerzen. Ich sollte wohl besser keinen Wein trinken."

Gero tat so, als würde er schmollen: „Dann ist es ja gar nicht wie immer."

Karin senkte den Blick auf die Weinflasche in ihren Händen. Nichts wird mehr sein wie immer, dachte sie. Laut sagte sie: „Ich möchte nicht für den Rest des Abends außer Gefecht gesetzt sein …" Sie ließ den Satz verhallen und schaute ihn blinzelnd von unten herauf an.

Gero zog eine Augenbraue hoch und lächelte sein jungenhaftes, schiefes Lächeln. Er setzte das Glas an die Lippen und trank einen ersten Schluck.

Karin beobachtete, wie seine Zunge über die Lippen fuhr, wie sein Adamsapfel beim Schlucken hüpfte. Sie stellte sich vor, wie das Tablettengemisch seine Speiseröhre hinunterrann, im Magen ankam und langsam begann, sich im ganzen Körper auszubreiten.

Nichts würde mehr sein wie immer.

Gero trat wieder nah an sie heran. Während er immer wieder kleine Schlucke trank, streichelte er ihr mit der freien Hand die Wange, fuhr durch ihr Haar und ließ seine Hand dann auf ihrer Schulter ruhen. Seine Finger begannen mit ihren Haarspitzen zu spielen.

Jede seiner Berührungen versetzte Karin tausend kleine Nadelstiche und sie wäre am liebsten zurückgezuckt. Aber ihr Gesicht folgte den Bewegungen seiner Hand, ohne dass sie sich dagegen wehren konnte. Sie legte den Kopf schräg, bis ihre Wange sich wieder an seine Hand schmiegen konnte. Seine warme, weiche Haut zu spüren beruhigte sie. Die Nadelstiche ließen nach.

Gero betrachtete sie eine Weile schweigend. Dann fragte er: „Du bist irgendwie unruhig, traurig. Was ist los mit dir?"

Karin hob den Kopf und schaute zur Seite. Es gab keinen Menschen auf der Welt, der sie so gut kannte wie er. Er tat ihr so gut und er tat ihr so weh. Sie schluckte.

„Wir sind einfach zu viel getrennt", sagte sie leise.

Gero fasste sanft ihr Kinn und drehte ihr Gesicht ihm zu. Ihre Blicke verfingen sich ineinander. Karin hatte das Gefühl, in der Tiefe seiner blauen Augen zu versinken. Sie kämpfte gegen die Hitze in ihrem Körper an und stöhnte leise.

Gero atmete tief ein und aus. „Vielleicht hast du recht."

Seine Hand strich an ihrem Hals entlang, die Finger spielten kurz in der Halsgrube. Dann wanderten sie weiter, über ihr Dekolleté, streichelten zuerst die eine Brust, dann die andere. Karins Körper begann zu beben. Geros Fingerspitzen zogen sanfte Spuren über ihre Rippen, ihren Bauch, verfingen sich in der Kuhle ihres Nabels. Ihr seidiges Kleid floss unter seinen Berührungen über ihren Körper. Der kühle Stoff streichelte ihre heiße Haut. Sie schloss die Augen und hatte das Gefühl, dass ihr ganzer Körper dem Fluss des Kleides folgte. Ihr Atem beschleunigte sich, ihre Brust hob und senkte sich, sie schwankte leicht hin und her. Geros Hand strich bis hinunter in ihren Schritt, dann zog sie eine sanfte Linie die Bauchdecke hoch und verharrte wieder auf ihrer Brust.

Nicht aufhören, dachte Karin.

Sie wollte ihre Arme um ihn schlingen. Da erst fiel ihr auf, dass sie immer noch die Weinflasche in der Hand hielt. Sie öffnete die Augen und blickte Gero unverwandt an. Plötzlich ergriff sie eine große Klarheit. Schon wieder war sie völlig blind gewesen, hatte die einfachste aller Möglichkeiten übersehen.

Sie musste nicht den Rest ihres Lebens ohne diesen wundervollen Mann verbringen. Sie mussten sich nie mehr trennen.

Sie löste sich von ihm und holte das zweite Glas vom Tisch. Dann schenkte sie sein Glas noch einmal voll und füllte auch ihres.

Gero schaute sie überrascht an. „Und deine Kopfschmerzen?"

Karin schmiegte sich an ihn und schaute zu ihm auf. „Unwichtig. Das Einzige, was zählt, sind du und ich."

Sie ließ ihr Glas an Geros anschlagen und ohne den Blick voneinander abzuwenden, tranken sie.

Nichts würde mehr sein.

Aber sie beide für immer vereint.

Schrottreif Birgit Jennerjahn-Hakenes

*Wenn etwas täglich geschieht und dann ausbleibt,
kommt einem das Tägliche wie eine Ewigkeit vor.*

Thomas kommt heute nicht mehr, dachte Eddie. Es musste etwas passiert sein. Es war kurz vor vier an diesem Novembernachmittag, der an goldene Oktobertage erinnerte. „Es ist nicht alles Gold, was glänzt", fiel ihm ein, und er wunderte sich über seine Unruhe.

Er hatte sich an den Jungen gewöhnt. An seine täglichen Besuche seit August, die dazu geführt hatten, dass er seinen Schrottplatz im Landauer Industriegebiet samstags für Kundschaft schloss. Dann gehörte der Platz dem Jungen und ihm alleine. Eddie wollte Thomas zeigen, dass er sich wohlfühlte, umgeben von Schrott. Schrott, das war mehr als sein Lebensunterhalt, es war seine Lebensaufgabe. Es kam immer darauf an, welche Bedeutung man den Worten gab. Begriff das ein Vierzehnjähriger? Dass der Platz in Wirklichkeit Oma Ursula gehörte, verdrängte Eddie so gut es ging. Heute ging es gut, denn Thomas' Wegbleiben irritierte ihn so sehr, dass er im Büro seinen Stahlschrank öffnete, nach der Whiskyflasche griff und einen großen Schluck nahm. Den ersten seit … Er dachte den Gedanken nicht zu Ende. Von August bis jetzt – das war eine lange Zeit. Sollte sie nun vorbei sein? Was würde aus Eddies Sonntagen werden? Sonntags waren sie manchmal umhergefahren mit einem der Autos, die verschrottet werden sollten. Seit es Thomas gab, nahm Eddie zu verschrottende Autos nur noch freitags an. Dann blieben sie über das Wochenende angemeldet. In einem alten Benz hatte er Thomas das Fahren beigebracht. „Bis nach China

70

kommt man damit nicht", hatte Thomas gesagt. „Aber bis in die Pfälzer Weinberge", hatte Eddie geantwortet. China. Warum wollten die Jungen immer so weit weg? Hier in der Pfalz war es doch gut. Gut bis auf Oma Ursula.

Siebenundachtzig und sie mochte nicht sterben. Ja, er hatte ihr etwas zu verdanken. Ein Etwas, das schwer wog. Denn Oma Ursula hatte ihn aus der Hölle geholt. Seine Mutter war siebzehn bei der Geburt gewesen, aber Eddie fand, das entschuldigte nicht die Schläge ihrer wechselnden Sexualpartner. Sie waren so stark gewesen, dass er den Namen seiner Mutter aus seinem Gedächtnis gestrichen hatte. Einen Vater gab es nicht. Nicht einmal einen, den er hätte aus seinem Gedächtnis streichen können. Manchmal, wenn Eddie über den Platz lief, berührte er den Schrott auf eine Art, wie er selbst nie berührt worden war – liebevoll – und dachte, wer gut behandelt wird, aus dem wird was. Schrott ist wiederverwertbar. Das Bergwerk der Zukunft, wie manche sagten. Und so war er dankbar, dass Oma Ursula ihn aus der Hölle geholt hatte und ihre eigene Tochter abstrafte.

Heute wusste er, sie hatte nur einen Kümmerer gesucht. Einen wie ihn, der keine Wahl gehabt hatte. Wie er die täglichen Besuche im Altenheim hasste! Die Alte ließ sich von ihm füttern, obwohl sie alleine essen konnte. Sie schiss in Windeln, obwohl ihr ein Toilettengang keine Probleme bereitete. Das hatten ihm Pfleger und Ärzte versichert. Dass sie ein psychisches Problem hatte. Manchmal stanken die vollen Windeln so sehr, dass Eddie sich übergeben musste. Whisky half.

Oma Ursula hatte ein dickes Konto und er war der Alleinerbe. Aber vorher musste sie sterben. Das konnte doch nicht so schwer sein, in ihrem Alter. Und dann, ja dann würde Eddie noch mal anfangen. Es war ja nicht nur das Kümmern. Oma Ursula drohte, ihm den Schrottplatz zu nehmen, wenn er seine Besuche einstellte. Die Alte kostete Nerven. Simone auch, dachte er, als er sie über den Platz laufen sah.

„Haste meine Plätzchen noch gar nicht gegessen?", fragte sie und knallte ihre Handtasche auf den Bürotisch, als sei es ihr Küchentisch daheim.

„Plätzchen?"

„Hab ich dir doch hingelegt."

„Keine Ahnung." Eddie wollte, dass sie ging. Plätzchen. Das passte zu ihrem Plätzchenschaffenwollen.

„Meine ersten Weihnachtsplätzchen. Extra für dich. Morgen ist der erste Advent, obwohl noch November ist."

Was meinte sie damit? Dass es im November Weihnachtsplätzchen geben musste, oder dass sie endlich für ihn gebacken hatte? In diesem November erst, wo sie doch schon seit zwei Jahren ein Paar waren. Viele Monate ohne Selbstgebackenes. War das eine gute Beziehung? Eddie dachte bei dem Wort Monate sofort an die neun und an eine Schwangerschaft. Ihm wurde übel. „Du nimmst doch noch die Pille, oder?"

„Hätte ich sie weglassen sollen? Oh, mein Gott, das heißt doch nicht etwa? Bist du zur Vernunft gekommen? Wo, verdammt, sind die Plätzchen?"

Simone begann zu suchen und Eddie dachte, sie hätte nun völlig den Verstand verloren.

„Was hast du denn wegen der Plätzchen? Was soll das?"

„Hast du sie gegessen oder nicht?"

„Ich hab keine gesehen."

„Heute Morgen hab ich sie vor deine Bürotür gestellt. Hat etwa Thomas ...? Wo ist er jetzt?"

Simone war plemplem. Schluss jetzt. „Simone, ich will weder Plätzchen noch sonst was von dir. Komm einfach nicht wieder."

„Und du hast sie wirklich nicht gegessen?"

Eddie hielt ihr die Tür auf. So gut konnte der Sex gar nicht sein, dass er sie weiter ertrug. Simone ließ nicht locker. „Wo ist Thomas?"

„Keine Ahnung, hab ihn heute nicht gesehen."

„Hat er vielleicht die Plätzchen …?"

„Raus!"

Hatte sie überhaupt begriffen, dass er soeben ihre zweijährige Beziehung beendet hatte?

Simone war Altenpflegerin. Eine Weile machte sie die Besuche bei Oma Ursula für Eddie erträglicher. Am Anfang hatte er sich gefragt, was eine Achtundzwanzigjährige an ihm fand. Einem Schrotthändler mit Whiskyflasche im Stahlschrank. Ja, er hatte volles schwarzes, lockiges Haar, und nur wenige graue Einzelhaare deuteten auf seinen nahenden Fünfzigsten hin. Ja, er hatte eine sportliche Figur, denn er lief. Machte nur kein Drama daraus und zog auch keine atmungsaktive Laufkleidung an, die ihn noch ansehnlicher gemacht hätte. Er lief, weil er laufen wollte, weil er immer schon gelaufen war. Wenn man wie er in der Pfalz aufgewachsen war, lernte man den Pfälzerwald eher kennen als Wandertouristen. Schon als Kind hatte er sich hier versteckt, wenn mal wieder ein Freund seiner Mutter zugeschlagen hatte. Es war mehr ein Zufall gewesen, dass er den Wald als seinen Freund entdeckt hatte. Auf der Suche nach dem König-Ludwig-Pavillon verlief er sich total. Mit der Schule hatten sie einen Ausflug hierher gemacht. Und während der Lehrer von der Aussicht schwärmte und über König Ludwig den I. referierte, der die Pfälzer Landschaft geliebt hatte, fühlte Eddie sich befreit ob der Weite, die er sah. Sie sagte ihm, dass es hinter dem berühmten Horizont weiterging. Mehr noch. Die Weite sagte ihm, dass der Horizont gar nicht so weit weg war. Aber als er den Pavillon nach den nächsten Schlägen suchte, um die Schmerzen in die Weite zu schicken, verlief er sich im Pfälzerwald. Aus der Not heraus baute er sich aus Ästen und Laub einen Unterschlupf. Hier fühlte er sich sicher, hierher kehrte er wieder und wieder zurück.

Den Wald würde er vermissen. Das war ihm beim Laufen klar geworden, so wie ihm vieles beim Laufen klar wurde. Seit Thomas in sein Leben getreten war, lief er Simone davon. Sie ärgerte ihn mit ihrem Heiratenwollen, mit ihrem Plätzchenschaffenwollen, wie sie es nannte. Wenn er das schon hörte: Plätzchenschaffen. Das klang wie beim Puppenspiel unter Vierjährigen. Eddie hatte sie hingehalten, der Sex war gut, warum verzichten? Aber dann tauchte Thomas auf und Simone war eifersüchtig geworden. Wollte ein eigenes Kind. Was für eine Spinnerei! Er war achtundvierzig, er wollte keinen Klotz am Bein. Angeschrien hatte sie ihn: „Aber um Thomas kümmerst du dich, um einen dahergelaufenen Sprayer."

Was ging es sie an? Thomas war ein aufgeweckter Junge, der eine Chance verdiente. So entwickelte Eddie die Idee, an Thomas besser zu machen, was an ihm versäumt worden war. Es war keine bewusste Ideenentwicklung. Es kam ihm so natürlich in den Sinn wie der Gedanke an eine Waffel mit Eiskugeln, wenn der Eismann klingelte.

Simone gegenüber hatte er kein schlechtes Gewissen. Er hatte ihr nie etwas versprochen. Sollte sie sich einen anderen suchen, ihm war es wurscht. „Du bist geprägt durch deine Kindheit, du kannst nicht wissen, dass es auch anders geht." Bla, bla, bla.

Er nahm einen zweiten Schluck, ließ sich auf den Schreibtischstuhl fallen und starrte durch die Scheibe nach draußen.

Das war sein Zuhause: der Schrottplatz. Die Wärme, die die Kehle hinunterfloss und sich ausbreitete, tat nicht gut. Sie brannte. Wo war Thomas?

Die Haare waren noch feucht, als er erwachte. Kopfschmerzen – waren sie schon im Schlaf gekommen? Es war ein Fehler gewesen, mit feuchten Haaren ins Bett zu gehen. Er hatte so dickes Haar, das trocknete nicht, wenn er im Bett lag. Er wusste das. Es war der Whisky gewesen, der ihn ins Bett gezwungen hatte. Dennoch bildete er sich ein, die Kopfschmerzen kämen von den feuchten Haaren. Nur zu gern verschob er das Ehrlich-zu-sich-selbst-sein um ein paar Stunden. Heute war ein Tag zum Verschieben. Was war überhaupt für ein Tag? Er ging zur Toilette und wusch anschließend sein Gesicht mit kaltem Wasser. Dann trank er aus dem Hahn und spürte, wie das Leitungswasser durch die Speiseröhre in seinen leeren Magen floss. Er fror. Er zog den Frotteebademantel an, der an der Tür am Haken hing, und ging in die Küche. Es war mehr eine Küchenzeile, so nannte man das, glaubte er. Erbärmlich. So umschrieb es jetzt sein schmerzender Kopf. Sicher, mit Oma Ursulas Geld könnte er eine Luxusküche einbauen. Eine, die womöglich selbst kochte. Er müsste die Alte nur noch öfter besuchen – unvorstellbar!

Er sah hinaus in den Hinterhof, der verlassen wirkte. Nicht nur die Blätter fielen von den Bäumen. Das Hinterhofleben erschien ebenso kahl. Welch ein Unterschied zwischen Sommer und jetzt, dachte er. Thomas war im Sommer aufgetaucht. Eddie hatte abends in den Himmel geschaut, weil sie im Radio von einem Sternschnuppenregen geredet hatten. Das wollte er sehen. Gewünscht hatte er sich nichts, nur geschaut – und am nächsten Morgen stand Thomas da.

Er erinnerte sich genau an das erste Zusammentreffen. Er hatte über der lästigen Büroarbeit gesessen und aus dem Fenster gestarrt, als ob der Papierkram sich von alleine erledigte, wenn er nicht auf ihn herabschaute. Durch das Tor hatte er einen Jungen zum Schrottplatz kommen sehen, eher unsicher denn zielstrebig. Der Junge sah sich um, in der Hand hielt er etwas, das sich kurz darauf als Spraydose entpuppte. Dann sah er direkt in Eddies Richtung, kam zögernd näher und Eddie hatte das Gefühl, erst, als er ihn im Büro sitzen sah, also erst, als er einen Menschen wahrnahm, der ihn wiederum wahrnahm, wurden seine Schritte zielsicher. Eddie war sein Publikum. Der Junge begann, alles anzusprayen, was in Reichweite der Spraydose kam. Immer mit einem Seitenblick zu Eddie. Und als Eddie nicht reagierte, sprayte der Junge die Fensterscheibe voll.

„Gehören schon lange geputzt", sagte Eddie, nachdem er nach draußen gegangen war. „Ich heiß Eddie und du?"

„Thomas", sagte Thomas, dem sonst kein Wort über die Lippen kam.

„Cola?"

„Okay."

Seitdem war viel passiert. Eddie langte sich an die Schläfen, die so sehr schmerzten, als wollten unangenehme Gedanken in seinen Kopf dringen. Er konnte sie nicht mehr abhalten, konnte das Ehrlich-zu-sich-selbst-sein nicht weiter hinauszögern. Seit Thomas in sein Leben getreten war, trank er nicht mehr. Und es hatte nur einen Tag gebraucht, um wieder damit anzufangen. Verflucht noch mal. Es lag daran, dass man ihm die Aufgabe genommen hatte.

Thomas' Jungsein hatte so gutgetan. Eddie fühlte sich selbst jünger, rannte entspannter durch den Pfälzerwald und hatte im September sogar am Halbmarathon in Pirmasens teilgenommen. Er war zwar nicht unter den Spitzenläufern, aber bei seinem ersten Halbmarathon im Mittelfeld durchs Ziel zu laufen, das konnte sich sehen lassen. Thomas hatte ihm applaudiert. „Und jetzt lassen wirs uns gut gehen", hatte er zu Thomas gesagt und ihn ins La Ola eingeladen. Inzwischen gingen sie jeden Samstag in das Bad. Erst wollte Thomas nicht in die Sauna, er wollte nicht zu viel preisgeben von sich, aber Eddie konnte ihn überzeugen, weil das La Ola eine Textilsauna hatte. Und so saßen sie nah beieinander, als reichten 90°C nicht aus, und schwitzten jeder für sich, ließen das Schlechte in ihrem Leben aus den Poren herauströpfeln. Danach duschten sie eiskalt, als könnten sie so das Schlechte abschrecken und daran hindern, erneut einzudringen ...

Am Abend bestellten sie Pizza auf den Schrottplatz, inzwischen ein Ritual. Ebenso Thomas' Verschwinden in die Nacht. Eddie fragte nicht, wo er hinging. Ob es ein Zuhause gab oder nur einen Schlafplatz. Er wusste, Thomas kam wieder, weil er nicht fragte. Thomas war einer dieser Jungs, die einen Ort zum Hingehen suchten. Wo man reden konnte, ohne dass man sagen musste, dass man reden wollte. Waren es väterliche Gefühle, die Eddie hegte? Er wusste nicht, wie ein Vater fühlte.

Und jetzt hatte er sich an Thomas gewöhnt. Es war ähnlich wie mit dem Alkohol. Eine Gewöhnung, die zur Gefahr wurde, wenn sie ausblieb. Weil man dann eine Ersatzgewöhnung brauchte. Mit einem weiteren Schluck Whisky spülte Eddie seinen Plan runter. Er hustete. Nein, so einen Plan konnte er nicht hinunterschlucken, weil er gut war: Wenn Oma Ursula das Zeitliche segnete und ihm in Euro hinterließ, was er all die Jahre geleistet hatte, würde er mit Thomas gehen. Malediven, Seychellen, Costa Rica – je nachdem, welcher Flieger zuerst starten würde. Von ihm aus auch China, wenn Thomas das wollte.

Er schloss das Fenster zum Hinterhof, weil er genug Herbstblätter fallen gesehen hatte. Bestimmt kam gleich der Hausmeister mit dem Laubbläser, das würde seinem schmerzenden Kopf nicht guttun. Er verließ die Wohnung.

Auf der Straße fiel ihm die Ruhe auf. Heute war gar kein Laubbläsertag. Heute war Sonntag. Der erste Advent.

„Und, Mädchen, wie ist es gelaufen?", fragte Oma Ursula.

„Gar nicht."

„Wie?"

„Eddie hat die Plätzchen nicht gegessen."

„Versteh ich nicht. Als Kind war er ganz versessen auf Gebäck. Ich dachte, das wäre noch immer so."

„Ist es ja auch."

„Aber?"

„Keine Ahnung. Er sagt, es wären keine Plätzchen da gewesen."

„Wo hattest du sie deponiert?"

„Draußen vor der Bürotür."

„Dann hat bestimmt 'ne streunende Katze …"

„Und den Teller und die Weihnachtsserviette auch gleich mitgenommen?"

„Du meinst …?"

„Genau. Ein anderer hat sich die Plätzchen schmecken lassen."

„Ach, du Scheiße", sagte Oma Ursula, die sich sonst gewählter ausdrückte. Dann schwieg sie. Schweigen war für sie ein Negieren der Realität. Sie hatte Eddie damals aus dem Sumpf geholt. Gesprochen hatte sie mit ihrer Tochter nicht.

Jetzt schwieg sie die üblen Gedanken in die Luft, sodass Simone die Nase rümpfte, als könne sie die Worte in Oma Ursulas Denkblasen lesen und empfinden. Verflixt und zugenäht. Ihre Idee war so genial gewesen.

Die Ruhe passte zum ersten Advent, gehörte aber nicht auf den Schrottplatz. Thomas' Lachen fehlte. Ein Lachen, dass er – Eddie – ihm beigebracht hatte. Thomas trug eine Zahnspange. So eine silberne, die man nicht rausnehmen konnte. Er wollte sie nicht zeigen und unterdrückte das Mundöffnen, wenn es etwas zu lachen gab. Eddie sah es als seinen Verdienst an, dass Thomas inzwischen offen lachte. Es war nicht gut, wenn man so früh damit aufhörte. Und dann fiel es Eddie wie Schuppen von den Augen. Wer so eine Zahnspange trug, der hatte natürlich mindestens einen Kümmerer, wenn nicht sogar ganz normale Eltern. Wie war es dann möglich, dass Thomas so viel Zeit bei ihm verbrachte? Wenn er es genau überlegte, trug Thomas keine schäbigen Kleider, er war gepflegt und sah nicht verhungert aus. Hungrig, ja, hungrig nach Leben. Manchmal war es der materielle Überfluss, der den Mangel anzeigte. Und für einen kurzen Moment zweifelte Eddie an seinem Plan, in den er Thomas noch gar nicht eingeweiht hatte. Neuanfang, weit weg, nur sie beide. Thomas als sein Double mit besseren Chancen als er sie gehabt hatte. Weil Eddie als sein Kümmerer, im Gegensatz zu Oma Ursula, keine Gegenleistung verlangte. Das perfekte Weihnachtsgeschenk. Aber dafür musste er Thomas finden. Er nahm nicht hin, dass ihn der Junge dieses Wochenende versetzt hatte. Gerade dieses Wochenende, wo doch wieder ein Benz bereitstand für eine Spritztour. Er würde wohl oder übel alleine eine Runde drehen. Durch die Pfälzer Weinberge, wie er es sonst mit Thomas tat. Enttäuscht, aber entschlossen, holte er den Schlüssel aus dem Büro, griff nach der Whiskyflasche, die er wohl auf dem Schreibtisch hatte stehen lassen, schloss sie dann aber mit einem „Ätsch" in den Stahlschrank. Manchmal war er stark.

Simones Frühschicht war beendet. Nicht so ihr Dasein als Altenpflegerin. Wie lange ertrug sie die Alten schon? Sie litt nicht unter einem Helfersyndrom oder extra großem Herzen. Sie war jung und raffiniert und hatte den Job angenommen, weil sie auf reiche Alte spekulierte, die sie als Erbin einsetzten. Zunächst hatte sie an die Männer gedacht, aber dann hatte die Schichtleitung sie bei Oma Ursula eingeteilt. Eine fürchterliche Frau. Unausstehlich. Mit siebenundachtzig so fit wie Sechzigjährige, die von Krankheiten verschont geblieben waren. Und was tat diese Hexe? Schiss in Windeln, sabberte beim Essen, rotzte in ihre Bluse – manchmal auch in den Hemdsärmel des Pflegepersonals, wenn man ihn nicht schnell genug wegzog – und das alles aus Bosheit und Machthunger. Die anderen Pflegekräfte waren mehr als froh, weil Simone Oma Ursula freiwillig pflegte. Sie machten sich keine Gedanken, ob ihre Kollegin Böses im Schilde führte. Hauptsache, sie mussten nicht zu dieser alten Hexe und sich vollspucken lassen.

Simone war schnell dahintergekommen, dass es hier etwas zu holen gab. Warum sie nicht in einer Villa mit eigenem Personal lebte, fragte sie. „Weil ich nicht alleine sein will", antwortete Oma Ursula. Dass der Weg über den Enkel Eddie gehen musste, sollte nicht das Schlimmste sein. Eddie war attraktiv. Eine Familie wollte Simone sowieso. Sie träumte von Haus und Garten inklusive Pool und Gärtner. Also ließ sie sich mit Eddie ein. Eddie, der Alleinerbe. Simone plante die Hochzeit. Sie hatte sich sogar verliebt. Es lief gut. Dann kam Thomas und Eddie entfernte sich von ihr. Dafür hatte sie die Alte nicht so gut versorgt! Sie musste ihr helfen, Eddie zurückzugewinnen. Eddie, der als Alleinerbe ihre Träume wahr werden lassen konnte.

„Ich krieg doch abends immer diese Pillen", hatte Oma Ursula gesagt, als Simone sich mit ihrem Problem an sie wandte.

„Und?"

„Gib Eddie viele davon."

„Soll ich ihn umbringen?"

„Nur beinahe."

„Versteh ich nicht."

„Mädchen." Oma Ursula schüttelte den Kopf. Erst jetzt bemerkte Simone, dass er nicht – wie bei den meisten sehr alten Menschen – von alleine wackelte. „Du bist vom Fach. Und natürlich zur Stelle, wenn Eddie die Pillen geschluckt hat. Rette sein Leben und er wird dich lieben. Mir ist er auch treu, weil ich ihn gerettet habe."

Simone war nach Hause gegangen und hatte Plätzchen gebacken.

Eddie gurkte betrunken durch die Weinberge und fragte sich, wann eine Leiche zu riechen begann. Dauerte das nur Minuten oder Stunden oder Tage? Maden sah er keine, aber so genau konnte er nicht hinsehen, er musste fahren. Seinen Freund Thomas herumkutschieren wie ein Vater seinen Sohn. Tatsächlich hatte Thomas im Benz gewartet. Wahrscheinlich schon seit Samstag. Hätte er doch eher nachgeschaut. Inzwischen hatte sich die Leichenstarre wieder gelöst und den Teller und die alberne Weihnachtsserviette aus Thomas' Händen freigegeben. Auch der Whisky konnte Eddie nicht weismachen, dass er mit Thomas spazieren fuhr wie so oft. In seiner Einsamkeit umarmte Eddie das Lenkrad, als sei es lebendig und warm und nicht kalt wie der erste Advent und Thomas neben ihm. Er fuhr gegen einen Baum. Thomas knallte gegen die Windschutzscheibe. Wie oft hatte er dem Jungen gesagt, er müsse sich anschnallen! Es floss kein Blut. In dem Jungen pulsierte nichts mehr. Und das Auto war sowieso schrottreif. Eddie lachte aus dem Fenster in die Pfälzer Weinberge hinein, als seien sie selbst volltrunken. Leere Sprechblasen flogen aus seinem Gehirn. Dann füllte er sie mit Möglichkeiten. Manchmal verschaffte ihm der Whisky einen klaren Kopf. Er setzte den toten Thomas so gut es ging hin, schnallte ihn an und fuhr zurück zum Schrottplatz.

„Hallo", sagte Simone zögernd, sich an ihrer Handtasche festhaltend wie an einem Geländer. Eddie hatte so geheimnisvoll getan am Telefon. Betrunken war er auch. Er zerrte sie über den Schrottplatz, als führte er sie an der Leine. Vor der Schrottpresse blieb er stehen.

„Was soll das?"

„Ich habe mich gekümmert. Keiner wird was merken."

„Ich verstehe nicht."

„Da oben", sagte Eddie und deutete auf den Benz, der zuoberst auf dem Schrotthaufen lag. Nur noch wenige Zentimeter dick. „Alles zerquetscht. Samt Teller und Weihnachtsserviette. Die Fuhre wird nach China gehen. Ich habe meine Leute am Rheinhafen."

Simone sah nicht hin. Sie starrte auf die Scherben am Boden und für einen kurzen Moment sauste der Impuls durch ihre Adern, eine große aufzuheben und zuzustechen. In Eddies Herz hinein, schließlich hatte er ihres geklaut. Er war schuld, dass Thomas, dass sie Thomas … Dabei war es ein

Versehen gewesen. Sie bückte sich. Eddie schaltete sofort und trat ihr auf die Hand. Die Scherbe bohrte sich in Simones Handfläche.

„Dass du Thomas auf dem Gewissen hast, ist das eine", sagte er mit Blick zum Schrotthimmel. „Du kannst es wieder gutmachen."

Simone sah ungläubig in ihre blutende Hand. Eddie war noch nie grob gewesen. Sie spürte den körperlichen Schmerz nicht, sie war zu schockiert über das, was Eddie ihr vorschlug.

Eddie behielt recht: Thomas hatte Kümmerer. Im Radio wurde eine Suchmeldung durchgegeben.

Simone buk Linzertorte. Die mochte Oma Ursula gerne. Sie würde zulangen. Das extra viele, cremige Pflaumenmus loben, das Simone verwendete. Erst der Nachgeschmack würde ihr die Augen öffnen. Zu spät. Schwer fiel es Simone nicht. Ein siebenundachtzigjähriges Scheusal, wer würde seinen Tod hinterfragen? Einer der Ärzte, die sie angespuckt hatte? Sicher nicht. Eddie hatte gesagt, als Belohnung würde er mit ihr auf die Malediven fliegen. Ausspannen. Neu sortieren. Geld hätten sie dann genug.

Er starrte auf die Flugtickets, als könnte er in ihnen lesen, wie es hatte so weit kommen können. Nun also nicht auf und davon mit Thomas. Oma Ursula war er los. Simone hatte ihre Gegenleistung erbracht. Wie eiskalt sie war. Das war ihm in den zwei Jahren nie aufgefallen. Wie konnte man nur so werden? Mag sein, wenn man in einem Beruf wie der Pflege von alten Menschen arbeitete, die aufgrund von Demenz nicht einmal Danke sagen konnten und obendrein aggressiv waren. Mag sein, wenn man so viel Wärme abgab, um diesen Menschen das Ende erträglicher zu machen, den

Zurückgelassenen, den Vergessenen. Mag sein, dass einem für das eigene Denken und Fühlen nur noch die Kälte blieb. Simone jedenfalls sagte, sie freue sich auf die Wärme fernab der verschneiten Pfalz.

Gestern noch war Eddie den Halbmarathon in Pirmasens gelaufen. Für sich. Verrückt. Die Wintersonne, die auf den Schnee getroffen war, hatte ihn geblendet, sodass er die Augenlider zusammenkneifen musste. Vor seinem inneren Auge hatte er Thomas gesehen: Wie er ihm im September zugejubelt hatte, wie die Zahnspange in der Spätsommersonne geblitzt hatte und wie er durchs Ziel gelaufen war. Ziel.

Eddie klappte den Koffer zu und dachte, dass sein Geld gereicht hätte, um einen neuen zu kaufen. Er warf einen letzten Blick in jeden Raum und setzte sich abschließend an den Tisch in seiner erbärmlichen Küche. Eine Whiskyflasche stand da. Halbvoll. Sie lachte ihn an. Er lachte zurück und trank.

Simone traf er an der Bahn. Auf der ganzen Fahrt zum Flughafen plapperte sie auf ihn ein: Ob sie das Richtige eingepackt hätte? Was letztendlich aber egal sei, „Wir haben ja jetzt genug Geld!"

Ob sie zu Hause alle Stecker gezogen und die Kaffeemaschine ausgestellt habe? Was letztendlich auch egal sei: „Wir haben ja jetzt genug Geld, sollte es brennen."

Das WIR tat Eddie weh. Das WIR war für Thomas und ihn reserviert gewesen. Noch unendlich viele Stunden bis zum Abflug am 23. Dezember. Er hatte Simone das Ticket als vorgezogenes Weihnachtsgeschenk versprochen, um sicherzugehen, dass sie Oma Ursula wirklich beseitigte. Nun löste er sein Versprechen ein.

Im Radio meldeten sie, es gäbe noch immer keine Spur des vermissten Teenagers.

In der Wartehalle sah Eddie sich die Gesichter an, die auf die Malediven fliegen würden. Separierte man sie von den dazugehörigen gut gekleideten Körpern, sah man den Reichtum nicht unbedingt. Ein Mann hatte so fettige Haare, dass es Eddie ekelte. Er schaute woanders hin. Sah ein gepflegtes faltenfreies Gesicht und offene Augen, lange braune Haare, weit entfernt vom Ergrauen.

Simone stieß ihn in die Rippen. „Ich freue mich ja so", sagte sie. Eddie kannte sie. Es war reine Demonstration, wer zu wem gehörte. Wenn sie wüsste! Er jedenfalls wusste, wo er hingehörte. Er ging ans Fenster und sah den Fliegern beim Start zu. Auf und davon. Für manchen war das eine gute Lösung.

„Flight Number 3811 ready for Boarding", ertönte es aus dem Lautsprecher.

„Eddie, das sind wir, es geht endlich los." Simone drückte seine Hand, er konnte sich kaum lösen. „Ich geh schnell noch mal pinkeln."

„Jetzt?"

„Bin gleich wieder da."

Er war wieder zu Hause. Lief und lief und lief und stellte sich vor, wie Simone seinen Koffer öffnete, der ohne ihn auf Reisen gegangen war. One way. Stellte sich vor, wie Simone die Leere betrachtete, die er hineingepackt hatte. Sie war leicht und wog schwer.

Eddie schwitzte rennend in der Winterkälte und sah Oma Ursula in der Hölle schmoren. Endlich war er sie los. Beide.

Seinen Freund Thomas wusste er auf dem Weg nach China. Immerhin. Vielleicht würde er irgendwann dorthin reisen, ihm zu Ehren. Ein Jammer, dass zu Ende war, was erst begonnen hatte. Nun, Freundschaft war etwas, das niemand verschrotten konnte.

Er sog die Winterluft ein und machte sich auf die Suche, vorerst nach dem König-Ludwig-Pavillon.

Ein elender Lump Monika Deutsch

Er fiel mir gleich auf. Sein roter Mantel mit dem ehemals weißen Kunstfellbesatz war übersät mit Flecken. Die rechte Naht war in Hüfthöhe aufgerissen. Auffällig oft verschwand seine Hand durch genau diesen Schlitz des schmuddeligen Stoffs in das dunkle, nicht sichtbare Innere. Die Kutte hing an ihm herunter wie ein Sack und war etliche Nummern zu groß. Nein, eigentlich war er zu klein und zu schmächtig für diese gewichtige Rolle. Nicht nur sein Äußeres hob sich von den anderen Weihnachtsmännern ab. Er wurde auch grob und böse gegenüber Kindern, in deren großen, strahlenden Augen sich die Lichter des Speyerer Weihnachtsmarktes widerspiegelten. Die ahnungslos und im guten Glauben an ihn herantraten, um ihn zu fragen, ob er für sie ein kleines Geschenk in dem Sack habe.

Ich spürte sofort eine Abneigung gegen ihn, ohne zu wissen, warum. Er war einfach anders. So wie ich mich im Allgemeinen von meinen Artgenossen unterscheide, pardon – unterschieden habe. Trotzdem zog er mich auf eine seltsame, geheimnisvolle Weise an. Vielleicht, weil ich mich mit den Verlierern auf der Schattenseite des Lebens verbunden fühle – wenn ich das als ehemaliger obdachloser Stadtstreicher so sagen darf.

Ich stand etwas abseits von einer Würstchenbude und hatte gerade von einem anderen Gast das Reststück einer Thüringer geschnorrt. Die Wurst schmeckte wirklich nicht besonders gut. Kein Wunder, dass mir der Rest überlassen wurde. Trotzdem schlang ich gierig alles hinunter. In schlechten Zeiten durfte man nicht wählerisch sein.

Die flüchtigen Fahnen von Düften und Aromen, angefangen beim Glühwein und Met, über Bratäpfel, gebrannte Mandeln, Zimtsterne und Lebkuchen, bis zum Backfisch und Reibekuchen sowie vor allem die reichlichen Angebote aus fleischlicher Konsistenz durchdrangen die Gassen und Plätze der Altstadt. Aber außer Wurst und Fleisch, zur Not auch noch ein achtlos weggeworfenes Brötchen oder den Rest davon, interessierten mich die anderen Köstlichkeiten nicht besonders.

An diesem Thüringer-Wurststand musste ich auf der Hut sein. Der dicke Verkäufer, wahrscheinlich der Eigentümer oder Pächter, und seine nicht minder schlanke Frau jagten mich stets fort, wenn sie mich erblickten.

„Hau ab, du elender Lump!", hatte die Frau geschrien und mit einem äußerst schmutzigen Putzlappen nach mir geschlagen. Der Mann drohte mit einem Messer in der Faust. „Erwisch ich dich noch ein Mal, mach ich Wurst aus dir!"

Für eine kurze Zeit hatte ich den seltsamen Weihnachtsmann aus den Augen verloren. Ich fand ihn gegenüber am Rostbraten- und Schnitzel-Stand. Was mich wunderte, schließlich hatte er sich vor wenigen Minuten an dieser Thüringer-Wurstbude etwas Essbares gekauft. Er schien großen Hunger zu haben. Bei diesem Gedanken meldete sich prompt mein Magen. Ich kratzte mich noch einmal – wahrscheinlich hatte ich mir hier im Gedränge einen Floh eingefangen – und lief zu ihm hinüber.

Mit der Zeit und in der Not lernt man das Betteln. Den Kopf schief gehalten, einen treuherzigen Blick aufgesetzt, und schon öffnen sich die Herzen der Menschen. Doch meine Gegenwart schien dieses Mal nicht gut anzukommen. „Verschwinde, von mir gibt es nichts", waren seine durch die schmalen Lippen gezischelten Worte. Zusätzlich erhielt ich einen derben Fußtritt. Wobei die Gäste an der Theke ebenso einige Rippenstöße abbekamen, denn er drängelte sich rücksichtslos vor. Es kamen zwar von ihm einige gemurmelte Entschuldigungen, doch bevor die Bedienung ihn nach seinen Wünschen fragen konnte, war der seltsame Weihnachtsmann schon wieder in der Menge verschwunden, ohne etwas gekauft zu haben. Der kurze Moment in seiner Nähe hatte mir genügt, seinen säuerlichen Körpergeruch aufzunehmen, während die schäbige Kleidung muffig und abgestanden roch. Unter Tausenden von Menschen würde ich ihn mit meiner Nase wiederfinden und erkennen. Und noch etwas hatte ich bemerkt: Es waren nicht Hunger und Durst, die ihn zum Vordrängeln trieben – es waren die Geldbörsen der Besucher, die er mit seinen geschickten Händen aus deren Taschen, Jacken und Mänteln entwendete, und die er anschließend blitzschnell durch die Öffnung ins Innere des roten Mantels verschwinden ließ.

Die Stundenglocken des Kaiserdoms schlugen gerade zweimal, da fand ich ihn wieder. Die bunte Beleuchtung der Buden auf dem weitläufigen Platz war erloschen, die weihnachtlichen Klänge waren verstummt und die verführerischen Düfte hatte der scharfe Ostwind mitgenommen. Die Straßenlaternen, die Lichter der großen Weihnachtstanne und die schwach erleuchteten Schaufenster der Geschäfte erhellten notdürftig das Kopfsteinpflaster. Nur aus östlicher Richtung erstrahlte der mächtige Dom im nächtlichen Glanz, während am anderen Ende der Prachtstraße die dunklen und verwitterten Quader des Altpörtels das Licht der Strahler aufsogen.

Ich hatte in den hinterlassenen Abfällen nach Essbarem gesucht, bevor in den frühen Morgenstunden die Reinigungskolonnen der Stadt den Kampf gegen den menschlichen Unrat für kurze Zeit gewinnen würden.

Der diebische Weihnachtsmann lag unter zwei kleineren Tannenbäumen, die zur Zierde zwischen den Ständen aufgestellt waren. Seine Ausdünstungen hatten mich zu ihm geführt. Und noch etwas roch ich – Blut. Ich blieb zitternd stehen, meine Nackenhaare sträubten sich. Ein großer, dunkler Fleck mit einem in der Mitte herausragenden Messerschaft verunstaltete in Brusthöhe seinen schmutzig-roten Mantel. Auch für einen Streuner wie mich war dies kein alltäglicher Anblick, das können Sie mir glauben. Die rote Mütze mit dem schäbigen, abgewetzten Fellrand hing abseits in den Tannenzweigen. Sie war anscheinend beim Sturz des Mannes dort hängen geblieben. Der Kopf mit den fettigen Haarsträhnen lag zur Seite hin verdreht. Leblose Augen starrten ins Leere. Der gelbliche Wattebart war unter das stoppelige Kinn des hageren Gesichts gerutscht. Der halb geöffnete Mund entblößte zwei lückenhafte Zahnreihen.

Vom Weg aus waren lediglich die Beine mit einer äußerst unangenehm stinkenden Hose zu erkennen, beziehungsweise für mich zu erriechen. Die groben Stiefel mit den schief abgelaufenen Absätzen würden nie mehr nach mir treten.

Plötzlich tat mir der Mann leid. Solch einen gewaltsamen Tod hatte er nicht verdient. Auch nicht, wenn er ein gemeiner Gauner gewesen war. Mir fielen meine kleinen Diebstähle ein, die ich im Allgemeinen mit Stibitzen umschrieb, oder mit Mundraub – im wahrsten Sinne des Wortes. Ein übermächtiges Angstgefühl packte mich. Nein, so würde ich nicht enden wollen. In Anbetracht dieses grausigen Anblicks beschloss ich spontan, von nun an nur noch auf ehrliche Art zu leben.

So stand ich da, die Beinmuskeln angespannt, jeden Moment bereit, Fersengeld zu geben. Ein rascher Blick nach allen Seiten. War da einer, hatte mich jemand entdeckt? Alles schien ruhig und still zu sein. Neugierig schob ich meine Nase über den toten Körper. Ein weiterer, für mich angenehmer Duft, erreichte meine empfindlichen Schleimhäute. Der schien von dem schweren schwarzen Messergriff zu kommen. Ich schnupperte noch einmal. Alter Handschweiß drängte sich störend dem schwachen Wurstaroma auf. Beide Griffhälften des Holzes zeigten mehrere Einkerbungen. Hatte der Täter die Zahl seiner Opfer eingeritzt? Ein Schauer des Entsetzens lief über meinen Rücken. Vielleicht hatte sich der Mörder durch mein Erscheinen gestört gefühlt und konnte in der Eile das Messer nicht mehr herausziehen? Ob er noch in der Nähe war und mich beobachtete?

Plötzlich hörte ich Stimmen und duckte mich. Zwei Männer unterhielten sich. Dann atmete ich erleichtert auf. Das waren die vom Ordnungsamt. Sie drehten in bestimmten Zeitabständen ihre Runden, prüften, ob alles in Ordnung war, und ob nicht irgendwelche Halunken sich an den Buden zu schaffen machten.

Mit aller Kraft zog und zerrte ich an dem schmutzig-mürben Mantelgewebe, bis die Stofffetzen eine unübersehbare Spur zum Weg vor die Buden bildeten. Danach versteckte ich mich. Mit solchen Leuten vom Amt hatte ich schon mehrmals unangenehme Bekanntschaft gemacht. Aus sicherer Entfernung verfolgte ich, wie die zwei den Weg der Budenreihe einschlugen und schließlich ratlos und verdutzt vor den roten Stoffstücken auf dem Pflaster stehen blieben.

Eine Viertelstunde später war die Ecke Korngasse bis hin zur Maximilianstraße in Höhe des prächtigen Barockgebäudes ,Alte Münze' taghell erleuchtet. Überall liefen heftig und wild gestikulierende Polizisten herum, deren Uniformen ein furchtbares, undefinierbares Gemenge von Ausdünstungen und Gerüchen verbreiteten.

„Wann kommt endlich der Chef?", schrie einer, der sich gerade einen weißen Plastikoverall überzog.

„Der wohnt im Vogelsang, muss also gleich da sein!", kam es von einem anderen, der mithalf, einen Wetterschutz aufzubauen, denn es hatte begonnen zu schneien.

‚Donnerwetter', dachte ich, ‚in solch feinem und noblen Stadtteil wohnt der Kommissar!'

Und dann kam er endlich.

„Guten Morgen, Chef", begrüßte ihn ein Polizist, der den Tatort mit einem rot-weißen Absperrband abriegelte.

„Das ‚Guten' kannst du dir sparen, Willi", kam es brummig zurück.

Den Hauptkommissar hatte ich mir ganz anders vorgestellt, schneidiger, jugendlicher. So wie die im Fernsehen, zum Beispiel wie in der Serie ‚Kommissar Rex' oder ‚Der Detektiv mit der Supernase'. Im Schaufenster des Elektrogeschäftes gleich um die Ecke flimmerten Tag und Nacht mehrere große Fernsehbildschirme. Vom Bürgersteig aus konnte man prima die Filme verfolgen. Nach Möglichkeit verpasste ich keine der Sendungen. Aber ich erinnerte mich, einmal eine Wiederholung von einem alten amerikanischen Streifen gesehen zu haben. ‚Columbo' hieß die Serie. Genau so ein Kommissar war hier gerade aus einem alten, verbeulten VW-Bulli ausgestiegen, unausgeschlafen, mit struppigem Haar, zerknittertem Gesicht und ebenso verknautschtem Mantel. Enttäuscht wollte ich mich abwenden, doch seine Art sich zu bewegen machte mich neugierig. Im Zeitlupentempo drehte er sich um die eigene Achse und seine Augen schienen jedes kleinste Detail aufzusaugen. Gerade so, wie diese komischen eckigen Kamerakästen auf langen Stielen, montiert auf noch seltsameren Autos, die jede Straße, jeden Platz langsam abgefuhren und die Häuser filmten.

Ich wettete mit mir selbst um eine imaginäre Wurst, dass der Kommissar auch mich registriert und auf seine Filmplatte im Gehirn gebrannt hatte.

Er zog sich blaue Plastikbadehauben über die Schuhe und streifte sich dünne gelbliche Gummihandschuhe über die Finger. Solche Handschuhe kannte ich schon. Die nette Frau von dem Wurststand am Kornmarkt, die den ganzen Abend Brötchen aufschnitt und verführerisch duftende Scheiben Fleischkäse hineinlegte, hatte bei der Arbeit auch solche an. Ab und zu bekam ich von ihr ein kleines Reststück von dem riesigen Batzen gebackenen Bräts. Ein Stückchen schob sie sich in ihren hübschen Mund, die andere Hälfte hielt sie mir hin, mit den Worten: „Komm, nimm schon, scheinst ein armer Kerl zu sein."

Die dunkle, starke Stimme des Hauptkommissars riss mich aus meinen Gedanken. Mit knappen, aber bestimmten Worten schaffte er Ordnung in dem unweihnachtlichen Geschehen. Ich spitzte meine Ohren und schlich näher heran, um das Gespräch mit ihm und dem Mann im weißen Overall verfolgen zu können.

„Der scheint hier erstochen worden und verblutet zu sein. Es sind keine Blutspuren auf dem Pflaster ringsum zu erkennen, nur unter seinem Körper. Der Mantel hat viel Blut aufgesogen."

„Und nur ein Stich, Doc?"

„Sieht so aus, Hans, aber das kann ich dir erst morgen mit Gewissheit sagen."

‚Aha, Hans heißt der Hauptkommissar', dachte ich.

„Du meinst wohl noch heute", korrigierte ihn der Kommissar, der gerade in Hockstellung die Taschen des Toten inspizierte. „Wenn du hier fertig bist, brauchst du gar nicht mehr ins Bett kriechen, kannst gleich mit ihm in der Gerichtsmedizin weitermachen. Verdammt, der hat keine Papiere bei sich, kein Geld, rein gar nichts." Er wandte sich einem jüngeren Mann zu. „Martin, hast du etwas zur Identifizierung gefunden?"

„Nee, sogar in dem alten Jutesack befanden sich nur ein paar leere Schuhkartons. Aber sehen Sie sich das mal an." Er zeigte seinem Chef die eingearbeitete Geheimtasche, in die der falsche Nikolaus immer seine Beute gesteckt hatte.

„Er war ein Taschendieb!", folgerte Hans daraus.

‚Verdammt!', dachte ich. ‚Wo hat er die gestohlenen Geldbörsen und Brieftaschen gelassen?' Entweder musste er einen Kumpan gehabt haben, dem er die Sachen in Nullkommanichts weiterreichen konnte, oder er war selbst bestohlen worden. Da ich keinen weiteren Komplizen, mit dem er Hand in Hand arbeitete, in seiner Nähe gesehen hatte, ging ich vom Letzteren aus.

„Schuhkartons?" Der Hauptkommissar schüttelte ungläubig den Kopf. „Hoffentlich finden wir Fingerabdrücke auf dem Messer. Das ist von guter Qualität, aus einer Metzgerei, würde ich sagen."

Wirklich ein cleverer Bursche, pflichtete ich ihm im Geheimen bei, denn solch ein Messer hatte der Thüringer-Wurstmann in der Hand gehalten, als er mir drohte. Aber, wenn ich mich recht erinnerte, trug der durchsichtige Plastikhandschuhe. Dann würden sie leider von dem keine Fingerspuren finden. Trotzdem sah ich schon in meinen Gedanken Polizisten, die einen wild um sich schlagenden Dicken verhafteten und abführten.

Der Hauptkommissar kam aus der Hocke hoch und ging ein paar Schritte zurück. „Wer hat ihn gefunden?"

Der junge Mann, der mit Martin angesprochen worden war, deutete auf die zwei vom Ordnungsamt.

94

„Habt ihr die Stofffetzen so verteilt?"

Die Männer schüttelten die Köpfe. „Wir haben nichts angerührt."

Hans kratzte sich am Kopf. „Da wollte wohl jemand eine Fährte legen. Wie bei einer Schnitzeljagd."

Martin, der Kollege, nickte. „Der Doc und ich haben uns auch Gedanken darüber gemacht. Es könnte aber genauso eine getürkte Spur des Täters sein oder die eines Irren."

Der Hauptkommissar hob ein Stück Stoff auf, richtete den hellen Strahl seiner Taschenlampe auf den Lappen, ging zurück zu dem Toten und prüfte die zerrissenen Stellen des dreckigen roten Mantels. „Komisch, das sieht ja fast so aus, als hätte die jemand mit den Zähnen bearbeitet!"

Er ging, den Blick auf den Boden geheftet, zurück auf den Weg vor die Buden, drehte sich langsam in meine Richtung, verharrte einen Moment und schaute mir geradewegs in die Augen. „Und du, hast du etwas gesehen?"

Erschrocken wich ich bei seinen Worten zurück. Er hatte mich tatsächlich in meiner dunklen Nische bemerkt.

„Brauchst keine Angst zu haben, sag mir lieber, wo ich suchen soll. Ich wette, du weißt mehr als wir."

Seine Stimme klang freundlich und ruhig. Mein Instinkt sagte mir, dass ich mich vor diesem Kommissar, mit Namen Hans, nicht zu fürchten brauchte. Trotzdem blieb ich vorsichtig, ja argwöhnisch. Ich zögerte daher einen Moment, hin- und hergerissen von meiner inneren Stimme, schaute unschlüssig zu dem Toten hinüber und wieder zurück zu dem Kommissar. Dann hatte ich mich entschieden und trollte mich, ohne nochmals zurückzublicken, um für den Rest der Nacht ein trockenes und vor allem ruhigeres Plätzchen zu finden.

Am nächsten Tag wimmelte es auf dem Weihnachtsmarkt von Polizisten. Sie liefen von einem Stand zum anderen und zeigten den Verkäufern und Besuchern Fotos von dem toten falschen Weihnachtsmann. „Haben Sie hier diesen Mann schon mal gesehen? Kennen Sie den?"

Die Leute schüttelten mit den Köpfen. Keinem schien er aufgefallen zu sein.

Was mich am meisten ärgerte war, dass ich wegen der vielen Polizisten keine ruhige Minute mehr hatte. Schließlich geht unsereiner den Uniformierten tunlichst aus dem Weg.

Am Stand mit den schlecht schmeckenden Thüringern hatte ich gerade ein heruntergefallenes Brötchen ergattert, da sah ich den Hauptkommissar am anderen Ende der Bude stehen. Er schien mich schon eine Weile beobachtet zu haben, denn er lachte und machte der Verkäuferin ein Handzeichen. Eine Minute später winkte er mich mit einer Bockwurst in der Hand zu sich. „Magst du zu deinem Brötchen auch eine Wurst?"

Na klar wollte ich. In drei gewaltigen Sätzen war ich bei ihm, schnappte nach der Luxusware und ließ mich die nächsten drei Minuten nicht stören. Ich kaute, was die Zähne hergaben. Dieses Mal blieb ich neben dem Kommissar stehen. Aus dem Inneren des Imbisswagens klang die polternde Stimme des Dicken zu uns herüber. An der Seite von Hans genoss ich allerhöchsten Schutz. Das spürte ich.

Martin, sein Assistent, gesellte sich zu ihm an den Stehtisch. „Jetzt haben wir alle Buden durch. Keiner der Leute scheint den Mann zu kennen."

„Und keinem fehlt ein Messer?"

Der Angesprochene schüttelte den Kopf.

„Ich hätte wetten können, das ist von einem Imbissstand. Kein Weihnachtsmarktbesucher rennt mit einem Fleischermesser in der Gegend herum. Übrigens, die Bockwurst ist hier ganz passabel, hat meinem neuen Freund auch geschmeckt." Der Kommissar wies schmunzelnd mit dem Kopf auf mich.

Eine wohlige Wärme durchzog meinen Körper, als er mich seinen neuen Freund nannte. Ich kam mir fast geadelt vor, reckte stolz meinen Hals und nahm instinktiv Haltung an.

„Und wenn der falsche Weihnachtsmann woanders getötet und unter den Tannen abgelegt wurde?"

„Nein, Martin, die von der Spurensicherung meinten, es hat vorher zwischen den zwei Ständen bei den Tannenbäumchen ein kurzer Kampf stattgefunden."

„Na, als Weihnachtsmann war er auch nicht gerade ein Kraftprotz, eher ein Leichtgewicht."

„Du sagst es. Der Tote passte nicht zu der Verkleidung. Ich vermute, er zog die Kutte an, um nicht aufzufallen, oder um für harmlos gehalten zu werden."

Martin lachte. „Als Weihnachtsmann fällt man doch auf."

„Dann schau dich mal um, wie viele von der Sorte hier herumspringen. Da brauche ich mehr als zwei Hände, um die zu zählen. Die Kutte ist die optimale Verkleidung für einen Trickbetrüger."

Martin nickte. „Mich wundert, dass unsere Kollegen, die hier ständig Streife laufen, nichts bemerkt haben. Es gab nur vereinzelte Diebstähle."

„Vielleicht haben die nur nicht auf Nikoläuse oder Weihnachtsmänner geachtet."

„Das denke ich auch", stimmte Martin ihm zu.

„Waren auf dem Messer Fingerabdrücke?"

Hans schüttelte den Kopf. „Keine, der Griff war wie abgewischt, wurde wahrscheinlich mit Handschuhen angefasst. Im Labor suchen sie gerade in den Kerben nach Hautpartikeln. Vielleicht lässt sich eine DNA zum Abgleich finden."

„Oder mehrere, wenn das Messer von unterschiedlichen Personen benutzt wurde."

„Dann haben wir etwas mehr Arbeit."

Martin stöhnte. „Das heißt, ich kann noch einmal alle Besitzer und Angestellten der Imbissstände befragen und sie ins Präsidium bestellen. Die von den Metzgereien und Restaurants der ganzen Innenstadt kommen noch dazu."

Er hatte inzwischen seine Bockwurst verspeist und putzte sich die Finger mit der Papierserviette ab.

„Lass uns einen Glühwein trinken", schlug der Hauptkommissar vor, „die Wurst macht Durst."

Durst verspürte ich auch. Da von Hans und seinem jungen Kollegen keine weiteren Informationen zu erwarten waren und ich Glühwein nicht ausstehen konnte, lief ich zu dem Blumengeschäft gegenüber des Kornmarktes. Der Inhaber hatte ein Herz für uns arme Gesellen. Bei ihm bekam ich immer etwas zu trinken. Danach suchte ich mir für ein Nickerchen einen ruhigen und warmen Platz in der Postgalerie. Zufrieden und satt döste ich vor mich hin. Von mir aus konnte das ganze Jahr über Weihnachtsmarkt sein. Dann fielen mir der Tote und das seltsam eingekerbte Messer ein. Der Kommissar hatte von DNA-Spuren gesprochen. Meine würden sich ganz bestimmt auch auf den Stofffetzen finden lassen. Die zwei würden mit ihren Ermittlungen nicht weiterkommen, das spürte ich. Vielleicht sollte ich ihnen helfen und mich ein wenig zwischen den Buden umsehen und umhören? Ich beschloss, direkt am Abend damit zu beginnen.

Es war nicht so einfach, wie ich gedacht hatte. Gleich bei der ersten Currywurstbude jagte mich die Verkäuferin fort. Am

Backfischstand hielt ich mich nicht lange auf, denn Fisch war nicht so mein Ding.

In der Bude mit dem Pfälzer Saumagen arbeiteten drei Frauen. Eine davon zerteilte mit einem Messer die heimische Spezialität ständig in gleich dicke Scheiben. War der Mörder am Ende gar eine Mörderin? Verdächtig war die Frau schon.

Ich zog weiter zum nächsten Stand. Es roch köstlich nach Zwiebelrostbraten und Wiener Schnitzel. Vor der Theke war es rappelvoll. Ein sicheres Zeichen, dass es den Besuchern schmeckte. Ich gesellte mich zu den Gästen an den Stehtischen, setzte meinen harmlosesten Gesichtsausdruck auf und versuchte die Werkzeuge, die die Angestellten in den Händen hielten, zu erkennen, konnte jedoch nicht über den erhöhten Tresen schauen. Fast hätte ich ein Stück Fleisch, das neben mir auf den Boden fiel, übersehen. Trotzdem war ich schneller als der ungeschickte Verlierer und verdrückte mich eiligst mit der eingeheimsten Beute hinter den Imbissstand. In den Gesprächen der Angestellten ging es um die verkaufte Ware, den Nachschub und um Geld. Plötzlich hörte ich eine böse männliche Stimme: „Verflucht, hat einer mein Messer gesehen?"

Mir blieb fast der Bissen im Hals stecken! Nach dem ersten Schreck wagte ich neugierig einen Blick durch den schmalen Türspalt des Hinterausgangs. Ein Mann in einem weißen Kittel zeigte mir, keinen Meter entfernt, seine Rückseite. Er kramte in einem, auf dem Boden stehenden Kasten, zog einen Gegenstand nach dem anderen hervor und hielt ihn hoch. Es waren ausnahmslos große Messer, die er im Licht inspizierte. Teufel noch mal, sollte das der gesuchte Mörder sein? Nein, fiel es mir ein. Schließlich wusste der, wo er sein Messer gelassen hatte. Aber vielleicht war der Mörder einer der Angestellten. Da hob der Weißkittel auch schon zufrieden ein Messer in die Höhe und murmelte: „Da ist es ja. Möchte wissen, wer das dort hineingeworfen hat."

Enttäuscht wandte ich mich ab. Schade, es wäre zu schön gewesen, wenn er sein Messer nicht gefunden hätte. Ich nahm mir jedoch vor, den Schnitzelstand im Auge zu behalten. Am besten mit einem zusätzlichen Blick in die Kiste, denn ich hatte nicht erkennen können, ob die Griffe schwarz und eingekerbt waren.

Mein nächster Stopp war der Stand mit den Frikadellen und dem Fleischkäse. Die nette Brötchenbelegerin hatte mich bemerkt und schüttelte unmerklich mit dem Kopf. „Ich kann dir nichts geben", flüsterte sie verschwörerisch. „Der Chef passt auf."

Ich erschrak, als sie ein großes Messer ergriff. Ein einziger Schnitt mit der scharfen Klinge und die Brötchen teilten sich in zwei Hälften. Als sie das Messer beiseitelegte, fiel mir ein Stein vom Herzen. Es waren keine Kerben zu erkennen, außerdem war der Griff rötlich.

„Frau Müller, ich bring die Einnahmen zum Nachtschalter der Bank." Das war die brummige Stimme des Chefs.

„Machen wir schon Schluss?"

„Nein, aber mir war es gestern zu spät. Wir haben doch gehört, was für ein Gesindel sich hier herumtreibt."

Fünf Minuten später konnte ich ein Endstück des gebackenen Bräts mein Eigen nennen. Gesättigt lief ich kurze Zeit später dem Duft der Thüringer-Wurstbude entgegen. Aus sicherer Entfernung beobachtete ich den dicken Metzger. Wozu benötigte der für seine Würste überhaupt Messer? Seine Frau, die er Elfie nannte, brauchte keine. Die stand an der Kasse und kommandierte eine Gehilfin herum, die auf dem großen Grill die Würstchen wendete. Dem Grobian traute ich alles zu! So, wie der mich fortgejagt hatte. Ich beschloss, einen günstigen Zeitpunkt abzuwarten, um mir das Messer genauer anschauen zu können, das er ab und zu in der Hand hielt.

Nach einer kurzen Weile griff sich die Frau einen Putzlappen, kam heraus zu den Stehtischen und begann, die mit Senf und Ketchup verschmierten Tische abzuwischen. Ich witterte meine Chance, lief einen kleinen Bogen und schob mich vorsichtig näher an die geöffnete Türklappe des seitlichen Tresens. Der Dicke stand in dem hinteren Ende der Imbissbude und teilte mit einem spitzen Messer die schier endlose Kette der Würste. Aha, dafür benötigte er es. Auf einem großen Holzbrett auf der Anrichte musste auch eines liegen, denn ich sah das Ende eines Knaufs mit herabbaumelnder Kordel. Gerade, als ich hochspringen und mir das Messer anschauen wollte, drehte sich der Kerl zu mir um. Für einen kurzen Moment glotzte er mich verständnislos an, als sei ich vom Himmel gefallen. Dann aber kam er drohend auf mich zu, das Messer fest in seiner Faust haltend. „Ich stech dich ab! Ich stech dich ab!", schrie er außer sich vor Zorn.

Eine Kundin, die gerade ihr Essbares entgegennehmen wollte, kreischte in Panik auf. Alle Köpfe wandten sich ihr zu. Wie ein Blitz sprang ich hinaus, hin zu der engen, dunklen Schlitzergasse in Richtung Königsplatz. Der Dicke hinter mir her. Ich hörte ihn keuchen. Er schien sich im Stadtzentrum nicht so gut auszukennen. In der Spitalgasse hatte ich ihn abgehängt. Aber im Gegensatz zu ihm, würde ich ihn nicht mehr aus den Augen lassen. Er war der Mörder, da war ich mir sicher.

Ich wartete rund eine Stunde, drehte eine Runde und fand zu meiner Freude an dem Schnitzelstand meinen neuen Freund.

‚Hervorragende Position', dachte ich. ‚Von hier kann

er den Weißkittel und seine Angestellten beobachten und ebenso den Thüringer-Wurststand.' Hatte Hans also auch schon etwas Verdächtiges bei denen bemerkt? Ich wollte ihn nicht ablenken und lief zum Fleischkäs-Stand und der netten Frau.

Für die Abendzeit war mächtig viel los auf dem Platz. Kunden, die in der Stadt ihre Weihnachtskäufe erledigt hatten und sich anschließend stärken wollten, Angestellte, die den Feierabend genossen, Besucher auf Besichtigungstour, Studenten der Verwaltungsakademie – alle schoben sich dicht gedrängt entlang der vorweihnachtlichen Festmeile. Bald würde am Altpörtel das Feuerwerksspektakel mit Bengalischem Feuer und dem Sternenregen beginnen. Das lockte besonders viele Gäste an.

„Da bist du ja wieder", begrüßte mich die junge Frau und wedelte mit einer kleinen Ecke Fleischkäse. Frisches Wasser hatte sie mir auch hingestellt. Ich blickte durch die geöffnete seitliche Tür in den Imbissstand. Ihr Chef schien nicht da zu sein. Sie schien meine Gedanken erraten zu haben. „Brauchst keine Angst zu haben, er ist unterwegs, holt gerade Nachschub, neues Brät und Gehacktes."

Ich kaute genussvoll an einem zweiten Stück Fleischkäse, da traf ein heftiger Stoß mein Hinterteil. Ich jaulte vor Schmerz laut auf und schlug gegen den Standfuß des Imbisswagens. Ein weiterer Tritt schleuderte mich durch die offene Tür in den Verkaufsstand hinein. Ich schlitterte über den Boden und knallte gegen zwei Schranktüren, die aufsprangen. Putzzeug, Schüsseln und allerlei Arbeitsgeräte fielen polternd heraus. Erschrocken sprang eine ältere Verkäuferin zur Seite und riss dabei die Kasse mit. Rasselnd sprangen und rollten die Münzen über den Boden. Geldscheine flatterten umher. Und ich lag mittendrin in dem Chaos.

Mir stockte das Herz. Genau vor meiner Nase lag ein Messer. Nicht so groß wie das, welches der Mörder benutzt hatte. Aber es hatte einen massiven schwarzen Griff. Es musste mit dem anderen Kram aus dem Unterschrank gefallen sein. Ein Geruch schob sich in meine Nase.

„Da hört sich doch alles auf!", schrie der Besitzer der Imbissbude und schlug nach mir. „Raus hier!"

Instinktiv schnappte ich mir das Messer. Ein weiterer Tritt beförderte mich nach draußen. In meiner Panik merkte ich nicht, wie sich dabei die scharfe Schneide in meinen Leib bohrte. Verstört kroch ich unter den Verkaufswagen. Mein Atem ging schnell und rasselnd. Brennende Stiche durchzuckten mich im Takt meines Pulses.

Im Wagen polterte eine aufgebrachte Stimme: „Seit wann füttern Sie den verwahrlosten Lumpen durch? Wenn ich nicht jede Hand bräuchte, würde ich Sie auf der Stelle entlassen!"

Eine weinerliche Frauenstimme antwortete: „Entschuldigung Chef, aber es kommt ganz bestimmt nicht mehr vor."

„Herr Müller, dass Sie den armen Kerl getreten haben, war nicht nötig. Und dass Sie Ulrike derart herunterputzen, ebenfalls nicht. Sie sind ein Unmensch. Anzeigen sollte man Sie." Das war die empörte Stimme der älteren Verkäuferin, die für die Frikadellen zuständig war.

„Jetzt hört sich doch alles auf! Bin ich hier im Tollhaus? Heben Sie gefälligst das Geld auf. Verdammt noch mal, sehen Sie nicht, der Wind reißt die Scheine mit. Ich lass mir doch mein Geld nicht wegnehmen, weder von einem hergelaufenen Nikolaus noch von so einem elenden Streuner wie dem da! Und was jetzt an Geld fehlt, ziehe ich Ihnen vom Lohn ab!"

Angelockt von dem Geschrei und Gepolter, hatte sich

eine kleine Traube neugieriger Menschen an dem Stand gebildet.

Ich hatte überall Schmerzen. Das Brennen an meinen Rippen ließ nicht nach. Dort wo mein Körper lag, hatte sich eine rote Lache gebildet. Blutend und humpelnd schleppte ich mich an den kleinen Tannenbäumchen zwischen den Ständen vorbei, durch die hohle Häusergasse zum Königsplatz hin, um eine ruhige Stelle zum Ausruhen zu suchen, als mir das Messer siedendheiß einfiel. Ich hatte es in meiner ganzen Not vergessen. Meine Beine zitterten. Quälend langsam schleppte ich mich zurück, entlang einer dunkelroten Markierung aus kleinen ausgefransten Punkten – meinem Blut. Mit jedem Schritt stachen glühende Messer in meinem Leib. Zu meinen höllischen Schmerzen und der Demütigung paarte sich ein ängstlicher Gedanke: Hoffentlich lag das elende Ding mit dem Schweißgeruch noch unter dem Verkaufswagen und hoffentlich stand Hans noch an der Schnitzel-Bude.

Epilog

Ich stehe vor dem Schaufenster der Speyerer Geschäftsstelle der Rheinpfalz-Zeitung und werfe einen Blick auf die ausgehängten Zeitungsseiten.

Auf dem großen Foto da, das bin ich. Bekomme gerade vom Polizeipräsidenten eine riesig lange Kette von Würsten umgehängt. Was in dicken schwarzen Lettern über dem Bild geschrieben steht, weiß ich auch: *Obdachloser Streuner entlarvt Mörder des falschen Speyerer Weihnachtsmannes. Der Täter ist geständig.* (Na, hoffentlich meint keiner der Leser, der Polizeipräsident sei der Streuner!)

In der Stadt bin ich nun berühmt wie ein bunter Hund. Fast eine ganze Seite haben die Zeitungsleute mir gewidmet.

Ich hätte ein zweites, der Tatwaffe ähnliches Messer, unter

Todesgefahr dem Pächter des Imbissstandes entwendet und dem Hauptkommissar Hans Schröter, der sich zufällig auf dem Weihnachtsmarkt befand, vor die Füße gelegt, stand da auch noch. Bei dem Kampf hätte mich der Pächter so übel zugerichtet, dass dies einem zweiten Mordversuch gleichkäme. (Nun, die Schreiberlinge haben schon immer übertrieben.)

Der erfahrene Polizist hatte die Zusammenhänge sofort erfasst und sich von mir zu dem vermeintlichen Mörder führen lassen. Die DNA-Spuren an der Tatwaffe und auf dem zweiten Messer konnten einwandfrei dem Pächter des Imbissstandes zugeordnet werden. Der Ermordete, verkleidet als Weihnachtsmann, hatte ihm zuvor auf dem Weg zum Nachttresor der Bank die Geldkassette entwenden wollen. Der hinterrücks Überfallene hätte sich jedoch heftig mit einem mitgeführten Messer zur Wehr gesetzt, wobei sein Widersacher unbeabsichtigt zu Tode gekommen sei. Im Besitz des Mörders hätten sich zudem diverse Brieftaschen und Geldbörsen befunden, die bei dem Kampf aus der aufgerissenen Geheimtasche herausgefallen seien. Nach eigenen Angaben des Täters habe er die nach seiner Bluttat dem falschen Weihnachtsmann zusätzlich abgenommen. Die Besitzer würden derzeit ermittelt und baldmöglichst benachrichtigt – Geschädigte mögen sich bitte bei der Polizei melden.

Übrigens, ein obdachloser Streuner bin ich nicht mehr. Ich wohne seit einer Woche im noblen Stadtteil Vogelsang. Und neben dem alten VW-Bulli steht in der Garage eine große, saubere Familienkutsche, in der für mich auch Platz ist. Außerdem bin ich jetzt rechtschaffener Steuerzahler. Das kann jeder anhand der Marke an meinem Hals erkennen.

Ehrlich – ehrlicher gehts nicht, oder?

Spätzug nach Frankenthal Alexandra Guggenheim

Gut, dann erzähle ich Ihnen die Geschichte jetzt von Anfang an, Herr Kommissar. Das war nämlich so:

Gestern Nachmittag habe ich meine Freundin Eleonora in Ludwigshafen besucht. Eleonora Weinsberg. Mit der bin ich in Bonn auf die Höhere Töchterschule gegangen, bevor es uns der Männer wegen in die Pfalz verschlagen hat. Seit zwei Jahren haben wir uns nicht mehr gesehen. Da können Sie sich vorstellen, dass wir uns ne Menge zu erzählen hatten. Und wie wir da so sitzen und beim Adventstee und einigen Likörchen in Erinnerungen schwelgen, springt Eleonora plötzlich auf und ruft: „Es ist ja schon halb zehn! Jetzt aber fix!"

Wir also los zum Hauptbahnhof, Gleis eins, und ich schnell rein in den Regionalzug. Gähnende Leere in den Waggons, wer fährt um diese Uhrzeit denn auch von Ludwigshafen nach Frankenthal? Wie ich es mir in meinem Sitz gerade so bequem mache und zum Fenster rausschaue, setzt sich ein Mann mit rotem Mantel, roter Zipfelmütze und weißem Wattebart neben mich. Vom Gesicht ist so gut wie nichts zu erkennen, aber an seinen Händen sehe ich, dass es ein junger Mann ist.

,Wahrscheinlich ein Student, der als Nikolaus verkleidet auf einer Betriebsfeier aufgetreten ist', denke ich. Während ich noch überlege, ob ich mit ihm einen kleinen Plausch anfangen soll, rückt der auf einmal so dicht an mich ran, dass ich ganz eng am Fenster sitze und mich kaum noch rühren kann.

Er greift in seine Manteltasche und fuchtelt plötzlich mit einer Spritze vor meiner Nase rum. „Ey, Alte, weißt du, was da drin ist? Insulin ... so was kann tödlich sein, wenn man nicht vorsichtig ist. Also, wie ist es: Geld oder Leben?"

Ich schnappe nach Luft. Über Insulin braucht mir so einer nun wirklich nichts zu erzählen. Da kenne ich mich aus. Ich war nämlich früher Krankenschwester, hatte viel mit Diabetespatienten zu tun. Aber mich so unflätig zu titulieren ...

„Das mit der ‚Alten‘ nehmen Sie sofort zurück, junger Mann! Ein bisschen mehr Höflichkeit würde Ihnen ganz gut stehen", antworte ich empört. Schließlich bin ich mit meinen sechsundsiebzig noch ganz gut beieinander und fühle mich kein bisschen alt!

„Quatsch nicht, her mit der Knete." Dabei droht mir der Frechling wieder mit der Spritze.

Ich sehe ein, dass es keinen Sinn hat, von einem solchen Individuum auch nur ein Mindestmaß an Manieren zu erwarten. Leider steigt in Ludwigshafen-Oggersheim kein einziger Fahrgast ein oder aus, den ich auf meine missliche Lage aufmerksam machen könnte. Also hole ich meine Geldbörse aus der Handtasche und setze eine verächtliche Miene auf.

„Zwanzig Euro? Willst du mich verarschen, ey?", brüllt der Rotzbengel. Leider nicht laut genug, denn niemand im Zug hört uns.

„Ich habe nie mehr Bargeld dabei", kläre ich den Rüpel auf, „man liest in der Zeitung ja so viel von Überfällen, besonders auf Frauen, die alleine unterwegs sind." Ich höre ein Knurren. „Was ist mit der Geldkarte, hä? Hast doch sicher so'n Plastikteil dabei, oder?"

Der Ganove beugt sich vor und macht sich an meinem Portemonnaie zu schaffen. Dabei schiebt er sich die viel zu große Mütze aus dem Gesicht, um besser sehen zu können. „Wer sagts denn? Warum nicht gleich so?"

Triumphierend hält er meine Bankkarte hoch und wedelt damit in der Luft herum. Ich überlege angestrengt, welche Chancen ich habe, den Typen außer Gefecht zu setzen. Wissen Sie, ich hab nämlich vor einigen Jahren an der Volkshochschule einen Kursus in Selbstverteidigung gemacht. Aber inzwischen bin ich wohl doch ein wenig aus der Übung.

Endlich hält der Zug in Frankenthal. Nur wenige Menschen sind unterwegs und von denen achtet eh niemand auf einen Weißbart im roten Mantel, der mit einer rüstigen Dame zum Ausgang geht. Noch dazu in der Vorweihnachtszeit.

„Bisschen schneller", keucht der Schurke und zieht mich über die Straße zur Sparkasse Rhein-Haardt. „Los, die Knete, und zwar die ganze Summe, die der Automat an einem Tag ausspuckt!"

‚Lieselotte', sage ich zu mir, ‚jetzt wird es ernst.'

„Junger Mann", teile ich ihm mit, und obwohl ich innerlich zittere, ist meine Stimme klar und fest, „hier nicht. Von mir aus sollen Sie in Dreiherrgottsnamen meine sauer verdiente Rente haben und sich damit zum Teufel scheren. Aber wegen eines Erpressers wie Ihnen werfe ich doch kein Geld zum Fenster hinaus!"

Ich merke, wie ich mich gleich schon wieder etwas wohler fühle. „Ich habe mein Konto bei der Postbank", kläre ich den Flegel auf, „gleich um die Ecke, in der Bahnhofstraße. Und dahin gehen wir jetzt. Bei meiner Postbank muss ich nämlich nichts extra bezahlen, wenn ich Geld am Automaten abhebe. Aber bei der Sparkasse hier, da sind Fremdgebühren fällig. Und ich habe nicht die Absicht, für Ihre abscheuliche Tat auch nur einen einzigen Cent zu viel zu zahlen."

Der Erpresser ist beim Denken keiner von der schnellen Truppe. „Ja ... äh ... also gut. Aber keine Sperenzchen! Vergiss nicht, die Spritze ist randvoll."

Dabei ist er wieder mit diesem Mordinstrument unter meiner Nase zugange.

Wir gehen also zu meiner Postbank und der Halunke steckt die Scheckkarte in den Automatenschlitz. ‚Immer schön cool bleiben, Lieselotte', spreche ich mir selbst Mut zu und klappe meine Handtasche auf. „Einen Moment noch", murmele ich und stöbere durch die Fächer. „Wissen Sie … ich kann die Zahlen auf den Tasten nicht richtig erkennen … Wo hab ich denn nur meine Lesebrille …?"

Da kriegt dieser Gangster einen Wutanfall und schubst mich einfach zur Seite. „Weg da, Alte! Nun mach schon, wie lautet die Geheimnummer?" Er beugt sich über das Tastenfeld, reißt sich fluchend die Mütze, die ihm über die Augen gerutscht ist, vom Kopf und den Bart gleich mit und tippt die Zahlen, die ich ihm nenne, ein. Und dann ist er auch schon mit Geld und Karte in der Dunkelheit verschwunden.

Ich atme tief durch und merke plötzlich, dass mir kalt geworden ist. Ich gehe in die Kneipe auf der anderen Straßenseite und bestelle mir auf den Schreck hin erst mal einen doppelten Cognac. Und dann noch einen. Als mir warm wird und auch mein Kopf wieder klar ist, ziehe ich mein Mobiltelefon aus der Handtasche.

‚Äußerste Konzentration, Lieselotte', ermahne ich mich, ‚jetzt nur keinen Fehler machen!' Zuerst rufe ich also die Servicenummer von der Postbank an und lasse das Konto sperren. Danach ist meine Nachbarin dran, Frau Neumann. Sie passt immer auf Kaiser Wilhelm auf, meinen Kater, wenn ich mal unterwegs bin. Damit das arme Tier nicht die ganze Zeit alleine in der Wohnung hocken muss. Frau Neumann ist noch wach. Ich erkläre ihr, warum es später geworden ist und verspreche, nachher noch auf einen Schluck rüberzukommen und ausführlich von meinem Abenteuer zu berichten. Ja, und als Letztes rufe ich die Polizei an.

So, Herr Kommissar, jetzt wissen Sie alles ... Was haben Sie denn da für ein Foto? Darf ich mal sehen? ... Das ist er! Dieser Kerl hat mich gestern überfallen. Ist das nicht genau der Moment, in dem der Ganove mein Geld bei der Postbank abhebt? Gestochen scharfe Aufnahme.

Wissen Sie, mein Enkel Lucas, der hat neulich in dieser Filiale ein Schüler-Praktikum gemacht. Und da hat er mir von der neuen Infrarotkamera erzählt. Die ist ganz geschickt angebracht. Von außen ist sie nämlich überhaupt nicht zu erkennen. Punkt eins war also: Ich musste den Typen dazu bringen, zu genau diesem Automaten zu gehen. Zum Glück ist mir das mit den Fremdgebühren bei der Sparkasse wieder eingefallen. Weiß ich übrigens auch von meinem Enkel.

Ja, und Punkt zwei war, den Verbrecher irgendwie direkt vor die Kamera zu locken. Deswegen habe ich ihm die Geschichte mit meiner Lesebrille aufgetischt ... Übrigens, Ihnen kann ich es ja verraten: Ich besitze überhaupt keine Lesebrille und ich brauche auch keine. Ich sehe nämlich noch ganz hervorragend!

Die Bank hat mir übrigens heute Morgen mitgeteilt, dass sie mir den entstandenen Schaden erstattet. Was sagen Sie da? Sie wissen, wer der Mann ist? Aus Ihrem Fahndungscomputer? Aha ..., wiederholt straffällig geworden. Was denn so? Einbruch, Überfall, schwere Körperverletzung, räuberische Erpressung, Beteiligung an einer Entführung und so weiter ... Du meine Güte, jetzt kriege ich es noch im Nachhinein mit der Angst zu tun.

Ihr Telefon klingelt, Herr Kommissar. Dann gehe ich jetzt, Sie haben ja alles notiert ... Wie, gefasst? Vor einer Stunde in seiner Wohnung? ... Na, da kann man Ihnen ja gratulieren ... Also, das müssen Sie mir etwas genauer erklären. Was für eine Belohnung? Zur Ergreifung des Täters ist eine Belohnung ausgesetzt ... Und ich soll die zweitausend Euro kriegen?

Affengeil!, würde mein Enkel dazu sagen. Jetzt muss ich mich aber sputen. Lucas hat nämlich übermorgen Geburtstag und er wünscht sich schon lange eine Taucherausrüstung. Und ich kauf mir gleich auch eine. Dann fliegen wir im Sommer zusammen ans Rote Meer zum Schnorcheln. Wollte ich immer schon mal ausprobieren.

Hat mich gefreut, Sie kennenzulernen, Herr Kommissar. Wiedersehen und – frohe Weihnachten.

Kleine Geschenke Wolfgang Kemmer

„Was du nur hast, Hannelore, ich finds toll hier!"

Reinhard Frenzelke wies mit großer Geste auf die Aussicht, die sie aus ihrem vollverglasten Wintergarten über den tief verschneiten Garten mit den im Lichterglanz erstrahlenden gewaltigen Edeltannen genossen. „Ich habs wirklich noch keine Minute bereut, dass wir nach Landau gezogen sind." Er griff mit seiner fleischigen Pranke nach dem Punschglas und pustete vorsichtshalber noch einmal auf das hochprozentige Gebräu, bevor er es wagte, den ersten Schluck zu nehmen. Hannelore servierte den Punsch immer viel zu heiß.

„Ich ja auch", sagte sie. „Ich ja auch. Das schöne Haus, der tolle Garten, alles, aber die Leute …"

„Wieso? Was ist denn mit denen?" Frenzelke richtete sich ein wenig auf in seinem bequemen Liegesessel und stellte das Punschglas zurück auf den Beistelltisch. Der Sportteil der *Rheinpfalz*, den er schon erwartungsfroh in der Linken hielt, musste noch warten. An Hannelores Gesicht konnte er ablesen, dass es wieder einmal eine schwierige Unterhaltung werden würde.

„Die reden einfach nicht mit mir", klagte Hannelore. „Du kriegst das ja nicht mit. Du bist ja nie da!"

„Was soll das denn heißen?" Frenzelke sah sich genötigt, zumindest einen Hauch von Empörung zu zeigen, indem er seine Wampe noch einmal bewegte, um nun auch noch die Zeitung aus der Hand zu legen und sich seiner Frau voll zuzuwenden.

„Ach, darum gehts ja gar nicht." Hannelore zupfte an ihrem neuen Kaschmirpullover herum. „Ich mein, du kriegst es doch überhaupt nicht mit, wie sie mich schneiden. Und dann dieser arrogante Müller-Reiferscheid, der schaut mich immer an, als wäre ich eine von der Straße und hätt mich nur zufällig hierher verlaufen. Guckt, als wollt er mich auffressen. Und seine hochnäsige Tussi, die sieht mich nicht mal, wenn ich sie grüße. Heut auf dem Nikolausmarkt wär sie fast über mich gefallen, aber meinst du, die schenkt mir auch nur einen Blick!"

„Sie kennt dich eben noch nicht. Grüßt du denn immer jeden Fremden auf der Straße?"

„Unsinn, die weiß doch ganz genau, dass wir hier eingezogen sind." Hannelore schluchzte. „Die macht das mit Absicht, weil sie mir zeigen will, dass wir hier in ihrem Bonzenviertel nichts verloren haben."

„Ach, Lorchen", Frenzelke hatte sich nun tatsächlich vollständig aufgerichtet, „das wird schon noch, warts nur ab. Morgen ist doch Nikolaustag. Ich hab da eine richtig tolle Idee, wie wir uns den Müller-Reiferscheids vorstellen können."

Hermine Müller-Reiferscheid tobte wie ein Rumpelstilzchen im Wohnzimmer zwischen den sündhaft teuren Designermöbeln herum. „Was fällt diesen neureichen Proleten eigentlich ein?", kreischte sie. „Für wen halten die sich? Sehen wir etwa so aus, als wären wir auf ihre Almosen angewiesen?"

„Hermine …" Ansgar Müller-Reiferscheid war immer höchst beunruhigt, wenn die Gesichtsfarbe seiner Frau so ins Dunkelrote spielte. „Denk an deinen Blutdruck!"

„Die halten sich offenbar für die Wohlfahrt, oder was? Und wer sind wir? Sind wir vielleicht Penner, die es nötig haben, dass man ihnen Lebensmittel vor die Tür stellt?"

„Aber Hermine … vielleicht haben sie es ja gut gemeint … Du hast doch den Zettel gelesen … wir waren nicht da, als sie ihren Antrittsbesuch machen wollten. Außerdem war doch auch Nikolaus und da haben sie sich erlaubt …"

„Papperlapapp! Eine Frechheit ist das! So etwas verschenkt man doch nicht an Nikolaus. Eine Geschmacklosigkeit sondergleichen ist das. Und dann auch noch direkt mit zwei Flaschen von diesem fürchterlichen Fusel."

„Der Cognac ist ziemlich teuer", wiegelte Müller-Reiferscheid ab, der den Geschmack der neuen Nachbarn – ebenso wie die Oberweite von Hannelore Frenzelke – gar nicht so übel fand.

„Ich bitte dich, Ansgar, als ob wir Alkoholiker wären! Das können wir unmöglich auf uns sitzen lassen. Du gehst gleich morgen früh rüber und bringst diesen abscheulichen Korb zurück."

„Aber du weißt doch: Ich muss morgen schon beizeiten nach Kaiserslautern, habe Termine mit den Leuten von der Uni und will abends …"

„Dann eben danach", sagte Hermine unnachgiebig. „Und du stellst ein für alle Mal klar, dass wir auf ihre Almosen keinen Wert legen!"

Ansgar Müller-Reiferscheid nickte, scheinbar ergeben. „Du solltest dich ein bisschen hinlegen, Hermine", sagte er sanft. Er hatte eine viel bessere Idee …

„Das gibts doch gar nicht!", sagte Reinhard Frenzelke. „Das glaub ich einfach nicht!"

„Wieso?" Hannelore strahlte. Das rote Satinkleid, das sie kurz vor Mittag beim Gang zum Briefkasten hinter dem Gartentor gefunden hatte, war genau ihr Fall. Es betonte ihr Dekolleté und kaschierte ihre ausladenden Hüften.

„Das nimmst du nicht an!", blaffte Frenzelke. „Auf gar keinen Fall!"

„Wieso nicht? Ist doch eine nette kleine Geste. Wir haben ihnen doch auch was geschenkt. Sei froh, dass sie unser kleines Präsent erwidert haben. Als verspäteter Nikolausi sozusagen…"

„Von wegen Nikolausi!!!" Reinhard Frenzelke war empört. „Und eine nette, kleine Geste, nennst du das? Ich nenn es eine verdammte Frechheit, meiner Frau so ein Kleid zu schenken! Als könnte ich das nicht selbst!"

„Aber Reinhard … ich weiß gar nicht, was du jetzt hast … Genau das wollten wir doch, dass sie uns nicht mehr wie Luft behandeln." Natürlich wusste sie viel zu gut, was ihn umtrieb: sein schlechtes Gewissen, weil er ihr seit Jahren kein Kleid mehr geschenkt hatte.

„Alles Quatsch!", schnauzte er. „Warum klingeln sie dann nicht, sondern stellen uns den Fetzen in unserem leeren Fresskorb einfach vor die Tür? Ich sag dir, was die wollen: Die wollen uns beschämen, diese Snobs!"

„Ach Hardy …", gurrte Lorchen. „Muss ich das schöne Kleid denn jetzt wirklich zurückgeben?"

Reinhard sah sie mit vernichtendem Blick an. Dann schüttelte er den Kopf. „Ich glaube, ich weiß was Besseres …"

So nahm denn das Unheil seinen Lauf und Weihnachten, das Fest der Liebe und der kleinen Geschenke, war längst vorbei, als sich die neureichen Frenzelkes und die schon immer reichen Müller-Reiferscheids endlich einmal alle vier von Angesicht zu Angesicht gegenüberstanden.

„Gut", sagte der dabei den Vorsitz führende Richter Findeisen, „wenn ich das alles jetzt richtig verstehe, dann haben Sie, Herr Frenzelke, Ihren Nachbarn Herrn Müller-Reiferscheid nur deshalb krankenhausreif geschlagen, weil er Ihrer Frau einen Pelzmantel geschenkt hat."

„Nein", sagte Frenzelke, „das mit dem Mantel war ja schon vorher. Der hielt sich wohl für St. Martin, der alte Spinner!"

„Bitte, Herr Frenzelke, bleiben Sie bei der Sache!"

„Na schön, also verprügelt hab ich ihn erst, nachdem seine Alte mit dem Porzellan nach uns geschmissen hatte."

„Dem Meißner, das Sie den Müller-Reiferscheids zum dritten Advent verehrt hatten?"

„Richtig, nachdem er meiner Frau diese grässlichen Klunker geschenkt hatte. Das ging mir ja eigentlich schon zu weit. ‚Lorchen', hab ich zu meiner Frau gesagt, ‚Lorchen, ich lass mich von diesem Angeber nicht ruinieren!' Aber sie meinte, wir sollten ihnen noch eine Chance geben. Das Meißner war dann als Wink mit dem Zaunpfahl gedacht, damit sie uns mal zum Adventskaffee einladen …"

„Moment, das verstehe ich nicht", sagte Findeisen. „Wieso ruiniert es Sie, wenn andere Ihnen was schenken? Und wieso wollten Sie denn unbedingt von den Müller-Reiferscheids eingeladen werden, wo Sie die doch eigentlich gar nicht ausstehen können?"

„Die hätten wir sowieso nie eingeladen", schnaubte Hermine Müller-Reiferscheid. „Diesen Fettwanst und seine …", ihre Blicke schweiften über Hannelore Frenzelkes üppige Formen, „… seine aufgeblasene Schnepfe."

Die Geschmähte quiekte wie ein Ferkel, sprang auf und wollte sich auf ihre Nachbarin stürzen. Deren Mann sah Lorchens furioser Annäherung reglos, aber mit roten Ohren und großen Augen entgegen, während Reinhard Frenzelke sich die Ärmel aufkrempelte.

Nur mit größter Mühe und der Hilfe der vorsorglich im Saal anwesenden Polizisten schaffte es Richter Findeisen, die Ordnung wiederherzustellen. Dann vertagte er die Sitzung.

Eine Woche später plädierte Dr. Gachweiler, der Anwalt des wegen schwerer Körperverletzung angeklagten Reinhard Frenzelke, auf Notwehr.

Richter Findeisen schmetterte seinen Vorschlag ab, worüber der gute Dr. Gachweiler höchst verwundert war. Er hatte den Fall im Kollegenkreis ausgiebig diskutiert und fast alle hatten befunden, dass die Chancen seines Mandanten gar nicht schlecht stünden.

Was Gachweiler nicht wusste: Richter Findeisen hatte am Vorabend der Urteilsverkündung einen großen Präsentkorb vor der Haustür gefunden. Und der ehrenwerte Richter pflegte höchst allergisch auf Bestechungsversuche zu reagieren. Das wiederum hatte Ansgar Müller-Reiferscheid nur allzu gut gewusst. Schließlich spielte er doch alle vierzehn Tage ein paar Bahnen mit dem Nachbarn des Richters auf der Golfanlage des Landguts Dreihof in Essingen.

Marmeladen-Roulette Brigitte Vollenberg

Der Kirschbaum bog sich unter der Last der prallen roten Früchte. Ich erntete und entsteinte. Anschließend füllte ich einen Teil der vorbereiteten Früchte in Gefrierbeutel und verstaute sie in der Kühltruhe. Abends gab es Pfälzer Kerscheplotzer, einen süßen kalorienreichen Auflauf, den ich mir wenigstens einmal in der Erntezeit gönnte.

Einige Wochen später stand meine Nachbarin mit einem Korb Pflaumen vor meiner Tür. „Ich weiß nicht, wohin mit den Früchten. Ich kann keinen Pflaumenkuchen mehr sehen. Frag mich nicht, wie viele Gläser Pflaumenmus ich schon eingekocht habe. Hast du Verwendung dafür?" Sie hielt mir ihre Pflaumenernte entgegen. Noch am gleichen Abend begann ich mit der Arbeit: waschen, entsteinen, verpacken, einfrieren.

Auch der Apfelbaum hinten in meinem Garten trug in diesem Jahr so viele Früchte wie nie zuvor. Aus den Äpfeln machte ich Gelee. Egal, wer in diesem Herbst zu Besuch kam, ich servierte ihm eine Äppelwoi-Torte vom Feinsten.

Anfang November startete ich mit der eigentlichen Produktion. Ich kreierte Gelees und Marmeladen, tüftelte, probierte aus und stellte erlesene fruchtige Brotaufstriche her. Der Verkaufsschlager meines Angebotes würde wohl, wie in den vergangenen Jahren auch, meine Glühweinmarmelade sein.

Seit Tagen besuchte ich verschiedene Weingüter und kaufte günstige, aber gute, rote und weiße Weine. Ich besorgte ebenso Gelierzucker, Orangensaft und einige geheime Zutaten. Meine Brotaufstriche waren sehr beliebt und das nicht nur in meinem näheren Umfeld. Die Weihnachtsmarktbe-

sucher verschiedener Orte freuten sich auf meine Marmeladen.

„Diese Spezialität wird im Weihnachtspäckchen nach
England verschickt", hatte eine Stammkundin im letzten
Jahr auf dem Weihnachtsmarkt in Deidesheim gesagt. Auch
dort stellte ich auf dem historischen Marktplatz meine Spe-
zialitäten aus der Region vor. „Meine Kinder freuen sich
schon riesig darauf. Es ist für sie ein Gruß aus der Heimat."

„Ihre Ingwermarmelade, ein Traum! Ich nehme gleich
zwei Gläser", sagte eine andere Kundin, die auf dem Neustadter Weihnachtsmarkt meinen Stand besuchte. „Sind Sie
im nächsten Jahr wieder hier zu finden?"

„Die Rezepte verraten Sie sicher nicht?", wurde ich mehrmals gefragt.

Ich lächelte, freute mich über das Lob und schwieg natürlich über meine Rezepturen.

Mein Hobby hatte einen Hauch von Professionalität angenommen. Die Brotaufstrich-Produktion war mehr und
mehr zu einer saisonalen Passion geworden. Es machte einfach so viel Spaß. Der Verdienst stand nicht im Vordergrund
meiner Tätigkeit. Wenn ich kostendeckend arbeitete, war es
gut. Wenn etwas übrig blieb, war dieses allerdings besser.
Den Überschuss spendete ich einem regionalen Frauenhaus
zur Unterstützung seiner Arbeit.

Das Häuschen, das mein verstorbener Mann mir hinterlassen
hatte, bewohnte ich jetzt allein. Obwohl ich im ersten Jahr
nach dem Tod meines Mannes eigentlich ausziehen wollte.
Das Haus verkaufen und weg, so weit es nur eben ging. Jedes
Detail in diesem ach so trauten Eigenheim verband ich mit
Egon und die meisten Erinnerungen waren schrecklich. Ich
konnte mir überhaupt nicht vorstellen, dass ich diesen Men-

schen einmal geliebt hatte. Die letzten Wochen unseres gemeinsamen Lebens waren die Hölle gewesen. Als er seinen Job verlor, begann für mich das Elend.

„Sie sind leider nicht mehr vermittelbar", hatte der Berater des Arbeitsamtes zu ihm gesagt. „Ich kann Ihnen eine Umschulung anbieten. Aber ob Sie danach wieder in den Arbeitsprozess integriert werden können? Ich weiß es nicht."

An diesem Abend wartete ich vergeblich auf Egon. Er war direkt vom Arbeitsamt aus in die nächste Kneipe eingekehrt. Dann folgte eine Besenwirtschaft nach der anderen. Er hatte sich vollllaufen lassen. Sein Auto parkte morgens immer noch vor dem Arbeitsamt und hatte bereits ein Knöllchen an der Windschutzscheibe. Wegen Ruhestörung war er in der Nacht aufgefallen. Die Polizei hatte ihn aufgelesen und den Rest der Nacht verbrachte er in einer Ausnüchterungszelle.

Egon veränderte sich. Er kommandierte mich herum. Ich konnte ihm nichts mehr recht machen. Er mutierte zu einem Haustyrannen. Manchmal reichte es schon aus, dass ich ihn – angeblich provokant – angesehen hatte. Er brüllte und beleidigte mich. Meistens schloss ich schnell die Fenster, wenn er losdonnerte. Ich wollte nicht, dass unsere Nachbarn sein Geschrei hörten. Es war mir so wahnsinnig peinlich, wenn mich später die mitleidigen Blicke meiner Nachbarn trafen.

Der Tag, der für mich die Wende einleitete, war jener, an dem er mich zum ersten Mal schlug. Ich spüre heute noch den Schlag in meinem Gesicht. Ich kann noch immer fühlen, wie mein linkes Auge zuschwillt und die Hitze mir ins Gesicht steigt. Ich muss nur daran denken, dann wird mir bereits übel.

Mehr als eine Woche bin ich nicht vor die Tür gegangen. Egon mähte den Rasen im Vorgarten und ich hörte, wie er unserer Nachbarin, die an den Zaun getreten war, erzählte, dass ich eine schwere Virusgrippe hätte. Ich konnte mich ihm nicht widersetzen. Wer hätte mir schon geglaubt? Nach außen demonstrierte Egon Normalität und nach innen Tyrannei, basierend auf erhöhtem Alkoholkonsum.

Mein Leidensdruck wuchs stetig. Jedes Mal dachte ich, es könne nicht schlimmer werden. Aber ich täuschte mich.

Meine Schlafstörungen bekam ich nicht in den Griff. Morgens, in unchristlicher Frühe, lag ich wach und grübelte, wie ich mich dieser Lebenssituation würde entziehen können, und abends konnte ich nicht einschlafen.

Wenn Egon unterwegs war – einen Kumpanen zum Trinken fand er immer – widmete ich mich meinen Marmeladen. Bei dieser Tätigkeit fand ich Entspannung und Ruhe. Ich hatte eine Glühweinmarmelade hergestellt, die an Köstlichkeit nicht zu überbieten war. Die rubinrote heiße Flüssigkeit lief aus meiner Suppenkelle in die vorbereiteten Gläser, die auf einem rot karierten Geschirrtuch standen. Ich konzentrierte mich, damit ich nicht kleckerte. Auf die gerade gefüllten Gläser schraubte ich die silbernen Deckel. Den Rest zum sofortigen Verzehr, beziehungsweise zum Probieren, goss ich in eine kleine Schüssel. Ich säuberte mein Revier, setzte mich an den Küchentisch und beschriftete die Etiketten mit Angaben zum Inhalt und dem Herstellungsdatum. Ich holte den Stoffrest aus roter Baumwolle mit den kleinen grünen Tannen hervor. Ich hatte diesen Stoff im letzten Jahr auf einem Weihnachtsmarkt entdeckt. Jetzt schnitt ich ihn mit der alten Zackenschere in quadratische Stücke und befestigte diese mit naturfarbenem Bast über den Deckeln der Marmeladengläser. In Reih und Glied standen sieben Gläser, weihnachtlich geschmückt, auf der Anrichte in der Küche.

Stolz betrachtete ich mein Werk. Die kleinen Zugaben zu

den Weihnachtsgeschenken für Freunde und Verwandte waren fertig. In den nächsten Tagen würde die Produktion für die Weihnachtsmärkte beginnen.

Das Poltern vor der Tür kündigte Egon an. In Windeseile deckte ich den Abendbrottisch. Ohne ein Wort ließ er sich auf seinen Stuhl fallen, schnitt sich eine dicke Scheibe vom Musikantenbrot ab, das meine Schwester aus Reichbach-Stegen mitgebracht hatte, und strich fingerdick die Butter darauf. Er erblickte meine Glühweinmarmelade auf der Anrichte, stand auf und öffnete das erste Glas. Die Marmelade war noch nicht abgekühlt und auch noch nicht angedickt. „Was ist das denn für eine undefinierbare Suppe?", rief er. „Was soll das sein? Ah, Glühweinmarmelade", sagte er spöttisch, „steht ja drauf." Er drehte sich zu mir und sein alkoholisierter Atem schlug mir entgegen. Er kippte sich die blutrote, leicht zähflüssige Masse auf seine Bauernstulle. Die Marmelade schwappte über den Tellerrand. Die Tischdecke war bekleckert und die noch warme Glühweinmarmelade tropfte auf den Boden. „Selbst die einfachsten Dinge bekommst du nicht auf die Reihe", brüllte er. „Das ist doch keine Marmelade." Er stand auf, ergriff ein Glas nach dem anderen, öffnete es und schüttete den Inhalt in den Ausguss. Im Vorbeigehen schlug er nach mir. Ich konnte seiner Faust ausweichen. Die Haustür fiel ins Schloss und eine unheimliche Stille kehrte in dieses Haus ein.

Ich beseitigte die Spuren seines schlechten Benehmens, ging in den Keller und holte eine neue Flasche Glühwein herauf. Aus dem Küchenschrank nahm ich weitere Zutaten, die ich für sieben neue Gläser Glühweinmarmelade benötigen würde. Bevor ich die Produktion startete, ging ich ins Bad. Ich stützte mich auf das Waschbecken und blickte in mein Spiegelbild. Am linken Wangenknochen war noch vom letzten Mal eine leichte bläulichgrüne Verfärbung zu sehen. Einige geplatzte Äderchen im Auge veränderten mein Aussehen. „Jetzt ist Schluss", sagte ich und sah mich ernsthaft an. „Ich will nicht mehr." Ich öffnete den linken Glasschrank und entnahm die Zutat, die zermahlen und pulverisiert in hoher Konsistenz der neuen Charge Glühweinmarmelade die tödliche Würze geben würde.

Es war nach Mitternacht, als Egon den Weg nach Hause gefunden hatte. Ich hörte ihn in der Küche hantieren. Der Kühlschrank wurde zugeschlagen und polternd fiel ein Stuhl um. Wann er endlich ins Bett ging, bekam ich nicht mit, da ich es vorgezogen hatte, im Gästezimmer mein Nachtlager aufzuschlagen.

Als ich am Morgen in die Küche kam, standen noch sein Teller und ein Becher auf dem Tisch, beides in einer Milchpfütze. Er hatte ein neues Marmeladenglas geöffnet und das Chaos auf dem Tisch glich dem vom frühen Abend. Der Boden klebte schon wieder. Dieser elende Ignorant! Er wusste genau, wie viel Arbeit es war, das Haus sauber zu halten. Doch das war jetzt auch egal.

Ich schlich die Treppe hinauf und öffnete leise die Schlafzimmertür. Egon war nicht da, das Bett unberührt. ‚Er hat sich sicher angezogen auf das Sofa fallen lassen und ist im Suff einfach eingeschlafen', dachte ich. Aber als ich wenig später an der Kellertreppe vorbeikam, sah ich ihn. Von oben blickte ich auf seinen leblosen Körper.

Diesmal schüttete ich die Marmelade aus dem geöffneten Glühweinmarmeladenglas weg und zwar in die Küchenspüle und ließ kräftig Wasser nachlaufen. Das Glas reinigte ich gründlich mit Spülmittel und heißem Wasser.

Dann rief ich den Notarzt. Er stellte Egons Tod fest. Die Todesursache war eindeutig: Tod durch Treppensturz nach erhöhtem Alkoholkonsum. Es wurden keine weiteren Nach-forschungen angestellt.

Im Keller füllten sich meine Vorratsregale mit Brotaufstri-chen für die bevorstehenden Weihnachtsmärkte: Kirsch-konfitüre mit Zimt, Pflaumen-Nektarinenmarmelade mit Rotwein, Apfelgelee mit Calvados, Glühweingelee mit weih-nachtlichem Gewürz-Potpourri, um nur einige zu nennen.

Da Egon mich in meinem Leben nicht mehr belästigte, konnte ich mich ganz meinem Hobby widmen. Ich gestaltete Flyer und schaltete Werbeanzeigen.

Max, der Sohn meiner Nachbarin, fragte mich, ob er mir ab und zu helfen dürfte. Er sah darin eine Gelegenheit, sein Taschengeld aufzubessern. „Jetzt, wo Egon nicht mehr da ist", stammelte er.

‚Wenn du wüsstest!', dachte ich, nahm seine Hilfe aber gerne an. Er unterstützte mich hervorragend auf dem Markt in Haßloch, dem „Weihnachtsmarkt der tausend Lichter."

Wir klappten die Rückbank meines Autos um, stapelten auf der Ladefläche Kartons und Körbe und alle enthielten nichts anderes als Brotaufstriche, Weihnachtdekorationen und Lichterketten, um die Stände und Büdchen hübsch zu dekorieren. Am zweiten Adventswochenende übernahmen Max und sein Freund Jan alleine den Weihnachtsmarkt in Meckenheim, weil ich drei Tage vorher auf dem Schneeflo-ckenmarkt in St. Martin meine Köstlichkeiten angeboten hatte und mir eine kleine Ruhepause gönnte. Die Kasse klin-gelte. Max freute sich über seinen Verdienst und ich konnte einen stattlichen Betrag an das Frauenhaus überweisen.

Im Januar war Aufräumen angesagt. In ordentlichen Unter-nehmen nennt man es Inventur. Natürlich hatten wir nicht alle Marmeladen verkauft. Einige würde ich neu dekorieren und auf den Ostermärkten der Region anbieten. Als ich das Fach mit den Glühweinmarmeladen durchzählte, wunderte ich mich. Es hätten, laut meiner Statistik, weniger Gläser dort stehen müssen. Ich sah mir die Gläser genauer an. Ein Glas Kirschgelee war falsch eingeräumt. Und dann fiel mein Blick auf das Etikett eines Glases in der vorderen Reihe. Das Datum schockte mich: Es war der Tag nach dem Todestag meines Mannes. Hastig sah ich mir die anderen Gläser an. Ich fand noch vier, die dieses Datum trugen.

Wie ein Film lief jener Tag noch einmal vor mir ab. Ich hatte das Marmeladenglas mit der tödlichen Dosis ausgespült und weggeworfen. Aber die anderen Gläser, die auf der Anrichte standen, die anderen sechs, wo waren die abgeblieben? Ich hatte sie damals in eine Plastiktüte gestellt und später, noch vor Eintreffen des Rettungswagens, in den Keller gebracht. Sechs minus fünf gleich eins. Wo war das fehlende Glas mit der tödlichen Köstlichkeit geblieben? Hatte Max in seinem Übereifer die Gläser mit in die Kartons gepackt? Hatte er eines an seinem Stand verkauft? Oder hatte ich es im Gedränge der Weihnachtsmarktbesucher vielleicht sogar selbst verkauft? Mein Herz begann zu rasen. Mir wurde ganz schwindelig. Ich musste mich erst einmal hinsetzen.

In den nächsten Tagen las ich aufmerksam die Todesanzeigen und achtete darauf, ob in der Presse von Todesfällen nach dem Verzehr von Glühweinmarmelade berichtet wurde.

Meine Glühweinmarmelade konnte überall auf dem Frühstückstisch stehen. Ich hoffte darauf, dass jemandem das Glas geschenkt wurde, der es nur als Dekoration benutzte. Oder überhaupt keine Glühweinmarmelade mochte. Das ist ja im weitesten Sinne wie russisches Roulette, Glühweinmarmeladen-Roulette, dachte ich. Um jeglichen Verdacht von mir fernzuhalten, blieb mir nichts anderes übrig, als zu schweigen.

Und wenn das letzte Lichtlein brennt Jana Thiem

Pünktlich zum sechsten Glockenschlag fing es an zu schneien. Leicht und leise, so, als wollte selbst der Schnee hier nur eine Nebenrolle spielen. Die Gäste standen mit leuchtenden Augen im festlich geschmückten Hof unseres Weingutes und warteten auf das alljährliche Spektakel. Hunderte von Kerzen verbreiteten eine friedliche Weihnachtsstimmung. Das leise Gemurmel der Zuschauer und der himmlische Lichterglanz verzauberten mich.

In diese besinnliche Stille hinein öffnete sich geräuschvoll die Tür des Herrschaftshauses und Martin trat mit theatralisch erhobenen Händen heraus. Erschrocken schaute ich in die Runde. Beinahe hatte ich erwartet, dass alle auf die Knie fallen würden. Mir war bei seinem plötzlichen Erscheinen jedenfalls das Herz in die Hose gerutscht. Oder besser: in die Unterhose. Ansonsten stand ich im Engelskostüm, mit Kleidchen und Flügelchen bekleidet, neben der Eingangstür und hielt in beiden Händen brennende Kerzen. Martin hatte mir versprochen, dass die Flammen nicht ausgehen würden. Ich hatte Angst gehabt, als Depp dazustehen. Ein Engel, der sein Licht nicht hüten kann. Wen oder was kann er denn dann beschützen? Also klammerte ich mich an Martins Prophezeiung und versuchte, einen strahlenden Engel darzustellen.

Als ich die Stille kaum noch ertragen konnte, begann Martin endlich mit seiner Aufführung. Wie in jedem Jahr hatte er das Fenster neben der Eingangstür liebevoll geschmückt. Schmücken lassen. Er hatte die Idee im Kopf und alle Familienmitglieder mussten zuarbeiten.

127

Schon seit Jahren gab es in Neustadt die Tradition der Adventsfenster. Ich fand es toll, jeden Abend einer anderen Zeremonie zuzuschauen und mir den Bauch mit den verschiedensten Köstlichkeiten vollzuschlagen. So gab es bis Weihnachten vierundzwanzig festlich geschmückte Sehenswürdigkeiten mehr in unserer Stadt.

Natürlich hatte Martin wieder einen Samstag ergattert. Da erhoffte er sich die meisten Zuschauer. In diesem Jahr war es sogar der Nikolaussamstag. Und dementsprechend stand er nun als der heilige Nikolaus im Bischofskostüm im beleuchteten Türrahmen und erzählte die wahre Geschichte des Nikolaus von Myra.

Ein plötzlicher Schmerz durchzuckte meinen Körper und lokalisierte sich dann auf der rechten Hand. Wie in Zeitlupe tropfte das Wachs der Kerze allmählich über den selbst gebastelten Kerzenhalter. Ich atmete heftig aus und schielte vorsichtig zu Martin. Dieser strafte mich mit einem bösen Blick unter seinen buschigen Augenbrauen ab. Keiner hatte seinen Auftritt zu unterbrechen. Schon gar nicht ich.

Wieder spürte ich einen heißen Tropfen auf meinem Daumen landen. Schlimmes ahnend, schaute ich mir den Kerzenhalter in der linken Hand genauer an. Viel Zeit blieb nicht mehr, bis auch dieser überquoll. Fieberhaft überlegte ich, wie ich aus dieser Situation herauskommen konnte. Keine Chance!

Die plötzliche Stille irritierte mich. Schauten Martins Augen vorhin böse, so waren es jetzt Eiskristalle, die mich fixierten. Ach ja, mein Einsatz! So schnell es ging, leierte ich Rilkes Adventsgedicht über eine Tanne im Winterwald herunter und konzentrierte mich wieder auf die brennenden Wachsstäbe in meinen Händen.

Wieder durchfuhr mich ein Schmerz. Allmählich bildete

sich ein Berg aus heißem Wachs auf meiner rechten Hand. Aber ich ertrug den Schmerz, so wie ich immer alles an Martins Seite ertragen habe. Er war der Mann im Haus. Er hatte das Weingut geerbt und schon jede Menge Preise bekommen. Der alte Herr wäre stolz auf ihn gewesen. So wie alle stolz auf ihn waren.

Ich dagegen hatte gelernt, mich unsichtbar zu machen. Für alle hier war ich nur das Julchen. Obwohl ich Juliane heiße und Mitte zwanzig bin. Und ja, ich habe nur einen Hauptschulabschluss. Na und? Es gab so viel Wichtigeres zu tun. Außerdem fiel mir das Lernen immer schwer. Vielleicht hatte der liebe Gott einfach eine Windung in meinem Hirn vergessen. Konnte doch sein. Es gab doch auch Menschen, denen ein Finger fehlte.

Es hatte auch seine Vorteile, wenn man übersehen wurde. Immer, wenn ich wieder irgendetwas verbockt oder vergessen hatte, hieß es nur: Ja, ja, das Julchen. Und schon war die Sache erledigt.

Jedenfalls für alle anderen. Für Martin natürlich nicht. Er meinte immer, dass er mich bestrafen müsste. Vielleicht hatte ich es manchmal sogar verdient.

Mein Gesicht verzog sich zu einer grinsenden Maske. Irgendwann hatte ich mir angewöhnt zu grinsen, anstatt vor Angst zu zittern. Aber auch das Grinsen hatte mir Martin verboten. Dann würde jeder sehen, wie dumm ich wäre.

Als hätte er meine Gedanken gelesen und seine Finger im Spiel, ergoss sich das heiße Wachs erneut in meine Hand. Diesmal die linke. Das ist seine Strafe, dachte ich. Verstohlen blinzelte ich in Martins Richtung. Mein Gezappel war ihm natürlich nicht verborgen geblieben. Die Schmerzen weiteten sich langsam aus. Martin musste doch gewusst haben, dass ich mir die Hände verbrennen würde. Er wusste doch sonst auch immer alles. Noch einmal hob ich vorsichtig den Kopf und sah ihm in die Augen. Und da war es wieder. Dieses böse Flackern. Nur für einen kurzen Moment. Sein Mund zuckte verächtlich, während er für alle anderen weiter rezitierte. Das war eindeutig für mich. Er hatte es schon wieder getan. Während ich versuchte, stillzustehen und dabei Qualen erlitt, steigerte er sich in seine bösen Fantasien. Er wollte mich nicht vor allen bloßstellen, er wollte mich bestrafen. Später, wenn alle weg waren.

Mein Blick senkte sich. Ich atmete tief ein und aus. Mein Magen rebellierte und mir wurde kalt. Ich dachte an frühere Strafen, als ich noch klein war. Das stundenlange Sitzen auf der kalten Kellertreppe, währenddessen ich verzweifelt grübelte, was ich eigentlich verbrochen hatte. Später musste ich in seinem Arbeitszimmer stapelweise Akten halten, bis mir die Arme nach unten fielen. Und noch später musste ich mich mitten im Weinkeller nackt ausziehen und durfte mich so lange nicht bewegen, bis er seine Arbeiten beendet hatte. Danach war dann immer alles gut. Er nahm mich zärtlich in den Arm, führte mich zu meinem Bett und bedeckte mich mit einer kuscheligen Decke. Später mit seinen Küssen und noch später mit seinem Samen.

Die Menschenmenge in unserem Hof klatschte begeistert. Martin spielte den Nikolaus mit Leidenschaft. Jetzt verteilte er Süßigkeiten an die Kinder und lud alle Erwachsenen zu einem Glas von seinem besten Winzerglühwein ein. Ich sah in den Gesichtern der Gäste, wie sie Martin verehrten. So ein stattlicher Mann, mit Charme und Durchsetzungskraft. Nicht umsonst war er in sämtlichen Ausschüssen oder Vorständen unserer Stadt vertreten. Natürlich war er auch Mitglied im neu gegründeten Neustadter Weinparlament.

Und die jungen Damen schlichen wie Katzen um ihn herum und versuchten, seine Blicke auf sich zu lenken.

Alles sah aus wie in meinem Weihnachtsbuch. Genau so. Der leichte Schneefall, die vielen Lichter, die glänzenden Augen. Und mittendrin der, den alle liebten.

Noch immer stand ich wie versteinert an meinem Platz. Den Schmerz in den Händen spürte ich nicht mehr. Die Angst bahnte sich ihren Weg durch meinen Körper. Ein leichtes Zittern überfiel mich.

Ich wusste genau, was mich später erwarten würde. Manchmal wünschte ich mir die Kellertreppe zurück. Dann wären die Schmerzen nur im Kopf und nicht am ganzen Körper. Was er sich wohl dieses Mal wieder einfallen lassen würde? Wenn ich an den Schrank in seinem Zimmer mit den ganzen Spielsachen, wie er es immer nannte, dachte, wurde mir übel. Aber heute war die Übelkeit irgendwie anders. Gefährlicher. Eine Stimme wurde laut. „Nein", schrie sie. „Nein!" Ich schaute mich um. Da war niemand. Ich war wieder unsichtbar. Diesmal spürte ich die Stimme. Tief in mir. Sie kroch aus meiner Magengrube in meinen Kopf und setzte sich dort fest. Nein! Nein? Was bedeutete das? Sollte ich *Nein* sagen? Durfte ich *Nein* sagen? Er ist doch mein großer Bruder! Und wenn ich *Nein* sage, was macht er dann mit mir? Wieder hieb mir die Angst mit voller Wucht in den Magen. Ich kann das nicht. Tief durchatmen. Oder doch?

Ein paar Augen blitzten mich aus der Menschenmenge an. Eiskalte, wahnsinnige Augen. Augen, die nur mich treffen konnten. Die Stimme im Kopf manifestierte sich wieder. Sie wurde immer stärker. Sie ließ mich wachsen. Es stimmt, ich kann nicht *Nein* sagen. Aber ich muss auch nichts sagen. Ich will nur frei sein. Ich fühlte plötzlich eine Kraft, hatte das Gefühl, die Flügel auf meinem Rücken würden sich aufschwingen. Langsam hob ich den Kopf und sah Martin direkt ins Gesicht. Er nahm mich nicht wahr. Ich war ja unsichtbar.

Plötzlich legte sich eine Hand auf meine Schulter. Eine warme, weiche Hand. Ein bekanntes Gesicht lächelte mich an. Jemand nahm mir die Kerze aus der rechten Hand und versuchte, das Wachs von meiner Haut zu lösen. Dankbar grinste ich das freundliche Wesen an. Nun hatte ich doch gegrinst. Ich muss wirklich dumm ausgesehen haben, denn plötzlich schrak das Gesicht zurück. Schade, es hatte sich so gut angefühlt, dass mich jemand gesehen hatte.

Wieder fixierte ich Martin. Jetzt kam ich mir riesengroß vor. Vorsichtig machte ich einen kleinen Schritt auf die strahlende Menschenmenge zu. Nichts passierte. Alles sah aus wie eine leuchtende Masse. Und mittendrin ein glühender Kern. Dort musste ich hin. Noch immer schrie die Stimme in meinem Kopf ihr drängendes *Nein*. Die leuchtende Masse öffnete sich, machte eine Gasse frei, ließ mich ein, umschlang mich. Ich blinzelte. Weinte ich etwa? Einzelne erschrockene Gesichter tauchten auf und verschwanden wieder. Und dann war ich endlich da. Martin starrte mich hasserfüllt an. Ich hatte nicht gehorcht, hatte mich seinen Anweisungen widersetzt. Ich sah förmlich in seinen Augen, was gleich und vor allem später passieren würde.

Nein! Nie wieder!

Ich begann zu lächeln, hatte das Gefühl, dass es kein Grinsen war. Liebevoll schaute ich auf die Kerze in meiner linken Hand. Mein Licht, meine Erlösung. Unvermittelt hielt ich den rettenden Feuerschein an Martins Bart. Ich spürte das Entsetzen der Menschen um mich herum, sah in Zeitlupe Martins fassungsloses Gesicht. Noch einmal ließ ich die Kerze an seinem Mantel vorbeigleiten. Der Feuerschein wurde größer. Martin schrie, ich hörte ihn nicht. Er zerrte an seiner Maske, versuchte, sich den Mantel vom Leib zu reißen. Aber alles brannte schon lichterloh. Die Menschenmenge stürzte sich auf ihn. Jeder zerrte an Martin herum, der immer lauter zu schreien schien. Allmählich verschmolz die Maske mit seinem Gesicht. Seinem schönen Gesicht.

Ich wurde wieder aus der Menge ausgespuckt. Aber ich wollte nicht wieder unsichtbar werden. Ich stand abseits und schaute zu. Das waren jetzt nicht mehr die Bilder aus meinem Weihnachtsbuch. Trotzdem war alles so friedlich und warm. Ich konnte atmen, ich war frei. Ich konnte doch Nein sagen. Ich hatte *Nein* gesagt. *Nein* getan.

Mein Blick fiel auf die Kerze, die ich noch immer mit der linken Hand umklammerte. Nun war ich doch zum Deppen geworden. Ich hatte mein Licht nicht behüten können. Aber in mir brannte ein kleines Feuer. Die Wärme breitete sich ganz zart im Körper aus. Wie eine kleine Pflanze, die zu wachsen begann. Ich hatte das Gefühl, ich würde allmählich auftauchen. Ja, das wollte ich. Die Leute sollten mich sehen. Mich, Juliane, Mitte zwanzig.

Als das Blaulicht durch die Dunkelheit pulsierte, war ich da. Neu geboren. Eine Polizistin berührte mich vorsichtig an der Schulter. Ich fiel ihr in die Arme und ließ mich zu einem Auto führen.

Zwei Wochen später hatte ich ein eigenes Zimmer in einem schönen Haus. Alles war hell und freundlich. Und die Schwestern sahen mich, lächelten mich an. Mich, Juliane, Mitte zwanzig.

Von Mandelecken und Trüffeln Astrid Plötner

Jetzt war ich also zurück in der pfälzischen Idylle. Der Schnee knirschte unter den Rädern, als ich meinen Wagen an den Straßenrand lenkte und meinen Blick über die sanft ansteigenden Hügel gleiten ließ. Ruhig und malerisch lag mein Geburtsort Nußdorf mitten in den Weinbergen. Jetzt im Dezember hoben sich die schnurgeraden Rebreihen nur als kahles Astgestrüpp aus der weißen Winterpracht. Die Rebfläche meiner Vorfahren erstreckte sich über ungefähr fünfzehn Hektar. Wir waren mit die ersten Winzer gewesen, die auf rein biologischen Anbau setzten. Unsere fruchtigen Weißweine und maischevergorenen Rotweine zählten zu den deutschen Spitzenweinen.

Mein Gott, wann war ich zuletzt hier gewesen? Ich brauchte nicht lange zu überlegen. Auf den Tag genau fünf Jahre. Am siebten Dezember hatte ich Nußdorf verlassen, am Tag der Beerdigung meiner Mutter. An jenem Tag, als mein Vater – der ehrenwerte Joachim Kernberg – mir sagte, dass ich mir nicht länger Hoffnungen auf unseren Winzerbetrieb zu machen brauchte, da er beschlossen hätte, ihn Anni, meiner jüngeren Schwester, zu überschreiben. Als Schenkung versteht sich, womit ich aus dem Erbe raus wäre, sollte Vater die nächsten zehn Jahre überleben. Und warum sollte ihm das nicht gelingen mit gerade mal fünfundsechzig Jahren?

Möglicherweise war er mit seinen jetzt siebzig Jahren ernsthaft krank geworden. Denn scheinbar hatte er beschlossen, mit mir Frieden zu schließen. Warum sonst dieser Brief meiner Schwester, die um ein Versöhnungstreffen auf dem Landauer Thomas-Nast-Nikolausmarkt bat? Ich hatte lange gegrübelt, ob ich mich dazu herablassen sollte. Mein

Verhältnis zu meinem Vater war immer – sagen wir – äußerst schwierig gewesen. Doch schließlich hatte ich mich auf den Weg gemacht. Aus reiner Neugier.

Ich startete den Wagen und fuhr von Nußdorf zurück nach Landau, wo ich im Parkhotel eingecheckt hatte. Das hübsche Zimmer mit Blick auf den Schwanenweiher des Ostparks konnte ich mir leisten, denn ich betrieb eine gut gehende Weinhandlung in Trier, wo ich neben erlesenen Weinen auch selbst gemachtes Gebäck und Konfekt verkaufte.

Es war schon dunkel, als ich meine Schritte mit mulmigem Gefühl im Bauch Richtung Landauer Rathausplatz steuerte. Schon von Weitem roch ich den Duft von süßen Waffeln, Glühwein und frisch gegrillten Bratwürsten. Endlich erreichte ich den Platz, an dem sich Holzhütte an Holzhütte drängte. Hunderte Weihnachtsmarktbesucher schoben sich an diesem zweiten Adventssonntag zwischen tanzenden Schneeflocken an den Betreibern vorbei, wärmten ihre kalten Finger an Glühweinbechern und bestaunten die Produkte der Landauer Kunsthandwerker.

Ich selbst musste erst einmal tief durchatmen. Zu viele Kindheitserinnerungen kamen in mir hoch. Ich dachte an die fast vergessenen Besuche des Weihnachtsmarktes. Wie ich mit Anni in der ‚Himmelsbackstube‘ Plätzchen backen durfte oder wie wir ehrfürchtig und mit festem Glauben in der ‚Schreibstube Himmelspforte‘ unsere Wünsche ans Christkind formulierten. Doch diese Zeiten waren lange vorbei. Seit Mutters Beerdigung hatte ich kein Wort mehr mit Vater und Anni gesprochen. Und ich zögerte. Noch war Gelegenheit zum Rückzug.

„Nein“, sagte ich laut, um mir Mut zu machen. Ich musste die Sache hinter mich bringen.

Treffpunkt war vor dem doppelstöckigen Nostalgiekarus-

sell der Familie Hartmann. Die vorweihnachtlichen Weisen
der über hundert Jahre alten Orgel schallten bereits zu mir
herüber. Ich erkannte meine Verwandtschaft, bevor sie zu
mir herübersahen. Vater stand kerzengerade, mit dunklem
Wollmantel, breitkrempigem Hut und Lederhandschuhen.
In einer Hand hielt er verkrampft eine weihnachtliche Ge-
schenktüte. Den Kopf stolz erhoben, strahlte er seine ab-
lehnende Haltung zu diesem Treffen aus. Mein Mut sank.
Vielleicht war es doch besser kehrtzumachen. Ich sah Anni
auf Vater einreden. Sie hatte sich bei ihm eingehakt. Etwas
runder war sie geworden, ihr Kamelhaarmantel spannte über
dem Bauch. Ich ahnte, welchen Grund diese Gewichtszu-
nahme haben könnte, denn natürlich hatte ich mich vor meiner Reise in die alte Heimat gründlich informiert. Ich hatte
immer noch Kontakt zu unserem Kellermeister Luis.

Anni hatte Schwierigkeiten. Ihre Vorstellungen von der
Führung des Familienbetriebes deckten sich keineswegs mit
denen unseres Vaters. Es musste in der Vergangenheit häufig
zu Spannungen gekommen sein. An jedem Vertrag, jedem
Geschäftsabschluss hatte er etwas auszusetzen. Seit etwa
einem Jahr nun hatte Anni eine Liebesbeziehung zu einem
italienischen Winzer, daher wohl ihr draller Bauch. Ein abso-
lutes No-Go für Vater. Angeblich hatte er meiner Schwester
sogar gedroht, die Schenkung rückgängig zu machen. Denn
Anni spielte mit dem Gedanken, den Betrieb zu verkaufen.
Jetzt fragte ich mich allerdings, welche Rolle war mir in diesem Kleinkrieg zugedacht? Eine Ahnung dessen, was meine
reizende Schwester plante, bekam ich, als ich meinen Besuch
in der Heimat telefonisch ankündigte. Anni bat mich, zur
Versöhnung Geschenke mitzubringen. Für Vater. Für sie.
Und sie hatte genaue Vorstellungen.

Ich war also gewappnet. Dennoch fielen mir die letzten

Meter bis zu meiner Familie nicht leicht. Es drängte mich, davonzulaufen. Ich musste mich zwingen, einen Schritt vor den anderen zu tun. Fröstelnd zog ich mir die Mütze tiefer ins Gesicht und den Schal enger um den Hals. Noch ein tiefer Atemzug, dann trat ich auf die beiden zu.

„Daniel!" Anni umarmte mich überschwänglich, küsste mich links, küsste mich rechts, schien sich ehrlich zu freuen, mich zu sehen. Das Gesicht meines Vaters dagegen wirkte wie versteinert. Er ignorierte meine dargebotene Hand und steckte seine in die Manteltasche.

Ich zeigte mich irritiert. Hatte ich etwas falsch verstanden? Sollte es hier nicht die große Versöhnung geben? Meine kleine Schwester schien sich da, ohne Vaters Absegnung, etwas in den Kopf gesetzt zu haben. Sie hakte sich übertrieben fröhlich bei mir und Vater ein und zog uns zum nächsten Glühweinstand. Sie steuerte auf einen Stehtisch zu, an dem ein schlanker Weihnachtsmann mit rehbraunen Augen lehnte.

„Überraschung", rief sie und bat Vater und mich unsere Mitbringsel in den Jutesack des Verkleideten zu werfen. Als Letztes steckte sie selbst zwei verpackte Geschenke hinein. Kurz danach verabschiedete sich der Mann mit falschem Bart und rotem Gewand, warf sich den Sack über die Schulter und stiefelte davon.

Auch der Glühwein vermochte die tiefgefrorene Stimmung zwischen mir und Vater nicht zum Schmelzen bringen. Der Alte war eben ein sturer Bock und ich sein Sohn.

„Mensch Daniel", flötete Anni. „Gut siehst du aus! Erzähl mal, wie ist es dir ergangen?"

Vater drehte sich bewusst desinteressiert zur Seite und mir verging die Lust auf harmloses Geplänkel. Im Gegenteil, in mir kroch eine ungekannte Wut hoch. Am liebsten hätte ich den alten Mann bei den Schultern gepackt und geschüttelt.

Ich weiß nicht, was ich erwartet hatte, ich hätte es besser wissen müssen. Von wegen Versöhnungstreffen! Was hatte Anni sich nur gedacht? Demonstrativ zog ich meine Börse aus der Tasche und knallte einen Zwanziger für den Glühwein auf den Tisch. Ich bedankte mich mit triefender Ironie für das nette Gespräch und wollte mich abwenden.

„Warte Daniel!" Die Stimme meiner Schwester klang flehentlich. Ich zog mit Blick auf Vater nur die Augenbrauen hoch. „Ich habe eine kleine Nikolausfeier vorbereitet. Der Weihnachtsmann ist schon unterwegs", lächelte Anni. „Bitte komm mit uns, Daniel!"

Zögernd sagte ich zu. Vielleicht lag es daran, dass ich den weiten Weg von Trier nicht umsonst gefahren sein wollte. Langsam schlenderten wir über den Nikolausmarkt. Der frisch gefallene Schnee knirschte unter den Füßen. Ich war innerlich aufgewühlt und spürte körperlich die Abneigung, die mein Vater mir entgegenbrachte. Wie musste dieser Mann mich verachten!

Laut Anni benötigte der Weihnachtsmann noch etwa eine Viertelstunde Vorbereitungszeit. Um diese Zeit zu überbrücken, betraten wir einen der beiden beheizten Pavillons der heimischen Kunsthandwerker und ich hielt nach einem hübschen Geschenk für meine Frau und meine kleine Tochter Ausschau. Ob mein Vater überhaupt wusste, dass ich verheiratet war, dass er eine dreijährige Enkelin hatte? Vermutlich interessierte es ihn nicht einmal.

Im Pavillon tummelte sich allerlei Volk. Töpfer, Maler, Goldschmied, Korbflechter, Drechsler, Buchbinder, Weber, Holzschnitzer und Marionettenbauer gaben sich die Ehre. Ich erstand eine filigrane Goldkette für meine Frau und eine zierliche Marionette für Lenchen. Anni tat interessiert und lächelte, als ich ihr voller Stolz ein Foto meiner jungen Familie zeigte. Vater stand teilnahmslos da, mit fast angewidertem Gesichtsausdruck. Erneut fragte ich mich, warum dieser Mann mich so verachtete.

Endlich setzten wir unseren Weg fort. Anni führte uns zum Herzen des Thomas-Nast-Nikolausmarktes, wo sich eine prächtige Tanne in den Himmel erhob. Darunter stand wie eh und je das Krippenhaus, in dem handgeschnitzte Holzfiguren aus dem Grödnertal die Weihnachtsgeschichte lebendig werden ließen. Der schlanke Weihnachtsmann mit seinen rehbraunen Augen saß in einem Schaukelstuhl neben dem Krippenhaus und rief: „Ho, ho, ho!", als wir uns näherten.

Jetzt kam ich mir vor wie im falschen Film. Was für eine bescheuerte Idee von Anni! Vater schien ausnahmsweise meiner Meinung zu sein, denn er schüttelte nur stumm den Kopf. Der Weihnachtsmann stand auf, griff in den Jutesack und verteilte unsere Geschenke. Das hätten wir auch ohne ihn am Glühweinstand geschafft. Ich bekam von Vater einen gravierten Kugelschreiber und von Anni eine Krawatte – wie einfallsreich. Die beiden schenkten sich gegenseitig eine Flasche. Ein Bordeaux gegen einen Chardonnay. Anni jubelte über meine selbst gemachten Trüffel und Vater betrachtete äußerst skeptisch seine Tüte mit meinem Gebäck.

„Die musst du gleich probieren, Paps!", drängte Anni. „Daniels Mandelecken haben Konditorqualität."

Zum ersten Mal an diesem Abend sah ich so etwas wie eine Regung in seinem vom vielen Sonnenlicht gegerbten Gesicht. Er schaute mir direkt in die Augen und fragte: „Nur Mandeln? – Kann ich dir vertrauen, Junge?"

Ich nickte. Wusste ich doch von seiner Nussallergie, die tödlich enden konnte. Natürlich durfte er nur Gebäck mit gemahlenen Mandeln essen, nicht mit Haselnüssen.

Vater öffnete die rote Schleife der Zellophantüte. Anni schien die Luft anzuhalten. Auch der Weihnachtsmann starrte den Alten wie gebannt an. Endlich griff Vater in die Tüte und schob eine der Gebäckecken genüsslich in den Mund. Er kaute bedächtig, schluckte sie herunter. Sekunden später griff er sich an den Hals, begann zu röcheln.

„Du Bastard!", keuchte er. „Du elender Bastard!"

Ich drehte mich um, hob die Hand und winkte den Notarzt herbei, den ich vorsorglich dort hinbestellt hatte. Natürlich hatte ich Lunte gerochen, als Anni am Telefon darum bat, Vater als Überraschung unbedingt selbst gemachte Mandelecken mitzubringen. So hatte ich vorsorglich unseren Kellermeister Luis gebeten, unsere Gruppe im Auge zu behalten. Er gab später an, den Weihnachtsmann dabei beobachtet zu haben, wie er die ungefährlichen Mandelecken gegen die Nussecken austauschte. Anni und ihr Liebhaber, der sich in rotem Kostüm und hinter weißem Bart versteckt hatte, landeten in Untersuchungshaft.

Vater kam mit dem Schrecken davon. Ich verzichtete darauf, ihn zu besuchen. Mein Lebtag hatte ich mir viel von ihm gefallen lassen, aber als Bastard beschimpft zu werden, überschritt meine Toleranzgrenze. Noch am selben Tag checkte ich aus dem Parkhotel aus und kehrte heim nach Trier.

Schon am folgenden Montag erhielt ich einen Anruf von Kellermeister Luis. Er hatte die hässliche Beschimpfung mit angehört und meinte sich endlich erklären zu müssen. So erfuhr ich von seinem Techtelmechtel mit meiner Mutter und dass er mein leiblicher Vater ist. Joachim Kernberg hätte Mutter diesen Seitensprung nie verziehen und da hatte sie behauptet, einem Vergewaltiger in die Hände gefallen zu sein. Die Geschichte wurde unter den Tisch gekehrt. Niemand erfuhr, dass ich kein leibliches Kind von Joachim Kernberg war. Und so kann ich auch erst heute die verächtlichen Blicke meines Vaters deuten, mit denen er mich früher ansah.

Aber ganz hatte ich mit dieser Familie noch nicht abgeschlossen. Mein ‚neuer‘ Vater Luis hielt mich auf dem Laufenden. Ich erfuhr, dass Anni den dritten Advent wieder auf dem Landgut würde feiern dürfen. Schwanger war sie im Übrigen nicht, einfach dicker war sie geworden, weil sie der Nascherei nicht widerstehen konnte. Sie hatte alle Schuld dem italienischen Weihnachtsmann zugeschoben und konnte auch Joachim Kernberg von ihrer Unschuld überzeugen. Anni hatte schon immer gut heucheln können. Ich saß derweil in Trier und wartete gespannt auf das Finale, das unweigerlich kommen würde.

Die Nachricht vom Tod Annis erreichte mich am dritten Adventssonntag. Sie hatte eine ganze Tüte Trüffeln gegessen, die zum Glück nicht mit mir in Verbindung gebracht wurden. Dummerweise enthielt das Konfekt Spuren von Haselnüssen und fatalerweise hatte meine Halbschwester die Allergie von ihrem Vater geerbt. Man fand sie am Morgen in ihrem Zimmer. Sie war elendig erstickt.

Als Vater von ihrem Tod erfuhr, traf ihn der Schlag. Er überlebte halbseitig gelähmt und wurde in ein Pflegeheim gebracht, wo er am vierten Adventssonntag für immer die Augen schloss.

Ich sah das Erbe als glückliche Fügung, als unerwartetes Weihnachtsgeschenk.

Luis wird die Geschäfte leiten, bis ich meine Angelegenheiten in Trier geregelt habe. Meine Frau und ich freuen uns auf das neue Zuhause. Lenchen wird eine unbeschwerte Kindheit genießen, gemeinsam mit ihrem Brüderchen, das bereits am Dreikönigstag das Licht der Welt erblicken soll.

Der Weißdornkönig Cornelia C. Anken

Solange Lampert Jost sein Amt schon innehatte, war niemals
ein vergleichbares Verhängnis über sie gekommen.

Unverständliche Sätze störten von fern die Ruhe der
längsten Winternacht, dann erlosch wenigstens ein Teil des
unbotmäßig grellen Scheinwerferlichts. Nur noch die Mitte
der Lichtung – ihrer Lichtung – blieb künstlich ausgeleuch-
tet, wo sie allein von Fackeln hätte erhellt sein sollen.

Es folgten die Geräusche des routinierten Rückzugs. Die
Kleidung des Toten und auch der Weißdornzweig waren bereits in Klarsichttüten gepackt, beschriftet. Entweiht. Verloren.

Durch all seine widerstreitenden Gedanken hindurch,
vermeinte Jost undeutlich ein Lied zu vernehmen:

Sîn vil liehtiu lîp,
erslagen von dem minne wîp …

„Demudis?", fragte er, noch völlig außer Atem, den jungen Polizisten neben sich.

„Es geht 'rer gut. Sie werd ball zerückkumme."

Eine gute Nachricht. Dennoch stand zu befürchten, dies
könne die letzte Zeremonie zur Wintersonnwende sein, der
er vorstand. Jost fühlte sich alt und entmutigt, er gab das
Opfer der vergangenen Nacht und damit den Segen für das
gesamte kommende Jahr verloren.

Zumindest hatte man seine Tochter nicht festgenommen.

Er hatte sich sehr beeilt, auf die versteckte Waldlichtung
oberhalb des Stärkelsbachs zu kommen, nun saß ihm die
Anstrengung des Marsches in den Beinen. Selbstverständlich
mussten sie alle zu Fuß kommen. Die Kälte fühlte er nicht.
Das würde sich ändern. Bald.

„Was ist denn genau passiert?"

142

Christian Meidlings Atem verlieh seinen Worten flüchtige Körper. „Wannerer hannen gefunn letzti Nacht. Sie han e Stimm gehert unn dann enn Schrei, als …" Meidling räusperte sich und fuhr – etwas langsamer – dafür auf Hochdeutsch fort: „Harmlose Wanderer, im Gästehaus unseres verehrten Doktors in Käshofen einquartiert, zum Glück. Sie haben nämlich zunächst ihn alamiert. Und er dann mich. Ich hann dann nach Lautere telefoniert, awwer do ware mer schunn hier un die Demudis längscht in Sicherheet."

Als Bürgermeister musste Jost um jeden Cent kämpfen, den die Gemeinde durch den Tourismus einnahm, als Oberhaupt ihres Geheimbundes verfluchte er den Umstand, dass Großbundenbach Teil des Pfälzer Mühlenlandes war und mit herrlichen Wanderwegen aufwarten konnte. Die Menschen wurden mehr, die Bäume rund um die Lichtung weniger.

„Was um Himmels willen haben die mitten in der Nacht hier draußen verloren?" Jost richtete den Blick auf die durchgängige Augenbraue des Polizisten. Sie erinnerte ihn an Rabenschwingen im Flug.

„Sie kamen von einer Feier. Do unne bei Mörsbach hann se en Sunnwendfeuer gemacht und not, auffem Rückwesch noh Käsbach, hann se sich im Wald verloff!" Christian Meidling unterdrückte ein Kichern.

„Eine Sonnwendfeier, das ist ja …" Jost verstummte.

Gemeinsam beobachteten sie Doktor Walsheim, der sich nun auf der anderen Seite der Lichtung mit dem Kollegen der Gerichtsmedizin austauschte. Ganz zwanglos, wie es schien. Jost ahnte ihre Beherrschung. Er bewunderte die Haltung des Zeremonienmeisters.

„Der Doktor und ich hatten genug Zeit, den Tatort zu besichtigen", versuchte Meidling, den Obersten ihres Bundes zu beruhigen.

Dieser jedoch fühlte kaum Erleichterung. „Gütiger Himmel!", sagte er. „Wenn sich das herumspricht. Nicht auszudenken, was das für uns bedeutet." In diesem Falle galten Josts Befürchtungen beiden seiner Ämter.

Unter dem uralten Weißdorn, der seine unbelaubten Äste und Zweige weit über die Lichtung breitete, führten noch immer zwei der weiß vermummten Leute von der Spurensicherung ihren seltsamen Reigen auf. Jost verspürte bei diesem Anblick einen Anflug von Übelkeit. Dann dachte er mit heißer Innigkeit an seine Tochter Demudis und das, was sie in der vergangenen Nacht völlig alleine hatte bewältigen müssen. Und das Risiko, das sie damit für ihre Gemeinschaft eingegangen war. Doch nun lief ihnen die Zeit davon, womöglich war alles vergebens gewesen.

Ungebührlich sperrte profanes Plastikband, rot und weiß gestreift, den Opferplatz ab, wies den geheiligten Boden des Kultplatzes nun als Tatort aus. Von der Leiche des jungen Mannes war vor dem Aufziehen der späten Dämmerung allein ein blasses Bein zu erahnen.

Das Lied stellte sich wieder ein:

Cepter und die crône,
dem tuoten mane rîch zum lône.

„Die Krone – was ist …", Josts Stimme brach.

Meidling legte behutsam die Hand auf seine Uniform, die auf der Brust eine etwas seltsame Wölbung aufwies. „Ist heil und unverloren", beinahe klang es, als sei dies Teil des rituellen Wortlautes. Weniger feierlich erklärte der Beamte: „Und taucht auch nicht in meiner Aussage auf."

Jost erlaubte sich ein gönnerhaftes Lächeln und klopfte dem jungen Mann anerkennend auf die Schulter. Meidling mochte noch grün hinter den Ohren sein, doch hatte er die Tradition mit der Muttermilch aufgesogen. Er lebte mit seiner Frau in Werschweiler; sein kaum ein Jahr altes Söhnchen war bislang der jüngste Spross der alten Familien. Jost dachte daran, dass er in wenigen Monaten Großvater werden würde.

Dann bedeckte er mit dem Schal das silberne Weißdornblatt an seinem Revers und rückte leicht von Meidling ab, denn er sah einen groß gewachsenen Mann durch den Schnee am Saum der Bäume auf sie zuhalten. Der leitende Beamte vermutlich.

Als er sie erreicht hatte, überragte der Mann sogar Jost. Sie schüttelten einander die Hände, maßen sich, Jost hatte richtig gelegen.

„Hauptkommissar Schröder, Kripo Kaiserslautern", stellte sich der Mann vor, „und Sie sind …?"

„Lampert Jost, Bürgermeister." Er wies mit dem Kinn vage in Richtung Großbundenbach, das unterhalb des Waldes ins Tal geschmiegt lag. Seit 22 Jahren stand er seinem Ort vor. Wie ehedem fast ein halbes Jahrhundert lang sein Vater. Bevor dieser sein Leben freiwillig für seine Leute hingegeben hatte – an einem Tag wie diesem. Nur noch kälter. So viele Generationen … so viele Opfer. Freiwillige und unfreiwillige, aber allesamt Könige des alten Jahres.

Beclaget den Künic vun dem alten jâr,
daz ein niuwes heut gebar,
es muoz sîn bluot gerinnen,
dann kann die sun beginnen.

„Der Tote?", fragte Jost, als wisse er von nichts.

Schröder sah zum Weißdorn hinüber. „Papiere fanden wir keine. Den Kleidern nach zu urteilen, vermutlich ein Handwerker auf der Walz."

Jost wusste, dass man seine Habseligkeiten über kurz oder lang in einem Haus namens „Zu den drei Hasen" finden würde, wo Zimmer an Männer wie den zeitweiligen Geliebten seiner Tochter vermietet wurden. Menschen auf der Durchreise. Stumm dankte er dem toten Schreiner für das zweifach hingegebene Blut. „Ja, das ist möglich. Ich erinnere mich vage an einen Mann aus Hamburg. Der hat übers Jahr in Homburg beim Ausbau des Klinikums mit angepackt." Und ein Kind gezeugt, dachte Jost. Stolz erfüllte sein Herz, seine Furcht saß tiefer. Im Bauch.

Sin süeziu jugent ging dahin,
diz ist geschehen und muoz si sîn.

Er hoffte inständig, er würde das Lied noch vor Morgengrauen von seiner Tochter hören, nicht nur als Nachhall der Jahrhunderte.

„Was ist geschehen?", fragte er.

Alle drei schauten sie nun zur Lichtung hinüber.

„Der Gerichtsmediziner sagt: ein einziger, gezielt geführter Stich ins Herz. Seltsamerweise befindet sich auch Blut auf einigen Zweigen …", erklärte Schröder. „Im Geäst hing übrigens auch seine Kleidung – bei dieser Saukälte. Der Tote hielt den Dolch noch in der rechten Hand, in der anderen hielt er einen abgebrochenen Zweig. So etwas habe ich bisher noch nicht gesehen."

Als hätten die Leute von der Spurensicherung ihn gehört, schüttelten sie die Köpfe. Dann schlossen sie ihre Koffer und rüsteten sich zum Aufbruch.

Schröder sah Jost nun direkt an und sagte: „Es wirkt fast … wie ein Ritual."

Meidling bekam einen Hustenanfall.

Jost klopfte ihm auf den Rücken. „Du wersch dich verkält hann, Bu!", sagte er und hoffte, auf den Fremden ein wenig einfältig zu wirken. Vor dem Mann aus Kaiserslautern musste man offensichtlich auf der Hut sein. Doch seine Leute hatten es durch die Zeitläuften schon mit ganz anderen

146

Gegnern zu tun gehabt. Allerdings hatten einige von ihren Vorgängern auch schon den Tod auf dem Scheiterhaufen gefunden. Obwohl sie keine Hexerei betrieben.

„Also Satanisten oder solche Leute haben wir hier nicht in der Gegend", sagte Jost, „das wüsste ich." Er dachte bewusst an die Pracht des Baumes im Mai, an die wachsweißen Blüten und deren roten Schlund – wie Blutstropfen im Schnee.

Sîn bluot auf boum und grunde
begint deʒe niuw jârs runde,
bluomen, gras, loup unde bluot,
sint dem herʒ ein hôhgemuot.

„Wir werden später Befragungen in der Umgegend durchführen müssen", riss Schröder Jost aus der Zukunft zurück. „Es wäre gut, wenn Sie beide uns dann ein wenig bei der Logistik helfen könnten."

Jost nickte und reichte dem Kommissar zum Abschied nochmals die Hand. Gerade trug man den Toten zu Helwichs Leichenwagen hinüber, der auf dem die Lichtung tangierenden Wanderweg parkte. Der lang gezogene Ruf eines Schwarzspechts drang an des Bürgermeisters Ohr – das Klagelied des Waldes. Der Vogelruf gehörte hierher, nicht aber die Fremden und ihr Fahrzeugtross.

Logistik! Er würde also eine Mordermittlung unterstützen und gleichzeitig die Frau schützen müssen, die Schröder als Mörderin bezeichnen würde. Neue Zeiten brachten stets neue Herausforderungen mit sich, dachte Jost grimmig. Und er wagte kaum, die Fährnisse vergangener Epochen zu beurteilen.

Niemand unter ihnen vermochte zu sagen, wie weit ihr Tun in die Vergangenheit zurückreichte, doch war der Weißdorn schon den Kelten geheiligt gewesen. Sie hatten ihn verehrt und gefürchtet.

Ganz so alt waren die Strophen ihres Liedes zwar nicht,

aber wahrscheinlich hatte schon Kaspar sie so oder ähnlich gesungen. Er dachte an die beiden unseligen Brüder Alexander und Kaspar, die Söhne Ludwig des I. von Zweibrücken, der Schwarze genannt, die sich zunächst das Erbe des Vaters geteilt hatten. Bis Alexander seinen Bruder gefangen nahm und Kaspar bis zu seinem Tod im Jahre 1527 auf Burg Veldenz eingekerkert hielt. Natürlich fand sich darüber nichts in den alten Chroniken, aber Kaspar war einer der Ihren gewesen. Als Alexander dies schließlich herausgefunden hatte, war Kaspar die Treue zum Weißdornzweig zum Verhängnis geworden. Ja, seither war die mündliche Überlieferung niemals abgerissen.

Jost merkte auf, endlich fuhren die Fremden davon.

Und auch die Namen hielten sich hier generationenlang, sinnierte er. Denn Dr. Kaspar Walsheim gesellte sich zu ihm und Meidling dazu. „Bluot – das Blut und die Blüte", sprach der Doktor wie zu sich selbst.

„Mhm", machte Jost, „fast dasselbe Wort. In alter Zeit."

Meidling trat von einem Fuß auf den anderen, die Hände tief in den Jackentaschen vergraben. „Vielleicht der gleiche Wortstamm? Man müsste mal in so ein etylolo- na so ein Wörterbuch –"

Unter Walsheims spöttischem Blick verstummte Meidling, zuckte mit den Schultern und stampfte weiter Schnee zu grauem Schlamm. Auf der Lichtung lag kein Schnee. Niemals lag dort Schnee; es gab Dinge, die konnte man nicht erklären.

Sie warteten. Lange. Unterdessen legte sich Stille über den Wald und der Himmel hellte sich beinahe unmerklich auf, sodass die Sterne langsam darin verblassten. Sollte sein Christfest haben, wer immer es mochte, für Jost war dies der heiligste Moment des Jahreskreises. Daran konnten auch die Ereignisse dieser Nacht nichts ändern.

Irgendwo hinter ihm knackte ein Zweig. Ein Hüsteln drang an sein Ohr. In Jost keimte Hoffnung: Die alten Familien schickten auch in dieser Nacht ihre Abgesandten.

Da tauchte auch schon das bärtige Gesicht des Revierförsters zwischen den tief hängenden Zweigen einer Fichte auf. Gleich darauf schälte sich die hagere Gestalt der Apothekerin Gudrune Krappen aus dem Dunkel zwischen einigen Eiben. Hinter ihr folgte die Tochter, dann die Enkelin, ein Kleinkind auf der Hüfte tragend. Nein, dachte Jost, dies konnte nicht das Ende sein!

Nach und nach näherten sich weitere Menschen über kleine Waldpfade und durch das dichte Unterholz der Lichtung, bis sie des Weißdorns ansichtig wurden. Jost wusste, dies waren nicht nur Menschen, deren Stammbäume tief in der Vergangenheit wurzelten … es waren auch Menschen, die Ämter trugen, an entscheidenden Positionen saßen, mächtig waren.

Nur Reginald Helwich fehlte. Natürlich. Der Arme musste die Leiche überführen, die sie nun eigentlich auf der Lichtung vor ihnen feierlich ehren sollten. Reginald muss sich entsetzlich fühlen, überlegte Jost bedauernd. Aber taten sie das nicht alle ab und an und jeder auf seine oder ihre Weise?

Andererseits – auf diese Weise mussten sie keine heimliche Leichenprozession zum verborgenen Teil der Schlossberghöhlen unternehmen, um den Toten bei den Gebeinen seiner Vorgänger zur Ruhe zu betten.

Rund um ihn her flammte Fackel um Fackel auf. Sie mussten jetzt um die zwanzig Leute sein. Alle fanden sich rund um den Bürgermeister ein, Furcht und Beklemmung ebenso fest auf die Gesichter geheftet wie die silbernen Blätter an die Revers ihrer Jacken und Mäntel.

Als Letzte traf auch Demudis ein. Das blasse Gesicht im unsteten Licht stolz erhoben, unterdrückte sie ein Zittern. Ihre Hand griff nach der des Vaters, drückte sie flüchtig und legte sich wieder schützend auf den Leib, der sich bald sichtbar runden würde.

Frisches Blut! Lebendig fließendes. Es war der Moment, indem ihm die Frau, die dem Winterkönig das Blut ihrer Jungfräulichkeit zur Gegengabe geschenkt hatte, den silbernen Dolch überreichen sollte. Die Klinge rostfarben – seit alters her. So nahm Jost nur ihren Gruß entgegen.

Alle Blicke ruhten nun auf Doktor Walsheim; niemand wagte auch nur ein Flüstern. Dennoch reckte der Zeremonienmeister den Arm in die Luft, als müsse er sich Gehör verschaffen. Unerwartet brach in der Stille des Waldes ein Zweig krachend unter seiner Last aus Schnee. Als habe er dies nur abgewartet, sprach Walsheim endlich und verkündete die alte Formel: „Es ist an der Zeit, das Opfer zu ehren!"

Doch alle standen sie rat- und reglos auf der Stelle und blickten Walsheim oder ihn fragend an.

Kein Dolch in der Hand ihres Obersten. Der Platz, wo der Weißdornkönig ruhen sollte, ebenfalls leer. Was nun?

Mit einem Mal durchfuhr Meidling ein Ruck, der sogleich aller Augenmerk auf den jungen Mann richtete.

Wie von einer höheren Macht geführt, öffnete er seine Jacke, griff in sein Hemd hinein und holte die eherne Krone hervor. Dann durchmaß er mit ruhigen, langen Schritten die freie Fläche zwischen dem Waldrand und dem knorrig verdrehten Stamm des Baumgreises inmitten der Lichtung.

Er zögerte. Kurz nur. Nicht wegen der Absperrung, so ahnte Jost. Sondern, weil ihn in all den Jahren nichts auf einen Tag wie diesen vorbereitet hatte, an dem das Gelingen oder Scheitern ihres Handelns so maßgeblich von ihm abhing.

Die Bewegung, mit der Meidling schließlich unter der Absperrung hindurchtauchte, glich einer tiefen Verbeugung. Er kniete nieder und legte ehrfürchtig die Krone auf dem geheiligten Grund ab. Dorthin, wo er als erster Polizeibeamter am Ort den Kopf des toten Mannes hatte ruhen sehen. Beinahe dorthin, wo die Krone ihren angestammten Platz gehabt hätte. Wo sie nun die schmerzlich empfundene Leere füllte.

Meidling erhob sich wieder, ging ein paar Schritte rückwärts und kehrte zu den anderen zurück. Einige der Gesichter zeigten ein erfreutes Lächeln, auf anderen lag beinahe so etwas wie Hochachtung.

Ein würdiger junger Mann, entschied Jost. Was ihm noch fehlte, würde er gewiss bald schon erlangt haben – und wer konnte schon sagen, ob er nicht sogar sein Nachfolger oder der nächste Zeremonienmeister würde. Jost wusste nicht, ob er Christian dies tatsächlich wünschen sollte. Doch wenn er zurückdachte, so hatte er selbst sein Amt immer mehr mit Stolz denn als Bürde getragen.

„Gudrune!", forderte Walsheim die Apothekerin auf.

Jost betrachtete die alte Frau, sie mochte nun an die neunzig Jahre zählen, zumindest war sie die Älteste unter ihnen. Die Alte begann ihren Weg über die Lichtung und legte die beinerne Flöte an die Lippen.

Demudis schloss sich ihr an, während die Süße der ersten Klänge jeden Misston in Josts Herz verdrängte. Nein, er hatte zwar keinen Sohn, aber eine Tochter, wie sie vollkommener nicht hätte sein können. Das offene Haar lang und schwarz, die Haut milchweiß, die Lippen blutrot … erblühende Schönheit, die das Herz eines Fremden im Handstreich zu erringen vermocht hatte.

Erstes Morgenlicht traf auf Schneekristalle in den Baumwipfeln, die Lichtung erstrahlte in übernatürlich wirkendem

Blau. Demudis schritt über das fast makellose, baumlose Rund, als berührten ihre bloßen Füße den Boden nicht.

Sie neigte ihr Haupt vor der Krone des Baumkönigs, dann schmiegte sich ihre dunkle Stimme klar und deutlich in die Flötenklänge:

Sîn vil liehtiu lîp,
erslagen von dem minne wîp.
Eʒ nam mîn kalte hant
sîn leben für mîn lant.
Sîn süeʒiu jugent ging dahin,
diʒ ist geschehen und muoʒ si sîn.
Beclaget den Künic vun dem alten jâr,
daʒ ein niuwes heut gebar,
es muoʒ sîn bluot gerinnen,
dann kann die sun beginnen.
Cepter und die crône,
dem tuoten mane rîch ʒum lône.
Sîn bluot auf boum und grunde
begint deʒe niuw jârs runde,
bluomen, gras, loup unde bluot,
sint bald dem herʒe hôhgemuot.

Anders als alle ihre Vorgängerinnen brach Demudis einen zweiten Zweig vom Baum. Jost war sich sicher, ein beinahe heiteres Lächeln über ihr zartes Gesicht huschen zu sehen. Sicher würde auch an diesem Zweig ein Tropfen des Blutes des toten Mannes haften.

Es war vollbracht, dachte Jost voller Dankbarkeit, während rund um ihn herum gedämpfter Jubel aufwallte.

Die Tage würden länger werden, Berg und Tal ergrünen, neues Leben entstehen. Hier und überall auf Erden.

Und niemand in der Welt dort draußen ahnte, dass dies allein ihnen zu verdanken war, die stets am Tag der Wintersonnwende in einem kleinen Ort in der Pfalz einen Fremden als Weißdornkönig opferten.

Und er würde Sorge tragen, dass es so blieb – und nach ihm ein anderer, vielleicht der junge Meidling, vielleicht auch sein Enkelsohn – *bluot zur bluote, jâr um jâr* … darauf hoffte er.

Noch am selbigen Abend erhielt Jost einen Anruf aus Kaiserslautern. Gerichtsmediziner Willibracht sprach leise und nur wenige Worte zu Lampert Jost: „Eindeutig Selbstmord. Halle emol e Zeit lang de Ball flach unn ihr werre siehn: Im negschte Johr um die glei Zeit hann ihr aa denne Dolch widder."

Übersetzung des mittelhochdeutschen Textes (Autorin: Cornelia C. Anken):

Sein so heller Leib
erschlagen durch das liebend' Weib!
Es nahm meine kalte Hand
sein Leben für mein Land.
Seine süße Jugend ging dahin –
dies ist geschehen und muss so sein.
Beklaget den König des alten Jahres,
das ein neues heut gebar,
sein Blut, es muss rinnen,
dann kann die Sonne beginnen.
Das Zepter und die Krone
dem toten Manne zum reichen Lohne.
Sein Blut auf Baum und Grund
beginnt des neuen Jahres Rund
Blumen, Gras, Laub und das Blut
sind bald des Herzens edle Freude.

Vom Himmel hoch Heidi Moor-Blank

Elfriede zog das Wägelchen mit der Tageszeitung über das Kopfsteinpflaster des Marktplatzes. Es war kurz vor vier und ziemlich kalt. Sie hob den Kopf und schnupperte. Es roch nach Schnee.

Sie lächelte. In einigen Tagen war der vierundzwanzigste – vielleicht gab es dieses Jahr eine weiße Weihnacht. Selten, hier in der Südpfalz.

Sie schnupperte wieder.

Der frische Geruch nach Schnee hatte sich etwas verändert. Es war eine neue Note dazugekommen. Es roch nach unvorsichtigen Fingern am heißen Plätzchen-Backblech. Sie stopfte die Tageszeitung in die Briefkästen des Mehrfamilienhauses und wechselte die Straßenseite.

Der Geruch wurde mit jedem Schritt stärker.

Sie hob den Kopf.

Ein lebensgroßer Weihnachtsengel schwebte über ihr. Weiß gekleidet, mit großen, plustrigen Flügeln und einem goldenen Stern in der rechten Hand. Die linke hob er ihr entgegen, als wolle er ihr Halt gebieten.

Die Handfläche war schwarz verbrannt.

Sie starrte nach oben, kniff die Augen für einen kurzen Moment fest zusammen und blinzelte dann zwischen den Wimpern hindurch in den dunklen Nachthimmel.

Der Engel war immer noch da. Und plötzlich wusste sie, was dieser Engel von ihr wollte. Sie sollte Frieden schließen. Frieden mit ihrem Sohn, den sie an die Luft gesetzt hatte, als er vor drei Jahren mit dieser Frau nach Hause gekommen war. Dieser schwarzen Frau aus Afrika, deren

Haut die gleiche Farbe hatte wie die linke Handfläche des Engels.

Elfriede hatte das nicht gewollt, sich nicht vorstellen können, dass es Liebe sein sollte. „Die will doch nur dein Geld und einen deutschen Pass!", hatte sie ihrem Sohn vorgeworfen und war prompt nicht zur Hochzeit eingeladen worden.

Elfriede nickte dem Engel sachte zu. Sie würde den beiden ein Päckchen mit Weihnachtsgebäck schicken. Und um Verzeihung bitten – Frieden schließen. Gerade rechtzeitig, bevor im Frühjahr ihr erstes Enkelkind zur Welt kommen würde.

Sie hob kurz die Hand, wie zum Gruß, und machte sich auf den Weg.

Friede auf Erden.

Kurz darauf bog das orangefarbene dreirädrige Pritschenfahrzeug der Stadtreinigung um die Ecke. Der Fahrer hielt an den Mülleimern der Fußgängerzone an, sprang aus der Fahrerkabine und schüttete den Müll auf die Ladefläche. Es war Zeit für eine Zigarettenpause und er fingerte den letzten Glimmstängel aus der zerknautschten Packung. Er reckte seinen schmerzenden Rücken und bog den Hals weit nach hinten, als er das Feuerzeug anschnippte. Und sah den Engel. Reglos starrte er auf diese unwirkliche Gestalt, die in vier oder fünf Metern Höhe über ihm schwebte. Fluchend ließ er dann das glühendheiße Feuerzeug fallen, bückte sich und kühlte seinen verbrannten Daumen im Schnee. Vorsichtig sah er wieder hoch.

Er starrte auf die weiße Gestalt mit der schwarzen Hand und plötzlich erinnerte er sich an die Situation gestern Nachmittag, kurz vor Feierabend. Herr Schwarz, der Leiter der Abteilung, hatte in die Fächer aller Außendienstmitarbeiter

ein Formular gelegt mit der Info, dass eine Stelle im Innen-
dienst zu besetzen sei und Bewerbungen ab sofort möglich
wären. Als Schwarz das Zimmer verlassen hatte, hatte er
schnell alle Formulare wieder eingesammelt und zerrissen.
Er selbst wollte diese Stelle haben. Sein Rücken machte nicht
mehr mit und er hatte endlich die Chance auf einen beque-
meren Job mit gleichzeitiger Beförderung gesehen.

Jetzt schämte er sich. Er war ein mieser Kollege. Er senkte
den Blick, bückte sich, hob das angesengte Feuerzeug auf
und warf es zu dem Müll auf der Ladefläche. Dann schlug
er kurz mit der Faust auf die Pritsche, reckte sie dann gen
Himmel, dem Engel entgegen. Gleich in der Mittagspause
würde er sein eigenes Infoblatt in den Kopierer stecken und
allen Kollegen ins Fach legen.

Friede auf Erden.

Gestern Abend war der Nikolausmarkt auf dem Marktplatz
zu Ende gegangen und die ersten Zugfahrzeuge schoben
sich über den knirschenden Schnee, um die Standhäuschen
anzukoppeln und abzutransportieren. Sepp hatte schon
rückwärts rangiert und die Anhängerkupplung perfekt unter
die Deichsel platziert. Schnell kurbelte er, bis der Anhänger
eingerastet war. Er schob sich hinter das Steuer und fuhr an.
Perfekt steuerte er das Gespann durch die engen Gassen, die
die restlichen Häuschen bildeten. Als er in die Marktstraße
einbog, nahm er die Kurve etwas zu eng. Im Rückspiegel
konnte er erkennen, wie die Außenkante des Markthäus-
chens, das er zog, über die komplette Seite einer schwarzen
Limousine schrammte.

„Verflucht!" Sepp hatte einen kurzen Moment gebremst,
sich dann umgesehen und fast automatisch wieder Gas gegeben.

Niemand hatte sein Missgeschick bemerkt. Und er wollte nach Hause. Es gab so viel zu tun heute und so eine Unfallaufnahme dauert doch schrecklich lange.

Sepp bremste abrupt. Das Licht der Scheinwerfer hatte nur kurz eine weiße Gestalt am Nachthimmel gestreift und er beugte sich weit über das Lenkrad nach vorne, um besser nach oben sehen zu können.

Dieser Engel, der dort oben schwebte, hielt ihm seine schwarze Hand entgegen und schien ihm Halt zu gebieten.

Sepp schluckte. Er war nüchtern, ausgeschlafen und nicht unterzuckert. Und sah einen Engel vor sich, ganz deutlich und klar. Sepp atmete tief durch, nickte kurz und zog sein Handy aus der Hosentasche, um die Polizei anzurufen. Der erste Impuls zur Unfallflucht war verflogen. Das war nicht anständig, so was machte man nicht.

Friede auf Erden.

Die beiden Polizisten, die bald darauf aus dem blau-weißen Fahrzeug stiegen, bewegten sich völlig synchron. Sie schauten nach oben, rissen die Augen auf, ließen ihre Unterkiefer nach unten klappen. Im fahlen Licht des Wintermorgens war inzwischen zu erkennen, dass das weiße Gewand einfach nur ein Nachthemd war und dass das weiße Gepluster, das eben noch wie große Flügel ausgesehen hatte, ein zartfädiges Stoffgebilde war. Der goldene Stern aber blieb ein goldener Stern, gefaltet aus glänzendem Goldpapier.

Nur der einzelne braune Filzpantoffel am rechten Fuß wollte nicht so recht ins Bild passen.

Sie sagen, ähem – sollte das hier nicht eine kriminelle Kurzgeschichte werden? Natürlich. Oder glauben Sie etwa an Engel?

Karl-Georg und seine Gattin Elisabeth wohnten im zweiten Stock des Jugendstilhauses in der Marktstraße. Sie waren seit zweiunddreißigeinhalb Jahren verheiratet und jetzt war die Ehe sehr plötzlich zu Ende gegangen.

Natürlich war es Elisabeth aufgefallen, dass Karl-Georg seit einigen Monaten mehr auf seine Ernährung achtete. Und dass er sich öfter rasierte und sogar freiwillig zum Friseur ging. Die neue Krawatte in seinem Schrank hatte sie sofort bemerkt und dass er seine schwarzen guten Schuhe putzte, bevor er mit seinem Freund Kurt zum Angelwochenende aufbrach, blieb ihr auch nicht verborgen.

Nach diesen Wochenenden lagen immer seine zwei besten weißen Hemden im Wäschekorb. Wie ungeschickt von Karl-Georg.

Elisabeth war vielleicht etwas naiv, aber eher die gutmütige Variante, nicht die doofe.

Sie sah sich das alles eine ganze Weile an und beschloss dann, zu handeln.

Vielleicht lag es an ihrer Leidenschaft für Kriminalromane, dass ihr die Lösung des Problems durch eine Scheidung gar nicht in den Sinn kam.

Sie würde als Karl-Georgs Witwe sehr nett von seiner Pension leben können und sah nicht so ganz ein, warum sie noch länger darauf warten sollte.

Karl-Georg bügelte die guten Hemden selbst. Er konnte sie ja schlecht darum bitten, wenn er ‚zum Angeln' fuhr. Es war kein Problem, das neue Bügeleisen gegen das alte, das mit dem angescheuerten Kabel, auszutauschen. Sie hatte einige Wochen auf die Reparatur gewartet, die ihr der Gatte versprochen hatte, dann aber kurzerhand ein neues gekauft.

Lange Zeit noch rechnete er ihr diese schreckliche Verschwendung vor, obwohl er selbst mit seiner neuen Flamme mindestens drei Bügeleisen bei jedem ihrer Liebes-Dinner verfraß.

Elisabeth sah sich das schon eine Weile mit an – dies tat sie jetzt auch mit dem Bügeleisenkabel. Ein bisschen würde sie noch nachhelfen müssen. Mit der Nagelfeile. Das sah dann schön durchgescheuert aus und nicht präpariert.

Als Karl-Georg losgegangen war, um ‚neue Köder‘ zu kaufen – haha, wie passend, sie wusste genau, dass er seinen guten Anzug aus der Reinigung holte – knipste sie in allen Räumen der Wohnung die Lichtschalter an und drehte dann eine Sicherung nach der anderen heraus, bis das Schlafzimmer im Dämmerlicht lag. Aha.

Sie wusste nicht viel über Strom, aber sie hatte schon einmal zugesehen, wie Karl-Georg eine Sicherung mit einem Kupferdraht „repariert“ hatte. Damals, als es die jedes Mal raushaute, wenn sie die neue Mikrowelle einschaltete.

„Ist das denn nicht gefährlich?“, hatte sie ihn gefragt.

„Ach was!“, hatte er sie angefahren. „Das ist nur, bis ich eine stärkere Sicherung gekauft hab.“ Das tat er irgendwann. Das Drahtstück ließ er vorsichtshalber im Stromkasten liegen.

„Für alle Fälle!“

Dieser Fall war jetzt eingetreten.

Elisabeth hatte sich schon länger überlegt, ob diese alten Porzellan-Schraubsicherungen nicht gefährlich waren und gegen einen komplett neuen Verteilerkasten getauscht werden sollten, aber der Geiz ihres Gatten hatte eine solche Investition nicht zugelassen.

So ein Pech.

Damit der Kupferdraht dort blieb, wo er hingehörte, wickelte sie die Sicherung samt Draht in ein Stück Alufolie, bevor sie sie in den Porzellanmantel zurückschob. Dann schraubte sie vorsichtig alles wieder an seinen Platz.

Alles lief wie geplant. Na ja – fast.

Elisabeth lag schon im Bett des Gästezimmers, in das sie schon vor einiger Zeit umgezogen war. Zum einen, weil der gute Gatte schnarchte, zum anderen, weil er auch bei größter Kälte mit offener Balkontür schlief. Elisabeth brauchte Wärme. Im ehelichen Schlafzimmer gab es die nicht mehr. Nicht mal im Sommer.

Sie konnte hören, wie er das Bügelbrett aufklappte. Er versuchte zwar, ganz leise zu sein, aber das charakteristische Quietschen war eindeutig, wenn man so konzentriert horchte, wie Elisabeth es gerade tat.

Es ging ganz schnell.

Karl-Georg war schon im Nachthemd und lauschte, bis er die Tür des Gästezimmers hörte. Elisabeth ging zu Bett. Jetzt war er vor Überraschungen sicher.

Er hatte eine kurze Weile gewartet, bis das Licht der Heizanzeige des Bügeleisens verlöschte und fasste dann mit der linken Hand kurz auf die glatte, metallische Unterseite des Geräts. Der Krampf, der durch seinen Körper rauschte, presste die Hand fest auf die heiße Fläche, polterte quer durch sein Herz und riss ihm dann die Beine weg. Karl-Georg war schon tot, als er das Bügeleisen fallen ließ, hinterrücks aus der Balkontür und über die niedere Brüstung stürzte und dabei die komplette Schlafzimmergardine mitnahm.

Er selbst blieb in den beiden Stahlseilen der Weihnachtsbeleuchtung hängen, die quer über die Straße gespannt waren. Die Gardine verhedderte sich in der eisernen Fahnenmasthalterung der Hauswand und bauschte sich weit über ihm im leichten Wind dieser eisigen Nacht.

Der kitschige Weihnachtsstern aus Goldpapier, den Elisabeth jedes Jahr wieder ins Fenster des Schlafzimmers hing, hatte sich in einem Gardinenröllchen verfangen und baumelte jetzt knapp unter Karl-Georgs rechter Schulter. Die linke Hand, schwarzverbrannt, lag direkt auf dem oberen Stahlseil auf, wie zum Gruß gehoben.

Ja, manchmal gibt es Dinge zwischen Himmel und Erde, die vielleicht nur wie ein Weihnachtsengel aussehen. Aber wer daran glaubt, kann trotzdem seinen Frieden finden und seine ganz persönliche Weihnachtsgeschichte erleben.

Hoffnung Ella Daelken

Nieselregen fällt auf die Katze. Ihr Fell ist dunkler als sonst, vom Wasser zusammengeklebt. Vom Wasser und vom Blut. Aus der langen Risswunde am Bauch quillt der Darm hervor, liegt im Dreck der Straße. Die Augen der Katze sind starr und haben diesen milchigen Schein. Und doch atmet sie. Gurgelnd, stoßweise. •

Gerda steht daneben. Hilflos. Sie hätte es nicht tun sollen, sich nicht an sie gewöhnen, sie nicht in ihr Herz schließen sollen. Nicht mit der Straße vor dem Haus.

Der Nachbar hat angerufen. Meinte, sie solle das Tier lieber von der Straße holen, das sei doch kein Anblick. Gerade heute.

Der Brustkorb der Katze hebt sich noch einmal. Für einen Moment werden ihre Augen klar. Gerda sieht die Angst darin. Dann weiten sich die Pupillen und die Katze liegt still.

Es ist vorbei.

Gerda atmet ein und aus. Lebt. Sie presst die Lippen aufeinander. Von Weitem sieht sie den Speyerer Dom, groß, mächtig, tausend Jahre alt. Wie ein fester Koloss, der eine trügerische Sicherheit verbreitet. Gerda blickt wieder zur Katze, dann nimmt sie die Schaufel und schiebt das Tier darauf. Sie muss mit dem Fuß nachhelfen, sonst geht es nicht. Der Kopf der Katze hängt über den Rand der Schippe. Mit jedem Schritt, den Gerda macht, bewegt er sich. Blut tropft aus dem Maul, zuerst auf die Straße, dann auf den dreckigen Gehweg, schließlich auf die Erde neben den Rosen. Gerda legt die Katze vorsichtig ab, fast sanft. Dann beginnt sie, ein Loch zu graben. Es ist schwer, aber der Boden ist nicht gefroren. Wie so oft auch in diesem Jahr keine weiße Weihnacht. Kein flockiger Schnee, der alles Hässliche zudeckt. Gerda keucht, feuchter Atem steigt von ihr auf. Der Nieselregen fällt ihr auf das Haar, lässt es so nass an der Haut kleben wie zuvor das Fell des Tieres. Endlich ist die Grube tief genug.

Gerda schiebt die Katze hinein. Mit einem dumpfen Geräusch landet der Körper in der Erde. Ihre starren Augen sind nach oben gerichtet, als schaue sie aus ihrem Grab hinaus. Gerda zögert, dann wirft sie den schweren Boden auf das Tier. Die Augen der Katze blicken weiter nach oben.

Gerda braucht viel Erde, bis sie diese Augen nicht mehr sieht.

Im Haus ist es dunkel. Wie schon so lange. Es verrottet langsam, im Badezimmer ist die Wand schwarz vom Schimmel. Der scharfe Geruch steigt in Gerdas Nase, als sie sich die Hände wäscht. Sie betrachtet sich im Spiegel. Am Morgen ist sie beim Friseur gewesen, er hat Locken in ihr Haar gemacht, jede einzelne ein Kunstwerk. Nun ist nichts mehr davon zu sehen, vom Regen zerstört. Gerda nimmt eine Bürste, zögert, dann fährt sie sich durch die Haare, fast grob. Sie schaut nicht mehr in den Spiegel.

In der Küche stellt sie die Heizung an, setzt sich an den Küchentisch und wartet. Versucht, den Gedanken zu fassen: Heute wird er kommen. Sie fühlt keine Freude. Nichts ist so, wie es sein sollte. Zehn Jahre. Verloren.

Sie zündet eine Kerze an. Drüben bei den Nachbarn ist eine Tanne hell erleuchtet, ein Plastikweihnachtsmann klettert auf den Balkon, an der Haustür hängt ein Stern. Bei ihr nur diese Kerze. Das letzte Mal hat sie vor zehn Jahren Weihnachten gefeiert. Damals hat Arno sie umarmt. Sie an sich gezogen, ihr ein Gefühl der Sicherheit gegeben, Sicherheit und Hoffnung. „Ich hole dich nach, sobald ich kann", sagte er. Sie hatte ihm geglaubt. Und gewartet. Jeden Tag. Manchmal kam eine Karte. Aus Singapur, aus Rio, aus Kapstadt. Es war nie eine Nachricht darauf. Das hatten sie so ausgemacht. Falls die Polizei ihm auf der Spur sei. Ihm. Nicht ihnen beiden. Dabei war sie genauso beteiligt gewesen wie er.

Die Polizei war nie gekommen, die Karten seltener geworden. Irgendwann blieben sie ganz aus. Bis vor einer Woche. Da lag plötzlich etwas in ihrem Briefkasten. „Ich komme am Heiligen Abend", stand auf der Karte. Keine Unterschrift. Warum auch? Sie wusste ohnehin, von wem sie war. Es gab sonst niemanden, der ihr schrieb. Er war also zurück. Zurück aus der Welt. Gerda hatte Speyer nie verlassen. War hier in die Grundschule gegangen, hatte als Kind Karneval gefeiert, später in der Filzfabrik gearbeitet, bis die geschlossen wurde. Seitdem Stillstand und Warten. Und doch hatte es einmal eine andere Zeit gegeben, eine Zeit der Hoffnung. Damals, als Arno aufgetaucht war. Den Kopf voller verrückter Ideen, ständig ein Lachen auf dem Gesicht, Grübchen. Sie hatte ihn gleich gemocht, als sie ihn das erste Mal sah. Das war auf dem Siedlerfest. Arno stand am Straßenrand, beobachtete den Umzug. Bei der Tombola sah sie ihn wieder. Er zwinkerte ihr zu, kaufte Lose. Alles Nieten. Er lachte, ließ die Schnipsel in die Luft fliegen. Dann nahm er ihre Hand. Sie war glücklich an diesem Tag.

Drüben werden nun die Geschenke verteilt. Gerda kann es durch das Fenster sehen. Die Kleine bekommt ein Laufrad, staunend steht sie daneben, weiß nichts damit anzufangen. Esther, ihre große Schwester, verzieht nur spöttisch den Mund. Sie ist schon vierzehn, mit solchem Kinderkram gibt

sie sich nicht mehr ab. Letzte Woche hat Gerda sie gese-
hen. Hinter dem Haus, küssend mit einem Jungen aus der
Nachbarschaft. Der hatte seine Hand unter das T-Shirt des
Mädchens geschoben.

Arno hat Gerda auch geküsst. Nach dem Fest. Er be-
gleitete sie nach Hause. Erzählte von den Ländern, die er
kennenlernen wollte, der Freiheit, die auf ihn wartete. Dabei
blickte er tief in ihre Augen. Sie wusste sofort, was er meinte.
Frei sein. Keine Bedingungen mehr. So viele Versprechen.

Nichts davon ist wahr geworden.

Als die Klingel läutet, zuckt sie zusammen, taucht aus der
Vergangenheit wieder auf. Sie schaltet das Licht ein, hebt
kurz die Hand, um ihre Haare zu ordnen, dann erinnert sie
sich an den Regen und lässt sie wieder fallen.

Er ist kleiner, als sie ihn in Erinnerung hat. Aber auf dem
Gesicht ist noch immer das Lachen. Ein Lachen, das bis zu
seinen Augen reicht. Er betrachtete sie von oben bis unten.
Dann nimmt er sie in den Arm und drückt sie an sich. Fest.
Damals hat ihr das Sicherheit gegeben. Jetzt bekommt sie
kaum Luft. Er riecht nach Tabak und Rasierwasser. Als er
sie freigibt, geht sie voraus in die Küche. Sie fühlt noch seine
Arme an sich, obwohl er längst losgelassen hat.

„Willst du einen Tee?", fragt sie.

Er schüttelt den Kopf. „Du siehst gut aus", sagt er. Sie
sagt nichts. Sie hört das Ticken der Uhr. Sekunden verstrei-
chen. Er setzt sich an den Küchentisch. Dort, wo sie damals
den Plan entwickelt haben. An manchen Stellen ist noch der
Kuli zu sehen, der sich durch das Papier gedrückt hat. Als
bräuchte sie eine Erinnerung an diesen Tag.

„Warum bist du gekommen?", fragt sie. Eigentlich will sie
es nicht wissen. Und doch fragt sie.

Er sitzt vor ihr, verschränkt seine Hände vor der Brust. Legt sie dann auf den Tisch, so, als wüsste er nicht, wohin damit. Dann lächelt er. „Gibst du mir doch einen Tee?"

Sie nickt, schenkt ihm ein.

Er umklammert die Tasse mit dem heißen Getränk. Seine Finger zittern. Die Nägel sind grau, die Haut an der Seite eingerissen. Hatte er damals schon solche Hände? Sie weiß es nicht. Weiß überhaupt nichts von diesem Mann, der vor ihr sitzt. Ein Fremder.

Er bleibt still, nippt an dem Tee. Nimmt sich ein Stück von dem Rotweinkuchen, den sie für ihn gebacken hat. Draußen fährt ein Auto vorbei, dann ein Bulli, dann wieder ein Auto. Sie hat gelernt, die Geräusche zu unterscheiden. Nachts, wenn sie nicht schlafen kann. Wenn ihr die Gedanken durch den Kopf gehen. Sie die aufgerissenen Augen der alten Frau sieht. Das Erstaunen darin, nach dem Schuss. Sie hört das Schrillen des Alarms, den einer der Bankangestellten in diesem Moment ausgelöst hat. Arnos Absätze auf dem Marmorboden, als er losrennt.

„Denkst du manchmal an sie?", fragt Gerda.

Arno schaut fragend hoch. „An wen?" Seine Stimme klingt heiser. So, als hätte er in seinem Leben zu wenig gesprochen. Oder zu viel.

Er blickt wieder auf seine Tasse. „Nein", sagt er.

Wieder Stille. Dann fragt sie: „Hast du sie gefunden, deine Freiheit?"

Er nickt, flüstert: „Ich wollte dich nachholen." Arno versucht ein Lächeln. Seine Zähne sind gelb. „Ich hatte Angst, zurückzukommen. Ich wollte erst etwas aufbauen, für dich, für uns. Aber dann ist das Geschäft nichts geworden und ich bin weitergezogen. Und dann noch mal weiter", sagt er. „Je mehr Zeit verging, desto weniger konnte ich zurück."

Er nimmt ein kleines Paket aus der Tasche und stellt es auf den Tisch. „Das habe ich dir mitgebracht. Ein Tigerauge, ein Quarz aus Südafrika."

Sie nimmt das Paket, packt es aus. Es ist ein Stein, er schillert goldbraun, wenn sie ihn bewegt. In Arno ist plötzlich Leben gekommen, hastig spricht er weiter: „Südafrika ist ein wunderschönes Land. Wenn die Sonne untergeht, hört man in der Steppe Tausende von Tieren. Und der Strand, schroffer Stein, das Wasser bricht sich an den Felsen mit lautem Tosen. Man schaut hinaus und fühlt sich frei."

Frei. Sie weiß, warum er nicht zurückgekommen ist. Wegen dieser Freiheit.

Und doch ist er jetzt hier. Bei ihr.

Sie denkt an die warmen Nächte. Seine weiche Haut. Damals roch er anders, aufregend und wild.

Sie betrachtet das Tigerauge. Glitzernd liegt es in ihrer Hand. Wie eine fremde Welt. Wie ein Versprechen.

Er blickt sie an. „Gefällt er dir?"

Sie nickt. Draußen hört sie nun Stimmen. Singen. Es klingt nach Hoffnung. Weihnachten. Wie ein Trost legt sich der Gedanke um sie. Es wird alles anders. Jetzt. Heute.

In der Nacht wird sie wach. Er liegt nicht mehr neben ihr, es ist kalt. Aus der Küche hört sie ein Geräusch. Ein Schrank wird geöffnet, dann eine Schublade. Sie steht auf. Leise. Es ist dunkel, die Kerze in der Küche ist längst verloschen. Trotzdem sieht Gerda, wie er ihre Wohnung durchsucht. Systematisch alles überprüft. Als sie ins Zimmer tritt, fährt er zusammen.

Diesmal erreicht das entschuldigende Lächeln nicht seine Augen. Seine Arme hängen herab. Ein ertappter Sünder.

„Bist du nur deswegen hier?", fragt sie.

Er schüttelt den Kopf. Und doch sagt er: „Hast du es noch?"

Sie fühlt die Kälte in sich aufsteigen. Denkt an die Jahre des Wartens. An das schimmelnde Haus. An die Katze. An den überraschten Ausdruck in den Augen der Frau. Dann sagt sie: „Ja. Es liegt immer noch oben. Dort, wo wir es nach dem Überfall versteckt haben."

Er sieht überrascht aus. Grinst: „Wie schlau! So offensichtlich, dass ich dort nicht gesucht hätte."

Seine Worte tun ihr weh. Sie hat das Geld nie angerührt. Hat versucht, es aus dem Gedächtnis zu streichen. Stattdessen an ihn gedacht, dass er sie holen würde. Damit sie frei sein konnte, alles vergessen durfte, ihre Schuld. Sie hatte nicht schießen wollen, damals. Nicht einmal gewusst, ob die Waffe wirklich geladen war. Aber dann fing die Frau plötzlich an zu schreien. Stand auf. „Auf den Boden legen!", rief Gerda. Laut. Bestimmt. Doch die Frau reagierte nicht. Sprang einfach auf und rannte los. Zur Tür. Das durfte sie doch nicht. Sie würde Passanten alarmieren. Die Polizei. Das konnte das Ende sein. Für Arno. Für Gerda. Für die Träume, die sie hatten. Und plötzlich war ihre Waffe losgegangen.

Gerda fühlt, wie die Kälte von einem anderen Gefühl verdrängt wird. Es steigt von ganz unten auf, brennt sich durch ihr Herz, ihre Seele. Sie blickt auf Arno, auf den sie so lange gewartet hat. Zehn Jahre. Zehn Jahre, seit er sein Geld nahm und ging. Sie zurückließ mit der Schuld.

Er steht im Schein des Mondlichts, das zum Flurfenster hereinscheint. Hinter ihm steht der Spaten. Die nasse Erde klebt noch daran.

Arno nimmt ihre Hand, streicht über ihre Wange. „Holst du es?", flüstert er. Sie löst sich von ihm. Arno lächelt, Hoffnung im Gesicht. Sie nickt. Dann geht sie an ihm vorbei in den Flur.

Der erste Schlag trifft ihn am Schädel. Blut spritzt ihr ins Gesicht. Sie bemerkt es nicht. Schlägt noch mal zu. Sie ist stark. Stärker, als sie gedacht hat. Immer wieder hebt sie den Spaten. Bis er zusammenbricht. Er wimmert, bettelt. Sie hört nicht auf. Schlägt noch mal zu. Dann ist es vorbei. Sie atmet schwer. Blickt auf das dreckige Bündel vor sich. Will ihn nicht hier haben. Nicht in der Wohnung. Auch nicht im Garten, wo die Katze liegt.

Sie zieht ihn am Arm nach draußen. Er ist schwer. Zentimeter für Zentimeter schafft sie ihn zur Straße. Da lässt sie ihn liegen. Atmet schwer. Müll gehört auf die Straße.

Dann blickt sie ihn noch einmal an. Seine Augen kann sie nicht sehen. Zerschlagen.

Sie lächelt.

Gerda geht ins Haus. Nach oben auf den Dachboden. Dort, wo sie seit zehn Jahren nicht mehr war. Die Luke ist schwer zu öffnen. Sie muss husten, überall Mäusedreck. Es raschelt, als sie das Licht anmacht.

Die Tasche steht ganz hinten in der Ecke. Verstaubt. Als sie sie hochnimmt, sieht sie das Loch in der Ecke. Abdrücke von Mäusezähnen.

Sie setzt sich hin. Öffnet den Beutel, Moder schlägt ihr entgegen, Staub wirbelt auf.

Sie weiß es, bevor sie es sieht. Die Scheine sind nur noch Papierschnipsel. Die Mäuse haben sie zerfressen, der Schimmel hat den Rest besorgt. Weg. Jeder einzelne Schein. Alles umsonst. Das Warten, die Hoffnung.

Sie stellt die Tasche vor sich. Dann lacht sie. Lacht, wie noch nie in ihrem Leben.

Die letzte Kerze Jürgen Heimbach

Im Haus war es kalt. Agnes hatte die Haustür offen gelassen.
Ohne Widerstand waberte der eisige Dezemberwind in die
Zimmer. Wenn sie kamen, um sie abzuholen, sollte das ohne
Krach und ohne Lärm geschehen. Sie würde aufstehen, langsam und würdevoll, schweigen, mitkommen, ihre Strafe auf
sich nehmen. Sie hatte getan, was sie tun musste. Jetzt hatte
sie nichts mehr, niemanden. Sie war alleine. Es gab nicht einmal mehr den zweiten Stuhl. Sie war nur noch für sich selbst
verantwortlich.

Agnes betrachtete die im Windzug flackernden Kerzen
am Weihnachtsbaum, immer in Gefahr, zu erlöschen. Sie sah
auf den Tisch vor sich, darauf ein kleiner Teller mit einem
Stück Gebäck. Ihr Geschenk an sich selbst. Und die Flasche
Moselwein. Der Korken lugte zwei Fingerbreit aus dem Fla-
schenhals.

Vor einem Jahr hatte sie das Weihnachtsfest zum ersten Mal
alleine gefeiert.

In dem Jahr davor, es war der letzte Kriegswinter, lebten
ihr Bruder Klaus und ihre Eltern noch. Die Nachricht, dass
das Morden zu Ende sei, in dem sie zwei Söhne verloren und
einen als Krüppel wiederbekommen hatten, überlebten die
Eltern nur kurz. Klaus war vor drei Jahren aus dem Krieg gekommen, mit einem steifen Bein, und seine Tage und Nächte
waren eine Aneinanderreihung von Albträumen. Jede Nacht
wurde Agnes durch sein Geschrei geweckt. Das Einzige, das
ihn dann beruhigen konnte, waren Zigaretten. Aber Zigaretten waren rar, wertvoll und teuer und zum Tauschen besaß
sie nichts mehr. Ein Witwer aus dem Dorf hatte ihr ein An-

gebot gemacht, hatte sie eine schöne junge Frau genannt, mit ihren dicken, dunkelblonden Haaren, ihrer schlanken Figur, dem gewinnenden Lächeln. Bitternis überkam Agnes, wenn sie daran dachte. Ihr gewinnendes Lächeln. Das hatte sie verloren. Vor über einem Jahr. Seitdem war ihr Leben ein dunkler Raum, in dem sie sich versteckte, aus dem sie nicht mehr herauswollte. Der Witwer hatte ihr zugeflüstert, dass sie etwas aus sich machen sollte, und sie war so dumm gewesen und war ihm in sein Haus gefolgt. Dann hatte er angefangen sie anzufassen, wollte ihr den wollenen Pullover vom Körper reißen. Sie hatte ihn fortgestoßen, war aus dem Haus gerannt, seine Flüche und Verwünschungen im Ohr. „Du kommst schon noch!", waren die letzten Worte, die sie auf der staubigen Dorfstraße erreicht hatten.

Den fremden Soldaten war sie aus dem Weg gegangen. Die Geschichten, die man sich im Dorf über sie erzählte, hatten sie abgeschreckt.

Fast ein Jahr lang hatte der Hausrat, hatten die wenigen Wertgegenstände, die die Eltern besessen hatten, gereicht, aber nun war alles weg, das Haus fast leer, bis auf das Bett und die Decke, in der sie schlief, der Tisch in der Küche und ein Stuhl. Den zweiten, auf dem ihr Bruder gesessen hatte, hatte sie auch weggeben. Und die Spieluhr, die ihr Klaus von einer Reise mitgebracht hatte.

Vor einem Jahr standen noch beide Stühle an dem Tisch, einige Wochen vor Weihnachten, als sie sich überlegte, was sie ihrem Bruder schenken sollte. Aber was machte sie sich Gedanken? Das einzige Geschenk, das ihm etwas bedeutete, waren Zigaretten und dann war ihr die Idee gekommen. Eine naheliegende, wohnte sie doch in der Pfalz, wo seit Jahrhunderten schon Tabak angebaut wurde und viele Familien davon lebten. Auch der Bauer Archabert, dessen Hof drei Dörfer entfernt von ihrem lag, pflanzte Tabak an. Zum Trocknen hängte Archabert die Blätter auf dem Dachboden seiner Scheune auf. Agnes wusste, dass er wie die anderen Bauern die getrockneten Blätter in die Nähe von Landau, der nächstgrößeren Stadt, brachte. Dort gab es eine Fabrik, die den Tabak weiterverarbeitete. Einen Teil des Tabaks erhielt der Fabrikbesitzer als Bezahlung, den Rest gab er den Bauern als Zigaretten zurück. Sie kannte den Bauern Archabert von Erzählungen ihres Vaters, der behauptete, dass der Mann zwar ein grober Klotz sei, aber ein Händchen fürs Tabakpflanzen habe.

Agnes würde sich ein kleines Kontingent Tabak bei Archabert besorgen und in die Stadt bringen. Sie hatte alles ganz genau geplant. Zeit dazu hatte sie ja genügend.

An dem Tag, vier Wochen vor Weihnachten im letzten Jahr, hatte sie ihrem Bruder mitgeteilt, dass sie noch etwas im Dorf besorgen wolle, er solle sich keine Sorgen machen, es könne dauern, er solle schlafen. Zwei Zigaretten, die sie eigens für diesen Abend besorgt und gut versteckt aufgehoben hatte, steckte sie ihm zu.

Bevor die Dämmerung einsetzte, verließ sie das Haus, eine große Leinentasche über die Schulter geworfen, und eilte mit gesenktem Kopf über die Straße dem Dorfausgang zu und lief quer über die Felder zu der Scheune. Es hatte gefroren, der Boden war hart, so kam sie gut voran.

In die Scheune einzudringen war nicht schwer gewesen. Sie wusste, dass der Bauer, wenn er von der Arbeit kam, noch einmal seine Scheune aufsuchte. Sie hatte sich in der Nähe versteckt, hatte trotz der Kälte, die jetzt, wo sie still und unbeweglich ausharren musste, unerbittlich unter ihre Kleidung kroch, dort gewartet, bis der Bauer kam. Als er im Innern der Scheune verschwunden war, lief sie zum Tor, lauschte, und als sie sicher war, dass er im hinteren Teil des hölzernen Baus zugange war, schlich sie hinein und versteckte sich hinter einem Fass, das in der Nähe des Eingangs stand. Dort wartete sie, bis Archabert wieder ging und das Tor von außen verschloss. Drinnen war es nicht so kalt wie draußen, und das Frieren ließ ein wenig nach und der Geruch des getrockneten Tabaks, der die Scheune ausfüllte, hatten ihr ein Gefühl von Wärme vermittelt. Zigaretten für Klaus! Sie dachte keinen Moment daran, dass sie etwas Unrechtes tat.

In der Dunkelheit war es nicht leicht gewesen, den Tabak oben auf dem Dachboden zu finden. Sie kletterte die steile Leiter hinauf und stopfte alles, was hineinpasste, in ihre Tasche. Als sie damit fertig war, stieg sie durch einen Verschlag an der Seitenwand, der nur durch einen Riegel von innen verschlossen war, ins Freie und rannte, so schnell sie konnte, durch die Dunkelheit, die sich inzwischen vollkommen über das Land gelegt hatte, zur Straße.

Bis nach Landau waren es zwölf oder dreizehn Kilometer. Agnes hatte ausgerechnet, dass sie in drei Stunden dort sein konnte. Dann würde sie noch einmal drei oder vier Stunden warten müssen, bis die Fabrik am frühen Morgen öffnete.

Sie lief an der Straße entlang, dort, wo der Untergrund fest und nicht von den Panzern, die vor noch gar nicht langer Zeit hier durchgezogen waren, aufgerissen war. Sie war schon eine Stunde unterwegs und spürte durch das stramme Tempo, das sie vorlegte, nicht die Kälte, da begann es zu schneien. Große, schwere Flocken, die ihr mit dem aufkommenden starken Wind ins Gesicht getrieben wurden. Doch das machte Agnes wenig. Sie hatte schon als Kind ihre Zeit nach der Schule auf dem Feld verbringen müssen, gleich, ob im Sommer die Sonne ihr die Haut verbrannte und den

173

Körper ausdörrte oder Schnee, Eis und Kälte ihr im Winter die Haut von den Knochen riss.

Die dicken, schweren Flocken hatten bald den Boden bedeckt. Dieser weiche Teppich, in den sie tief einsank, machte das Gehen beschwerlicher. Ihre dünnen Schuhe waren durchweicht, die Füße schmerzten, und Agnes kam immer langsamer voran. Ihre Tasche drückte immer schwerer auf ihre Schultern und bald zweifelte sie, ob sie die Stadt je erreichen würde, und ob es nicht besser wäre, umzukehren, um an einem der nächsten Tage, wenn der Schnee fest und hart wäre, einen neuen Versuch zu wagen. Die Tasche konnte sie in dem kleinen Anbau neben ihrem Haus verstecken. Niemand würde da suchen, niemand käme auf die Idee, dass sie es gewesen war, die den Tabak gestohlen hatte. Und außerdem würde Archabert vielleicht noch nicht einmal bemerken, dass etwas fehlte.

Aber so einfach wollte Agnes nicht aufgeben und marschierte weiter, trotz ihrer inzwischen völlig durchweichten Schuhe. Sie spürte ihre Zehen nicht mehr, mechanisch stellte sie einen Fuß vor den anderen.

Da hörte sie hinter sich das tiefe Brummen eines Motors, der langsam näher kam, bis sie von den dünnen Strahlen der Scheinwerfer erfasst wurde. Schlingernd kam der kleine Lastwagen neben ihr zum Stehen.

Die Seitenscheiben waren beschlagen, die Tür auf der Beifahrerseite wurde wie von Geisterhand geöffnet, eine Stimme forderte sie auf einzusteigen.

„Was machst du denn noch so spät draußen auf der Straße?", fragte eine Männerstimme, während Agnes auf das Trittbrett stieg und einen Fuß in die Fahrerkabine stellte.

„Ich muss nach Landau …", antwortete sie. Warme, feuchte Luft umfing sie, eine Mischung aus Tabak und Schweiß.

„Landau, genau mein Weg, da hast du aber Glück, Mädchen!", sagte die Stimme, während Agnes die Tür zuzog.

Jetzt endlich konnte sie den Mann hinter dem großen Lenkrad anschauen. Sie zuckte zusammen. Der Bauer Archabert lächelte sie an, ließ seine Augen lange auf ihr ruhen, bevor er den Gang einlegte und den Wagen in Bewegung setzte. Agnes drückte die Tasche hinter ihren Rücken.

„So spät. Ist aber gefährlich", ließ Archabert vernehmen, während er eine Hand vom Lenkrad nahm und mit dem Ärmel über die Scheibe vor ihm wischte.

Ob er etwas weiß, überlegte sie und klemmte die Tasche zwischen sich und die Tür.

„Was schleppst du denn da mit dir rum?"

Sie zögerte. „Nichts!", sagte sie schließlich.

„Scheint ja dennoch was zu wiegen, das Nichts!" Er klang jetzt lauernd. „Kommt mir bekannt vor der Geruch." Er sog die Luft tief durch die Nase ein.

„Ein guter Geruch!", sagte er schließlich, weniger lauernd und fast beschwichtigend. „Bin vielleicht ich selbst, mach den ganzen Tag ja nichts anderes."

Er sah kurz zu Agnes herüber.

„Ja, ja." Sie wusste nicht, was sie mehr sagen sollte, während Archabert mit einem Ruck den nächsten Gang einlegte und an dem großen, flachen Lenkrad kurbelte.

„Scheiß Schnee!", stieß er nach einer kurzen Zeit hervor. Er starrte durch die Scheibe, rieb mit seinem Ärmel immer wieder ein Stück Glas frei. Dennoch hatte sie das Gefühl, dass der Mann sie genau im Auge behielt.

Er griff hinter sich, hielt eine Decke in der Hand, warf sie zu ihr herüber. „Deck dich zu, frierst ja!"

Mit einem Nicken nahm sie die Decke, legte sie über ihren Schoß.

„Eine Hübsche bist du! Sehr hübsch. Kommst du von hier? Ich habe dich noch nie gesehen."

Er sah kurz zu ihr herüber, sie spürte seinen Blick, zog die Decke hoch, legte sie um ihren Oberkörper.

Er lachte. „Komm mal näher!", forderte Archabert sie auf, nachdem er fluchend einem Hindernis ausgewichen war. Das Manöver hatte Agnes erst gegen die Tür, dann in Richtung des Fahrers geworfen.

„Wie heißt du denn eigentlich?"

Sie schwieg, starrte geradeaus.

„Hat es dir die Sprache verschlagen? Dem hübschen Ding."

„Agnes", gab sie leise von sich.

„Wie?", bellte er zu ihr herüber. „Bist so leise. In der Karre muss man laut sprechen. Ist kein Pullmanwagen." Er lachte wieder. „Obwohl, … der wäre jetzt genau richtig. Großes, weiches Bett … Wie, Agnes, das wärs doch?"

Er streckte seinen Arm aus, fasste sie am Handgelenk. „Frierst doch, Mädchen! Komm her! Bei mir ist es warm!"

Sie wehrte sich, wollte sich losmachen, aber er hielt sie wie im Schraubstock fest.

„Riecht nach Tabak hier. Ich liebe Tabak." Er lachte. „Ist heute ja sehr begehrt."

Wieder lachte er.

Sie versteifte sich, er hielt ihr Handgelenk noch immer, zog sie mit einem Mal ganz an sich.

„Stell dich nicht so an. Ich bin doch nicht der Erste. Kriegst auch zu essen, Zigaretten, was du willst. Ich hab genug von allem. Haben wir beide was von. Ist ja bald Weihnachten."

Er zerrte sie mit einem festen Ruck noch näher an sich, sie lehnte nun an ihm, blitzschnell ließ er ihr Handgelenk los und legte den Arm um ihre Schulterm, drückte seine Hand auf ihren Busen.

„Na, gefällt dir das?!"

Beim Sprechen sah er geradeaus, lenkte mit einer Hand, zog sie noch fester an sich.

„Da vorne, da können wir anhalten! Und es uns gemütlich machen."

Er verlangsamte die Geschwindigkeit.

Agnes bäumte sich auf, wehrte sich, wollte sich von dem Griff des Mannes losmachen, packte mit einer Hand das Lenkrad …

Plötzlich schrie Archabert auf. „Was ist das …?", dann gab es einen Knall und der Lkw geriet ins Schlingern. Er stieß Agnes von sich, umfasste das Lenkrad mit beiden Händen, brachte den Wagen nach einigen Metern zum Stehen, während Agnes sich gleich zurückzog und an die Tür drückte.

„Bleib sitzen!", befahl der Bauer und sprang aus der Fahrserkabine.

Agnes beugte sich vor, versuchte durch die matte Scheibe zu erkennen, was passiert war. Der Bauer lief vor dem Wagen auf und ab. Sie sah, dass er etwas aufhob. Sie drückte ihre Nase gegen die Scheibe, musste sie mit der Handfläche freireiben, erkannte, dass Archabert ein Fahrrad in den Händen hielt, sich kurz umsah und dann nach hinten, zur Rückseite des Lasters ging. Das Poltern hinter ihr verriet ihr, dass er sich auf der Ladefläche befand.

Sie umfasste den Türgriff, zögerte, zitterte, dann zog sie den metallenen Hebel auf, horchte noch einmal kurz nach hinten und sprang in den Schnee, strauchelte, als sie auf dem Boden aufkam, stolperte nach vorne, fiel auf ihre Hände. Schnell stand sie auf, lauschte wieder nach hinten, wo Archabert noch immer auf der Ladefläche zugange war. Sie schlich zur Vorderseite des Lastwagens, wo sie im Licht der Schein-werfer einen Körper im Schnee liegen sah. Langsam trat sie näher heran, erkannte zuerst den Blutkranz um den Kopf, dann blickte sie in tote, weit geöffnete Augen. Ihr Blick blieb an dem aufgerissenen Schädel hängen. Als sie die gedämpf-ten Schritte Archaberts im Schnee hörte, löste sich Agnes von dem Anblick des Toten und lief davon.

Wie durch einen Schleier drang die Stimme des Bauern zu ihr. „Mädchen! Komm zurück!"

Sie achtete nicht darauf, lief weiter, vorwärts, spürte nicht die Kälte, ignorierte ihre kalten, feuchten Füße, irrte durch die Nacht, fiel in den Schnee, rappelte sich auf, lief weiter, betäubt, nach Atem schnappend, immer weiter vorwärts, die Schmerzen ignorierend, bis sie irgendwann in der Nacht ihr Haus erreicht hatte. Sie stürzte durch die Tür ins Innere, fiel auf den Boden, lag dort, schnappte nach Luft, hoffte, dass das alles ein böser Traum gewesen wäre, dass sie ein Trugbild gesehen hatte, rannte in den hinteren Teil des Hauses, wo das Zimmer ihres Bruders war.

Sein Bett war kalt. Er war nicht da. Sie ging in die Knie, steckte ihren Kopf unter das Bett, aber auch dort hielt er sich nicht versteckt, ebenso wenig wie im ersten Stock, wohin sie hinaufstieg, mit schmerzenden Beinen, und nicht im Keller. In der Küche ließ Agnes sich auf einen der beiden Stühle fal-len, die sie noch besaßen. Das, was sie da draußen im Schnee gesehen hatte, war kein Trugbild gewesen, kein Traum. Der Tote im Schnee – das war ihr Bruder. Warum? Warum war er da draußen gewesen? Was hatte er dort gewollt?

Später fand man ihn. Der Dorfälteste kam und teilte Agnes mit, dass man Klaus am Fuße eines steilen Hangs, ein gutes Stück entfernt von der Stelle, wo Archabert ihn mit seinem

Lastwagen überrollt hatte, gefunden hatte. Neben ihm das Fahrrad. Für die Polizei gab es nur zwei Erklärungen: Entweder war er in der Dunkelheit auf der glatten Straße vom Weg abgekommen und den Hang, der nicht gesichert war, hinabgestürzt. Oder er war absichtlich dorthin gefahren, um seinen Schmerzen und seinen Träumen ein Ende zu bereiten. Jeder im Dorf wusste ja darum.

Agnes schwieg, behielt die Geschehnisse jener Nacht für sich. Archabert meldete sich nicht bei ihr, sie wusste nicht einmal, ob ihm klar war, wen er zu Tode gefahren und wie ein Stück totes Vieh den Hang hinabgeworfen hatte.

Als Klaus beerdigt und Agnes ruhiger geworden war, begann sie, die Leute im Dorf zu fragen, was sie in jener Nacht mitbekommen, ob sie Klaus gesehen hatten. Er wäre durch die Straßen gehumpelt, erzählten sie ihr, hätte nach seiner Schwester gefragt, wäre aufgeregt gewesen, weil die so lange schon aus dem Haus war, und sich Schneefall ankündigt hätte. Er würde es in seinem verletzten Bein spüren, hatte er den Leuten gesagt. Dann habe man ihn mit dem Fahrrad gesehen, wie er mühsam die Dorfstraße entlang gefahren war. „Besorgt sei er gewesen", sagten die Leute, aber auch wieder mit diesem irren Blick, diesem schnellen, hastigen Sprechen, sodass sie dachten, dass er einen seiner Anfälle hätte.

In den folgenden Nächten hatte Agnes lange in der Küche gesessen, auf ihrem Stuhl, dem einzigen, der ihr noch geblieben war. Wie ein Menetekel hatte sie der Stuhl von Klaus an jene Nacht erinnert, ihren Raub, die Fahrt, die Zudringlichkeiten, wie sie sich gewehrt und ins Lenkrad gegriffen hatte, an den Knall .... Anfangs ertrug sie dessen Anblick wie eine Prüfung, aber schließlich hielt sie es nicht mehr aus und warf ihn fort.

Nur sie wusste, was tatsächlich geschehen war. Lange

Tage und Nächte überlegte sie, wie sie Archabert beikommen konnte, und hatte schließlich der Polizei, die den Fall, der so klar schien, nicht länger als nötig bearbeitet hatte, einen anonymen Brief geschrieben, hatte aufgezählt, was in jener Nacht geschehen war, dass der Bauer den Jungen überfahren hatte, dass er ihn den Hang hinabgeworfen hatte. Sie wusste, dass Archabert weiter seiner Arbeit nachging, dass niemand ihn wegen des Todes ihres Bruders behelligte. Noch nicht einmal auf dem Begräbnis hatte er sich gezeigt. Ihre Tasche, die sie in der Fahrerkabine in der Hektik ihrer Flucht vergessen hatte, verriet sie nicht.

Ein halbes Jahr lang hatten die Trauer und die Wut sie so sehr im Griff gehabt, dass sie zu kaum einem klaren Gedanken fähig war. Dann fasste sie einen Entschluss: Archabert durfte nicht davonkommen. Der Tod ihres Bruders durfte nicht ungestraft bleiben. Sie sann auf Rache. Und sie wusste, wann und wie sie es bewerkstelligen wollte. Sie hatte herausgefunden, dass Archabert einmal in der Woche zu seiner Mutter in die Stadt fuhr, wo sie in einer kleinen Wohnung hauste. Und auch am Heiligen Abend stattete er ihr in jedem Jahr einen Besuch ab.

In den Wochen vor dem Festtag hatte sie alles vorbereitet, hatte sich ein Fahrrad organisiert, hatte einen zwei Meter hohen Nadelbaum besorgt, Kerzen zurechtgelegt und einen Ständer gebaut.

Nun wartete sie. Der Hang, an dessen Fuß ihr Bruder gefunden worden war, lag hinter einer Kurve, am Ende einer lang ansteigenden Geraden, sodass sie, wenn sie sich oben auf dem Scheitelpunkt des Anstiegs in die Kurve stellte, ein Fahrzeug schon lange vorher sehen konnte.

Sowie der Wagen unten erschien, zog sie den Baum aus dem Unterholz, wuchtete ihn in den Ständer. Sie hörte den

Motor gegen die Steigung ankämpfen. Er kam nur langsam vorwärts. Sie wusste, dass ihr ausreichend Zeit blieb. Sie war mehrmals hier gewesen, wenn er die Strecke in die Stadt gefahren war, hatte die Zeit genommen, hatte geprobt.

Der Baum stand jetzt mitten auf der Straße, die hier nicht breit genug war, um daran vorbeizufahren. Ihre einzige Sorge war, dass Archabert dem Baum einfach ausweichen würde.

Schnell, wie sie es geübt hatte, steckte sie Kerzen in die Halterungen, die sie schon vorher an den Ästen befestigt hatte. Der Lärm des Motors schwoll an, wurde lauter. Hatte sie sich verkalkuliert? Hastig hantierte Agnes am Feuerzeug. Es wollte nicht zünden. War es nass geworden, verhinderte die Kälte, dass die Flamme emporzüngelte?

Der Lastwagen musste bald die Kurve erreichen, viel Zeit blieb ihr nicht mehr. Nervös drückte sie erneut den Zünder nieder. Endlich schoss die Flamme aus dem Feuerzeug. In der Kälte brauchte sie für jede Kerze länger, als sie das berechnet hatte. Aber es mussten alle brennen, wenn er um die Kurve kam. Das Bild sollte ihn überraschen.

Sie hatte die letzte Kerze angezündet, da wurde das Dröhnen des Motors übermächtig laut und die Ausläufer der Scheinwerfer leuchteten schon bis zu ihr. Agnes sprang schnell zur Seite und duckte sich hinter einen Busch. Im gleichen Augenblick drang das Quietschen der Bremsen an ihr Ohr, sie konnte sehen, wie der Wagen auf dem Schnee schlingerte. Sie hoffte, dass er nicht den Hang hinabstürzte. Sie war hier die Richterin!

Nur wenige Zentimeter vor dem Baum kam der Wagen zum Stehen. Einige Sekunden passierte nichts, im Leerlauf tuckerte der Motor dumpf vor sich hin. Dann wurde die Tür geöffnet.

„Was soll denn das!?", hörte sie Archaberts fluchende

Stimme. Sie rief sich noch einmal in Erinnerung, dass dies der Mann war, der ihren Bruder zu Tode gefahren und anschließend wie ein Stück Vieh weggeworfen hatte.

Archabert blieb vor dem Baum stehen und besah sich dieses ungewöhnliche nächtliche Mirakel, während sie leise auf dem weichen Untergrund hinter den Mann trat. Er wollte gerade den Baum packen, da räusperte sie sich. Erstaunt drehte er sich um, benötigte einen Augenblick, um sie zu erkennen, genau wie sie es beabsichtigt hatte, dann schlug sie ihm die Eisenstange über den Schädel. Er sah sie an, versuchte sich auf den Beinen zu halten, streckte seinen rechten Arm aus, als wollte er nach ihr greifen, und sank dann langsam in die Knie, noch immer seinen Blick auf die junge Frau vor ihm gerichtet.

„Erkennst du mich?", fragte Agnes.

Er starrte sie weiterhin an, schwankte und kippte langsam nach vorne.

„Du hast meinen Bruder umgebracht", sagte sie tonlos und schlug nochmals zu. Dieses Mal fiel der Mann gleich um, sein Körper schlug lautlos auf dem Schnee auf, er atmete noch immer. Sie schlug ein drittes Mal zu, dann wandte sie sich ab, kletterte durch den kleinen Graben neben der Straße, zog ihr Fahrrad unter einem Busch hervor, sah noch einmal kurz zu dem Toten herüber und ließ sich den Anstieg, den sich vor wenigen Minuten noch der Lastwagen hinaufgequält hatte, hinabrollen. Anfangs hatte Agnes überlegt, Archabert den Hang hinabzustoßen, wie er es mit ihrem Bruder gemacht hatte. Aber sie entschied sich anders. Es sollte wie eine Hinrichtung aussehen.

Wieder in ihrem Haus wartete Agnes an dem Tisch, vor dem kleinen Baum in ihrer Wohnung, auf dem einzig verbliebenen Stuhl sitzend, wartete darauf, dass die Polizei kam und sie festnahm. Die würden rasch erkennen, dass sie es gewesen war, die den Bauern umgebracht hatte.

Sie zog den Korken aus der Flasche Wein, die sie im Keller gefunden hatte, ein Mitbringsel ihres Vaters von einem Ausflug an die Mosel vor dem Krieg. Da waren sie noch eine Familie, ihr Vater, ihre Mutter, ihre drei Brüder und sie. Lange war das her. Nun gab es nur noch sie.

Der Wind war stärker geworden, er zog durch die offene Tür ins Haus, sie hatte den Ofen nicht mehr angemacht. Warum auch? Bald würde sie in einer Zelle sitzen, auf ihr Urteil warten. Vorher aber würde sie vor Gericht berichten, was tatsächlich in jener Nacht passiert war.

Agnes trank das erste Glas in einem Zug leer, schenkte nach, trank wieder, spürte, wie ihr der Alkohol zu Kopf stieg. Sie nahm das Gebäck, kaute langsam, schluckte, füllte das Glas erneut, trank, füllte, ignorierte den Schwindel, der bald von einer übermächtigen Müdigkeit abgelöst wurde, die sie einschlafen ließ.

Die Nachbarin, die das Haus am nächsten Morgen betrat, weil sie die offen stehende Tür bemerkt hatte, fand Agnes unweit des Eingangs, ihr Körper von dem Schnee, den der Wind ins Haus getragen hatte, bedeckt. An dem Baum hinten im Raum brannte noch eine Kerze, die in dem Moment erlosch, als die Nachbarin ihren Kopf anhob, und den Schnee aus ihrem Gesicht wischte. Agnes war erfroren.

„Wenn der Tabak blüht, blüht die Pfalz."
So heißt es auf der Internetseite des Landesverbandes rheinland-pfälzischer Tabakpflanzer e.V., Erzeugergemeinschaft „Südwest-Tabak" w.V. Der

Tabakanbau hat in der Pfalz eine lange Tradition. Wahrscheinlich waren es Hugenotten, die bei ihrer Flucht um 1570 aus Frankreich die Kenntnisse des Tabakanbaus und das dazu nötige Saatgut mit in die Pfalz brachten. Vermutlich wurde im Jahr 1573 in dem Ort Hatzenbühl der erste Tabak angebaut. Forciert wurde der Anbau Ende des 16. Jahrhunderts in der Kurpfalz, dabei war man so erfolgreich, dass sich die Pfalz zum Hauptanbaugebiet für Tabak in Deutschland entwickelte. Um 1880 wurden in der Pfalz etwa 20.000 ha Tabakanbaufläche von mehr als 200.000 Pflanzern bewirtschaftet. Sowohl Klima als auch Boden bieten in der Pfalz ideale Bedingungen für den Tabakanbau und lassen einen leichten und milden, aber dennoch aromatischen Tabak gedeihen.

Christmas Shooting Gabriele Scholtz

Ich liebe Weihnachten und den Advent. Die gemütlichen Abende bei Kerzenschein und Tee, auch mal einem Glas Rotwein, Tannenduft, selbst gebackene Plätzchen, stimmungsvolle Musik. Über den Weihnachtsmarkt bummeln, Geschenke für meine Lieben aussuchen, die Wohnung schmücken, die Krippe aufbauen – all das liebe ich. Dann Weihnachten selbst: die Kinder – was heißt Kinder, sie sind 23 und 25 und im Begriff, eigene Familien zu gründen. Trotzdem, wenn sie alle um den festlich gedeckten Tisch sitzen, den Duft der Gans, die im Backofen brutzelt, in der Nase – schöner kann es nicht sein. Es ist jedes Jahr das Gleiche, zugegeben, aber immer wieder wunderbar. Jedenfalls bisher. Dieses Jahr ist es anders. Aber lassen Sie mich von vorne erzählen.

Der Samstag vor dem ersten Advent.

Wir sitzen beim Frühstück, Eberhard und ich, als er verkündet: „Ich habe jetzt ein neues Hobby."

„Ein neues Hobby? Reicht dir das Fotografieren nicht mehr?"

Eberhard macht Bilder, solange ich zurückdenken kann. Er ist zwar „nur" Hobbyfotograf, aber ein sehr talentierter. Überall hängen seine Werke: Porträts unserer Kinder, eins von mir, Landschaftsaufnahmen, herrliche Blumen, Makrofotografien, einfach alles. Ich bin stolz auf ihn. Und irgendwann wird die Galerie erweitert um Schnappschüsse von unseren Enkeln. Vielleicht. Es kommt darauf an …

„Doch, ich fotografiere weiter, aber eben anders."

„Aha?"

„Halbakt, Akt und Boudoir", erklärt er.

185

„Budu- was?"

„Das sind erotische Aufnahmen, die zum Beispiel Bräute für ihren Zukünftigen machen lassen, als Geschenk zur Hochzeit."

„Aber, wir sind doch schon verheiratet."

Eberhard sieht mich verwundert an.

„Ich rede doch nicht von uns. Ich meine Models."

„Models?"

„Ja, da gibt es so eine Kartei, aus der kann man sich die Frauen aussuchen, die einem gefallen und dann mieten."

„Aha."

„Ja, und von denen will ich hocherotische Aufnahmen machen, in Dessous und so weiter, auch Halbakt und Akt. Dafür gibt es Workshops. Außerdem kann ich die Wohnung von Jochen bekommen, du weißt doch, der ist zu seiner Freundin gezogen, will die Wohnung aber noch behalten, weil – man weiß ja nie. Und die steht leer. Er hat gesagt, ich kann mit meinen Models da rein. Dort sind wir ungestört und es kostet auch nichts, nicht wie ein Studio mieten. Ist doch toll, was?"

Er hat sich richtig in Begeisterung geredet und rote Wangen bekommen. Bei mir ist nicht viel angekommen, nur eins habe ich mir gemerkt.

„Du willst also mit nackten Frauen in eine leere Wohnung gehen?"

„Nicht mit nackten Frauen – mit Aktmodels!"

Der Unterschied erschließt sich mir nicht auf Anhieb. Umso deutlicher höre ich eine Stimme in meinem Innern protestieren: ‚Nein!'

„Es tut mir leid, Eberhard. Aber, dass du Frauen nackt, halbnackt, in Dessous und Reizwäsche fotografierst – das ertrage ich nicht. Dafür hast du die falsche Frau geheiratet."

Er sieht aus wie ein Junge, dem man sein Spielzeug weggenommen hat. „Nur weil du denkst, dass ich pornografische Fotos machen will!", schmollt er. „Dabei hat das überhaupt nichts mit Anmache zu tun. Mir geht es ausschließlich um Ästhetik, also Kunst. Ich betrachte den Körper wie eine Landschaft. Ja, so könnte man es nennen: Körperlandschaften will ich fotografieren."

„Du willst doch nicht im Ernst behaupten, dass diese jungen, hübschen Frauen dich nicht reizen, ich meine, als Mann. Nicht umsonst nennt man es ‚Reizwäsche', was sie tragen!"

„Tun sie nicht. Ehrlich. Kunst will ich machen, wie gesagt Körper …"

„Ja, ich weiß. Dann nimm doch ein männliches Model."

Eberhard sieht mich an, als käme ich vom Mars.

„Männer? Aber die reizen mich nicht!"

Wir befinden uns tatsächlich auf verschiedenen Planeten.

Nach diesem Gespräch, das mich aufgewühlt und meine Adventsstimmung fürs Erste zerstört hat, unterhalte ich mich ausführlich mit meinen Freundinnen. Sie empfinden genauso wie ich. „Geht gar nicht!", sagt Vera, meine beste Freundin. „Genau!", bekräftige ich.

Am Sonntag, dem ersten Advent, herrscht bei uns eine nicht sehr vorweihnachtliche, eher unterkühlte Stimmung. Eberhard streicht beleidigt durch die Wohnung, wie ein Kater ohne Schwanz.

„Eberhard, ich will nicht, dass du uns die Erotik wegnimmst. Geh nicht zu den Models, lass uns miteinander Spaß haben!", flehe ich ihn an.

„Quatsch! Ich nehme uns doch nichts weg!", setzt er an. Dann gleitet plötzlich ein Lächeln über sein Gesicht. Endlich versteht er mein Problem.

„Na gut, wenn es dir so viel bedeutet. Bald ist Weihnachten. Ich mache keine Aktfotos und solche Sachen – das ist mein Geschenk an dich!"

Wärme durchströmt mich. Ich bin erleichtert, glücklich, danke ihm dafür, dass er meine Grenze akzeptiert. Ich liebe ihn und er liebt mich! Weihnachten kann kommen.

Der Samstag vor dem zweiten Advent.

Ich bin durch die Woche geschwebt. Eberhard ist bei einem seiner Workshops, ich nutze die Zeit für einen Bummel über den Nikolausmarkt. Das Nostalgiekarussell dreht sich, ein Chor singt weihnachtliche Weisen. Überall sehe ich lächelnde Menschen, die im Sonnenschein gemächlich von Stand zu Stand über den Rathausplatz schlendern. ‚Das ist typisch für die Landauer‘, denke ich, keine Hektik, lieber in Ruhe genießen. Für die Freundin meines Sohnes kaufe ich ein Paar Lammfellhausschuhe, für meine Tochter den bunten gewebten Schal, den sie neulich so bewundert hat. Das Objektiv, das Eberhard sich wünscht, liegt schon verpackt im Kleiderschrank. Ich mag es nicht, in der letzten Minute auf die Jagd nach Geschenken zu gehen. Aber das Wichtigste fehlt noch. Allerdings bekomme ich es nicht auf dem Weihnachtsmarkt. Also kehre ich dem bunten Treiben den Rücken und begebe mich zu ‚Hunkemöller‘ in der Gerberstraße, dem Geschäft mit den verführerischen Dessous. Kurze Zeit später verlasse ich den Laden mit einer Tüte, deren Inhalt Eberhards Blut in Wallung bringen wird.

Zu Hause entferne ich die Etiketten und lasse den transparenten seidigen Stoff durch meine Hände gleiten. Meine Finger streichen über die Spitze, die meine Reize verhüllen und dadurch betonen wird.

188

Eberhard kehrt am Abend gut gelaunt von seinem Work-shop zurück. „Es hat Spaß gemacht!", erklärt er. „Ich muss nur noch die Bilder am PC bearbeiten – dann zeige ich sie dir morgen." ‚Und ich zeige dir morgen auch was Schönes‘, denke ich.

Der zweite Adventssonntag beginnt vielversprechend. Nach dem Ausschlafen und einem ausgedehnten Frühstück bum-meln wir durch die Altstadt. Dann gönnen wir uns noch einen Kaffee und eine Waffel an einem der weihnachtlich dekorierten Stände auf dem Nikolausmarkt, bevor wir nach Hause zurückschlendern.

„Wie wärs, wenn du dich ein bisschen ausruhst?", schlage ich Eberhard vor. „Entspanne dich einfach."

Ein wenig erstaunt zwar, aber nicht unwillig, lässt sich Eberhard darauf ein. Die Überraschung trage ich bereits unter meinem Rock und dem Pulli. Während Eberhard mir vom Bett aus zusieht, lege ich einen Striptease hin – vom Feinsten. Und wirklich – er verfehlt seine Wirkung nicht.

„Ich habe Hunger!", stöhnt Eberhard wollüstig.

„Oh, ich auch!", stöhne ich zurück, von meiner Darbie-tung selbst mächtig in Fahrt geraten.

„Dann lass uns mal sehen, was der Kühlschrank so bie-tet!" Fröhlich springt Eberhard auf und läuft in die Küche.

Ich ziehe mir langsam Rock und Pullover über und fühle mich wie etwas, das die Katze angeschleppt hat.

Eberhard bemerkt meine Traurigkeit nicht. Als er den kal-ten Braten in sich hineinschaufelt und genüsslich auf beiden Backen kaut, strahlt er mich an.

„Ich liebe dich. Du bist die beste Köchin der Welt!" Dabei tritt das Leuchten in seine Augen, das ich vorhin vermisst habe.

„Jetzt zeige ich dir die Fotos, die ich gestern geschossen habe!", kündigt Eberhard nach dem Essen freudestrahlend an. Während ich auf dem Sofa vor dem Fernseher warte, schiebt er die Speicherkarte in den Schlitz.

‚Schlimmer kann der Tag nicht mehr werden', glaube ich, werde jedoch gleich eines Besseren belehrt.

„Das ist Tina, unser Model", erklärt Eberhard mit warmer Stimme.

Dachte ich mir. Ein Mädchen, etwa im Alter unserer Tochter, mit langem dunklem Haar füllt den Bildschirm. Sie trägt einen BH mit Leopardenmuster und eine dazu passende hauteng Hose.

„Schön", sage ich ohne Begeisterung.

Dann folgt ein Foto auf das andere: Tina rekelt sich im Bett im weißen Spitzenbody. Tina im durchsichtigen BH und Tanga. Tina mit Schlafzimmerblick, die Zunge zwischen den Lippen. Tina im Negligé. Tina mit Strapsen, rittlings auf einem Stuhl, dem Betrachter ihr pralles Hinterteil hinstreckend. Tina oben ohne. Tina ganz nackt. Tina silbern angemalt.

„Ist das nicht toll? Ist das nicht geil?", schwärmt Eberhard ein ums andere Mal. „Was sagst du?" Ich sage nichts. Ich bin in Schockstarre verfallen. Das fällt ihm nach einer Weile auf. Er sieht meinen Blick und fängt an zu erklären.

„Sie hat immer was an."

Ich schweige.

„Und oben ohne gibt es sogar am Strand."

Ich sage nichts.

„Auf den letzten Fotos, den silbernen, sieht man ja auch nichts…"

„Ich weiß, da trägt sie Farbe", murmele ich leise.

„Bist du etwa sauer?"

190

„Du hast mir ein Geschenk gemacht. Erinnerst du dich? Du hast versprochen …"

„Ach das – ja, natürlich erinnere ich mich. Da ist mir ein Missgeschick passiert. Ich habe die Ausschreibung nicht genau gelesen, dachte, es sei ein Porträtworkshop …"

„Klar, Akt, Dessous, Porträt, klingt alles gleich, kann man schon mal verwechseln", entgegne ich spitz. „Und wenn das Model dann die Hüllen fallen lässt, kommt man auch nicht gleich darauf, dass das kein Porträt wird …"

„Mach doch nicht so ein Theater. Was habe ich denn Schlimmes getan?"

In dem Moment fällt mir nichts ein. Später umso mehr.

„Du hast dein Versprechen gebrochen, wie soll ich dir vertrauen? Zeig mir, dass es dir leid tut! Lösch die Bilder. Dann kann ich dir verzeihen!"

Entsetzt starrt er mich an.

„Bist du verrückt? Die sind schön. Die will ich behalten!"

„Wozu?"

„Als Andenken."

Die ganze Woche über versuche ich, mich zu beruhigen. Eberhard wird sich künftig an sein Versprechen halten. Gleichzeitig gebe ich mir Mühe, die Bilder aus meinem Gedächtnis zu verbannen. Mit mäßigem Erfolg.

Umso willkommener ist mir der Besuch unseres alten Freundes. Hannes arbeitet bei der Mordkommission. Eberhard und ich kennen ihn schon ewig. Er kommt am Sonntag zum Adventskaffee und bringt mich hoffentlich auf andere Gedanken.

Der Tisch ist gedeckt, das Kaffeewasser läuft durch den Filter, als es an der Tür klingelt. Das muss Hannes sein. Ich eile in Eberhards Zimmer, um ihm Bescheid zu sagen, denn er überhört immer die Klingel. Ich hätte anklopfen sollen. Eberhard hat seine Wände neu dekoriert, hat die Fotos von mir und den Kindern durch aktuelle Aufnahmen ersetzt – von Tina.

„Oh Gott, warum das?", hauche ich.

Dann steigt heiße Wut in mir hoch.

„Das sind also deine Kunstwerke, die Körperlandschaften – das Po-Delta kann ich ja noch erkennen!", fauche ich.

„Warum hast du die an die Wand gehängt?"

Eberhard sieht mich herausfordernd an.

„Sie erinnern mich daran, welche Bilder ich in Zukunft nicht mehr machen darf."

Hannes bleibt auch noch zum Abendessen. Wir trinken Wein, viel Wein. Hannes, weil er das immer tut, ich, um Wut und Schmerz abzutöten. Dabei lauschen wir seinen Erzählungen aus dem kriminellen Milieu.

„Ihr glaubt nicht, wie einfach es ist, jemanden aus dem Weg zu räumen", berichtet er. „Piet Klein zum Beispiel, aus einem der Häuser am Großmarkt, erledigt das für einen Tausender. Es ist frustrierend – jeder weiß Bescheid, aber er lässt sich nicht erwischen, der Fuchs."

Natürlich dürfte Hannes keine Namen und Adressen preisgeben, doch nach einer Flasche Wein hat er seine Schweigepflicht offenbar vergessen.

‚1000 € – das wäre das Objektiv für Eberhard und etwas vom Haushaltsgeld obendrauf …', kommt mir in den Sinn.

Der Samstag vor dem vierten Advent.

Mir ist ein wenig bange. Ob wieder eine Überraschung auf mich wartet?

Eifrig bringe ich die Wohnung auf Hochglanz für die

Weihnachtsfeiertage, will die Hausarbeit bis dahin erledigt haben. Wäsche stapelt sich auf Sesseln und Stühlen, nur auf dem Sofa ist noch Platz. Deshalb sitzen Eberhard und ich dort, ein wenig beengt, und lesen die Post. Wie immer besteht sie überwiegend aus Rechnungen, ein paar Weihnachtsgrüße sind zum Glück auch dabei. Schließlich öffnet Eberhard einen weißen Umschlag, zieht eine Karte hervor, mein Blick fällt darauf. „Christmas Shooting" prangt in dicken roten Lettern über dem Foto einer mir inzwischen wohlbekannten Frau, die nichts trägt als schwarze Lackstiefel und eine Nikolausmütze. Darunter der Text: „Bunny Tina lädt ein zum Christmas Shooting am Montag, den 23.12. Sie erfreut uns mit frechen Posen…"

Weiter komme ich nicht, denn Eberhard hat die Karte zugeklappt.

„Bunnys an Weihnachten?", frage ich spöttisch.

„Bunnys gibt es das ganze Jahr über", klärt Eberhard mich auf.

„Stimmt, jetzt fällts mir wieder ein – in diesem Magazin mit den künstlerischen Fotos … wie heißt es noch gleich? Ach ja: ‚Playboy'!"

„Dann werfe ich die Einladung mal in den Papiermüll." Etwas am Klang seiner Stimme löst einen Alarm in mir aus.

Das war vorgestern. Seitdem bewegen sich meine Gedanken im Kreis: Was, wenn Eberhard heimlich zum Christmas Shooting geht? Was, wenn er sich nur noch für junge Models interessiert? Was, wenn es ihm nicht reicht, sie zu fotografieren …?

Eberhards Ankündigung, er wolle am Tag des Workshops einen Freund besuchen, macht mich mehr als misstrauisch. Er fährt ganz sicher nicht zu seinem Freund. Bestimmt geht

193

er zum Shooting und danach vielleicht mit Tina … Oder rede ich mir das ein?

Ich muss Gewissheit haben. Wie von selbst tragen mich meine Beine zum Großmarkt. Und ich habe Glück, Piet ist zu Hause. Wir einigen uns schnell. Ja, er übernimmt auch Detektivarbeit. Für 300 € folgt er Eberhard heute auf Schritt und Tritt. Sollte mein Gatte zum Workshop gegangen sein, kommt es morgen zum Showdown – mit anschließender Versöhnung, wenn er Reue zeigt. Falls Piet ihn jedoch mit seinem Model in flagranti erwischt …

Jetzt warte ich auf seine Nachricht. Der Workshop ist vorbei. Gleich werde ich wissen, was der Heilige Abend bringt: einen Neubeginn oder …

Da klingelt mein Smartphone. Piet hat mir ein Foto geschickt. Im Hintergrund ist unser Auto zu erkennen. Auf der verschneiten Wiese im Vordergrund liegen zwei reglose Körper, ein Mann und eine Frau, beide nackt. Um ihre Köpfe ein roter Kreis. Schneeweiß, blutrot – ein starker Kontrast. Ein richtiges Kunstwerk, diese Körperlandschaft!

Späte Bescherung Walter Landin

Die Weihnachtsstimmung war futsch. Schlagartig.

„Todeszeitpunkt?", fragte Dr. Gertrud Wanger zurück. „Schwer zu sagen, Ludwig."

Die Rechtsmedizinerin vom Klinikum Ludwigshafen zupfte an ihren Einweghandschuhen herum.

Vor nicht einmal einer halben Stunde hatte Ludwig Bolling noch am Schreibtisch in seinem Büro gesessen. Kommissariat 11. Tötungsdelikte, erpresserischer Menschenraub, Geiselnahme, Raub, räuberische Erpressung. Zentrale Kriminalinspektion im Polizeipräsidium Rheinpfalz. Wittelsbacher Straße. Ludwigshafen. Bolling schaute auf seine Armbanduhr, zum wiederholten Mal. Immer noch fünf vor zwei. Um 14 Uhr Dienstschluss heute. Heiligabend. Endlich! Zwei Wochen Urlaub. Der 24. Dezember. Für Bolling ein ganz besonderes Weihnachtsfest. Sein letztes Weihnachten im aktiven Dienst. In einem Vierteljahr, Ende März, würde er seinen Ruhestand antreten. Aber daran verschwendete Bolling jetzt keinen Gedanken. Er hatte anderes im Sinn. In nicht einmal einer Stunde würde er seine Tochter an sich drücken, die er mehr als ein halbes Jahr nicht gesehen hatte. Er würde dem zukünftigen Schwiegersohn die Hand schütteln. Und er würde sein Enkelkind zum ersten Mal in den Arm nehmen können, Doreen, drei Monate alt, geboren in Wexford, Irland, wo seine Tochter mit ihrem Freund, einem Iren, lebte. Bollings Frau war heute Morgen allein nach Frankfurt an den Flughafen gefahren, wo kurz nach elf die Lufthansa-Maschine aus Dublin mit einstündiger Verspätung gelandet war, an Bord seine Tochter Eva mit Mann und Kind. Eva war Ärztin

195

am Wexford General Hospital, hatte dort ihren Freund kennengelernt, einen freischaffenden Radiomoderator. Bolling war nicht sonderlich begeistert. Freischaffend und noch dazu beim Radio, konnte man damit eine Familie ernähren?

„Alles gut. Alle wohlauf. Doreen ist ja sooo süß."

Das hatte ihm seine Frau per SMS um halb eins mitgeteilt.

Beim Frühstück war die Stimmung deutlich angespannter gewesen. Seine Frau hatte ihm vorgeworfen, nicht einmal an Heiligabend Zeit für seine Tochter zu haben.

„Du hättest dir freinehmen können. Ach, was sag ich! Müssen! Freinehmen müssen. Jeder anständige Vater hätte das gemacht."

„Ich habe alles versucht, Simone", beschwichtigte er seine Frau. „Aber Dellinger hat sich überraschend krankgemeldet. Seine Frau ist im Krankenhaus. Akute Blinddarmentzündung. Drei kleine Kinder, das weißt du doch."

Seine Frau zog ihre Hand weg.

„Und dein Enkelkind? Zählt das gar nichts? Nur von Fotos kennst du es!"

Vier vor zwei. Jetzt nahm Bolling den Aktenstapel von der rechten Seite seines Schreibtischs und legte ihn auf der linken Seite ab. Vorher hatte er dafür gesorgt, dass die Akten sauber gestapelt aufeinanderlagen. Einige Tage nach der Geburt hatte er mit seiner Tochter telefoniert. „Wenn du bald im Ruhestand bist, würden wir uns freuen, wenn ihr uns bei der Erziehung von Doreen unterstützen könntet."

Bolling hatte dazu geschwiegen, in Gedanken erschien ihm die Vorstellung fremd und absurd. Seinen Ruhestand stellte er sich anders vor. Wenn er überhaupt eine Vorstellung hatte.

Das Telefon klingelte. Bolling nahm ab.

„Danke", sagte er. „Ja, Ihnen und Ihrer Familie auch."

Er legte wieder auf und war überrascht. Es war das erste Mal, dass seine Chefin, Kriminaloberrätin Nagel, Leiterin der Zentralen Kriminalinspektion, ihm frohe Weihnachten gewünscht hatte. Es geschehen noch Zeichen und Wunder, dachte er. Oder wollte sie nur kontrollieren, ob er noch da war? Aber so schätzte Bolling seine Vorgesetzte eigentlich nicht ein. Zwei vor zwei. Er freute sich jedes Jahr auf Weihnachten. Aber dieses Jahr freute er sich besonders. Er freute sich auf Eva, seine Tochter, er freute sich auf Doreen, sein Enkelkind. Er hatte heute Morgen nach der Dienstbesprechung im Spielzeugladen im Rathauscenter einen Teddybär für Doreen gekauft. Steiff-Knopf im Ohr. So einen, wie er selbst einen besessen und den er über alles geliebt hatte.

„Spielzeug schenken?", hatte seine Frau vor zwei Wochen bei einem Glas Rotwein gefragt. „Ludwig, das Kind ist drei Monate alt. Was soll es mit Spielzeug anfangen?"

Für einen Teddybär war ein Kind nie zu jung, fand Ludwig Bolling, Kriminalhauptkommissar, ab erstem April im Ruhestand. Nein, das würde kein Aprilscherz sein.

Bolling stand auf, schob seinen Schreibtischstuhl an den Schreibtisch und griff nach seiner Jacke, die an der Tür hing. Da klingelte wieder das Telefon. Bolling zögerte für einige Sekunden. Dachte an den Teddy, an die kleine Doreen, an das gemeinsame Weihnachtsfest mit seiner Tochter, dachte an die Bescherung. Sollte er wirklich den Anruf noch annehmen? Bolling griff, den linken Arm schon in seiner Jacke, endlich nach dem Hörer.

„Ja, ja, ich komme, in zehn Minuten, höchstens in einer

Viertelstunde. Wo genau, sagen Sie? Willersinnweiher, Nord-
ufer, da wo der Weiher einen Knick macht."

Also doch. Bolling kannte den Willersinnweiher. Als seine
Tochter klein war, waren sie oft am Wochenende in dem Naherholungsgebiet unterwegs. Und er kannte auch den Knick,
von dem der Kollege der Einsatzzentrale gesprochen hatte.
Bäume, Sträucher, das Seeufer zugewachsen. Ein romanti-
sches Stück Natur.

Die Kollegen der Kriminaltechnik waren längst da, als
Bolling endlich am Fundort der Leiche auftauchte. Zweimal
hatte er sich verfranzt, weil er sich auf sein Handy und nicht
auf die Straße konzentriert hatte. Eine weitere SMS seiner
Frau. „Wir sind zu Hause. Wann kommst du endlich? Hier
warten alle auf dich!"

Dr. Gertrud Wanger war schon mitten bei der Arbeit, als
Bolling dazustieß. Vom Streifenbeamten, der als Erster am
Willersinnweiher gewesen war, ein ganz junger Polizist, den
Bolling noch nicht kannte, erfuhr er, dass ein Jogger, beziehungsweise sein Hund, ein Australian Shepard, die Leiche
entdeckt hatte. Bolling wollte sich zunächst den Fundort der
Leiche ansehen, aber der Polizist flüsterte ihm ins Ohr, dass
der Zeuge dauernd frage, wann er endlich nach Hause könne. Der Mann saß vor dem Krankenwagen, hatte eine Decke
über die Schultern gelegt und ein Notarzt war gerade dabei,
ihm den Blutdruck zu messen. Ihm zu Füßen lag der Hund.

„Sie können sich gar nicht vorstellen, wie mich das mit-
nimmt", sagte der Mann, braun gebrannt, schwarze gegelte
Haare, ohne auch nur ein einziges graues Härchen, hauteng
Leggings, Waschbrettbauch.

Bolling, der den Jogger auf weit über fünfzig schätzte,
vielleicht sogar in seinem Alter, war neidisch, weil der Mann

einen austrainierten Eindruck machte, und konnte den Zeugen von Anfang an nicht ausstehen. Lag es am Tonfall, bei dem eine Spur Sensationslust mitschwang? Oder nervte es Bolling, dass der Mann ein schlechter Schauspieler war? Er sonnte sich im Glanz der Aufmerksamkeit, die ihm zuteil-wurde. Bolling hatte keine Lust, sich darüber Gedanken zu machen. Er stellte die Fragen, die er stellen musste, ging auf die Kommentare des Joggers, wie „das hat mich Ihr Kollege auch schon gefragt", nicht ein und fragte den Mann am Schluss, ob er die Leiche kenne.

„Sie machen wohl Witze", sagte der Jogger und seine Stimme drückte Empörung aus. „Haben Sie sich die Leiche überhaupt schon angeschaut? Da erkennen Sie nicht mal, ob es sich um Männlein oder Weiblein handelt."

Bolling drehte sich wortlos um und ging auf das Ufer zu.

„Kann ich jetzt endlich gehen?", rief der Jogger hinter ihm her. „Heute ist der 24. Dezember. Haben Sie das vergessen?"

Bolling hob den rechten Arm und winkte mit der Hand hin und her.

„Was hat das denn jetzt zu bedeuten?", sagte der Jogger und es klang so, als wüsste er nicht, was er jetzt tun sollte.

Bolling musste auf allen Vieren durchs Unterholz kriechen, um einen Blick auf die Leiche werfen zu können. Sofort kapierte er die Worte des Joggers. Das Gesicht, das vor ihm seltsam verdreht lag, war ein blutiger Klumpen. Mann oder Frau, in der Tat, das war nicht zu erkennen. Er kroch zurück, lehnte sich an eine Weide und atmete tief durch.

„Starker Tobak", sagte Gertrud Wanger, „und das ausgerechnet am Heiligabend. Heiligabend mit einer Leiche."

Bolling nickte. Er kannte die Rechtsmedizinerin seit einer

Ewigkeit, eigentlich, so lange er denken konnte. Sie waren zusammen eingeschult worden, hatten zusammen in der gleichen Klasse das Abitur gemacht, hatten viele Jahre zusammengearbeitet und würden beide am gleichen Tag, am 31. März, ihren letzten Arbeitstag haben.

„Es kommt noch schlimmer", sagte Gertrud Wanger. „Alle Zähne wurden herausgebrochen, die zehn Finger sind abgehackt, wahrscheinlich mit einem scharfen Beil."

Bolling schaute sie an.

„Der Täter", sagte Bolling, „wollte verhindern, dass wir das Opfer identifizieren können."

„Richtig", sagte die Ärztin. „Und dabei war er gründlich."

Bolling nickte langsam.

„Aber über die DNA ..."

„Klar, Ludwig, das funktioniert. Bring mir die DNA einer Vergleichsperson und ich sage dir, ob es eine Übereinstimmung gibt."

Bolling kratzte sich am Hinterkopf. Die haarlose Stelle hatte sich vergrößert.

„Eines kann ich dir sagen, es handelt sich um eine nackte Frauenleiche. Wahrscheinlich keine alte Frau, zwischen dreißig und Mitte vierzig, vermute ich."

„Kannst du was über den Todeszeitpunkt sagen?", fragte Bolling.

„Todeszeitpunkt? Schwer zu sagen, Ludwig."

Sie zupfte an ihren Einweghandschuhen herum.

„Die Totenstarre ist vollkommen gelöst, das dauert in der Regel zwei bis drei Tage. Die Haut am rechten Unterbauch ist gelbgrün verfärbt, der Bauch scheint aufgebläht, die Weichteile sind wahrscheinlich schon aufgedunsen. Die Fäulnis ist also in vollem Gange. Ob die Verwesung schon eingesetzt hat, kann ich erst nach der Obduktion sagen. Da tagsüber im Moment so um die acht Grad sind, nachts entsprechend kühler, können sich die Bakterien kaum vermehren und die chemischen Reaktionen laufen nur träge ab. Ein bis zwei Wochen dürfte sie schon hier liegen, würde ich sagen. Länger eher nicht. Aber alles im Moment noch ohne Gewähr."

Bolling dachte nach. Zwischen dem 10. und dem 17. Dezember also. Er erinnerte sich an keine Vermisstenmeldung, weder im Dezember noch im November. Aber das musste nichts bedeuten. Die Frau konnte an irgendeinem anderen Ort als vermisst gemeldet worden sein. Er würde im Computer nachforschen. Vielleicht hatte er Glück.

„Ludwig, das wird schwer, die Identität der Frau herauszufinden", sagte Gertrud Wanger, deren Spezialität es war, unerwartet das Thema zu wechseln. „Und, wie feierst du Weihnachten?"

„Meine Tochter ist aus Irland gekommen mit Freund und Enkelkind. Sie sind schon längst da und alle sauer, weil ich nicht beikomme. Und du?"

Bolling wusste, dass vor drei Jahren Burkhard gestorben war, Gertruds Mann, ebenfalls Arzt, Lungenkrebs, starker Raucher. Die Ehe war kinderlos gewesen und Gertrud hatte unter dem Verlust gelitten, sich in letzter Zeit jedoch gefangen. Zumindest empfand das Bolling so.

„Ich werde eine Kerze anzünden und ein gutes Glas Rotwein trinken."

„Wenn die Leiche nach Mainz ins Rechtsmedizinische Institut geht, dann ...", fing Bolling an, brach aber ab.

Gertrud Wanger lachte.

„Dann", vollendete sie den Satz, „wird es dauern, bis du Ergebnisse bekommst, gerade jetzt über die Weihnachtstage. Weißt du was, Ludwig? Ich werfe meine Weihnachtsplanung für dich über den Haufen. Keine Kerze, keinen Rotwein.

Heiligabend mit einer Leiche am Obduktionstisch im Klinikum. Das hat doch was. Ich rufe dich an, wenn ich Ergebnisse habe. Aber mach dir nicht zu viel Hoffnung."

„Danke, Gertrud. Ich weiß nicht, wie lange ich noch im Büro bin. Irgendwie komme ich mir vor wie auf glühenden Kohlen. Aber du kannst mich ruhig auch auf meinem Handy oder zu Hause anrufen."

Der Jogger mit seinem Hund war verschwunden. Bolling war schon auf dem Weg zu seinem Auto, als der Streifenpolizist hinter ihm hergelaufen kam.

„Da sind noch drei Mädchen, die eine Aussage machen wollen."

Muss das auch noch sein, dachte Bolling und stellte sich vor, wie seine Frau gerade den Weihnachtsbaum schmückte.

„Was habt ihr gesehen?", fragte er die Mädchen, die fünfzehn Jahre oder sechzehn Jahre alt waren und die sich als Larissa, Jennifer und Victoria vorgestellt hatten. Er zog seinen Notizblock aus der Tasche und notierte sich die Namen.

„Ein Mann hat da vorne mit seinem Auto gehalten", sagte Larissa und deutete in Richtung des rot-weißen Absperrbandes.

„Fabrikat?"

„Ein heller BMW."

„Stimmt nicht", widersprach Jennifer, „ein silberner Audi."

„Und was meinst du?", sagte Bolling und schaute auf seinem Notizblock nach. „Victoria?"

„Autos interessieren mich nicht."

„Also, noch einmal. Was habt ihr gesehen?", wiederholte Bolling seine Frage und ließ das Problem mit der Automarke erst einmal außer Acht.

„Einen Koffer hat der Mann aus dem Auto geholt", sagte Larissa.

„Nein, eine große Sporttasche", sagte Jennifer.

„Victoria?"

„Hab das nicht so genau gesehen."

„Und weiter?"

„Mit der Tasche ist er zum Ufer gegangen", sagte Jennifer. „Und nach fünf Minuten wieder zurückgekommen."

„Mit dem Koffer", bekräftigte Larissa.

„Was hat er am Ufer gemacht?"

„Das konnten wir nicht sehen", sagte Larissa. „War ja schon dunkel."

„Wann war das?"

„In den Herbstferien."

Bolling steckte seinen Notizblock wieder ein. Herbstferien! Also Anfang Oktober.

„Danke, dass ihr uns geholfen habt", sagte er zu den Mädchen. „Ihr könnt jetzt gehen."

Bolling ärgerte sich über die Zeit, die er mit der Befragung der Mädchen verplempert hatte. Die Zeiger der Uhr bewegten sich unerbittlich vorwärts. 16 Uhr war inzwischen längst vorbei.

Bolling schaute auf die Uhr. Zehn nach fünf. Draußen war es schon lange dunkel. Auf dem Weg vom Weiher zu seinem Auto, hatte er probiert, zu Hause anzurufen. Es hatte fünfmal durchgeklingelt, dann war der Anrufbeantworter angesprungen. Er hatte aufgelegt, ohne eine Nachricht zu hinterlassen. Zurück im Präsidium hatte er versucht, eine Spur zu der Frauenleiche vom Willersinnweiher zu finden. Auch über die zentrale Vermisstenstelle des BKA gab es keinen Treffer. Genervt hatte er nach zwanzig Minuten aufgegeben.

Um Viertel vor fünf ging eine weitere SMS von seiner Frau ein. „Wir fangen jetzt mit dem Essen an. Können nicht länger warten."

Bolling wählte erneut seine Festnetznummer. Erfolglos. Dann wenigstens eine SMS.

„Frauenleiche am Willersinnweiher. Wird später. Lasst mir was vom Essen übrig. Gruß an alle! Ludwig."

Das Weihnachtsessen, ein Ritual. Seit Eva in den Kindergarten gekommen war. Käsewürstchen, Béchamelkartoffeln, grüner Salat. Essensbeginn um halb fünf, dann um halb sechs die Bescherung. Jahr für Jahr das gleiche Ritual. Bolling dachte mit Wehmut an die Würstchen und die Kartoffeln. Für ihn waren sie der Inbegriff des Heiligabends.

Zufällig hatte kurz nach fünf ein junger Kollege, Norman Kaminski, seinen Kopf zur Tür hereingesteckt und Bolling „Frohe Weihnachten" gewünscht. Kaminski, der als Computerkoryphäe galt, bot seine Hilfe an. Es dauerte keine fünf Minuten, bis auch er den Kopf schüttelte. Bolling fingerte nach seinem Handy, um einen weiteren Anrufversuch zu starten, als eine SMS seiner Tochter eintrudelte.

„Papa, wir können mit der Bescherung nicht länger warten. Die Kleine ist todmüde."

Bolling schaute auf die Uhr, fünf vor halb sechs. Heute ging aber auch alles schief. Das Telefon auf seinem Schreibtisch klingelte. Er schaute auf das Display. Auch diese Nummer kannte er.

„Fast zwei Wochen, würde ich sagen. Genauer gehts auf die Schnelle nicht", meldete sich Dr. Gertrud Wanger ohne Einleitung oder Begrüßung ihres Gesprächspartners. Bevor Bolling etwas entgegnen konnte, redete die Rechtsmedizinerin weiter.

„Das Opfer wurde zuerst massiv geschlagen. Hämatome am ganzen Körper. Todesursache: Strangulation, wahrscheinlich mit einem Ledergürtel. Die Verstümmelungen, also das zerschlagene Gesicht, die abgetrennten Finger, die herausgebrochenen Zähne, das wurde dem Opfer nachträglich zugefügt. Jetzt das Beste, Ludwig. Wir haben riesengroßes Glück gehabt! Der Mörder hat doch einen Fehler gemacht."

Dr. Wanger machte eine Pause. Bolling hielt den Atem an.

„Unser Opfer hat etwas in sich getragen."

„Gertrud!"

„Damit dürfte es möglich sein, eine Identifikation vorzunehmen."

„Jetzt spann mich nicht unnötig auf die Folter", sagte Bolling.

„Unsere Leiche hat eine Brustoperation hinter sich. Brustvergrößerung. Ganz schön happige Silikonpolster, kann ich dir sagen."

Riesengroßes Glück? Brust-OP? Silikonpolster? Happig? Bolling verstand den Zusammenhang nicht.

„Jedes Brustimplantat hat eine Seriennummer. Falls eine Rückrufaktion nötig wäre. Haftung bei Schadensfällen. Mehr muss ich da nicht sagen. Über die Seriennummer des Implantats dürfte es für euch jedenfalls ein Kinderspiel sein, die Identität der Toten zu klären."

Bei Bolling machte es klick.

„Vorzügliche Arbeit, Gertrud", sagte er. „Jetzt hast du dir den Rotwein wahrlich verdient. Schöne Weihnachten wünsche ich dir."

Aber Bolling war sich nicht sicher, ob die Rechtsmedizinerin seine letzten Worte noch gehört hatte.

„Sieht sie nicht spitze aus?", fragte Kaminski den Kommissar und deutete auf das Foto auf dem Bildschirm. Bolling sah eine Wasserstoffblondine mit pinkfarben angemalten Lippen, pinkfarbenen Bäckchen, aufgeklebten Wimpern und der glatten straffen Haut, die ihn sofort an Botox denken ließ.

„Spitze? Kaminski!", sagte er. „Die sieht doch eher wie eine Barbiepuppe aus."

„Bingo", hatte Kaminski vor wenigen Minuten gerufen und die Arme nach oben gerissen. Bolling kam sich vor wie auf dem Betzenberg, nachdem die Heimmannschaft, der FCK, in der dritten Minute der Nachspielzeit noch den Siegtreffer zum Aufstieg in die Bundesliga geschossen hatte.

„Aber das ging ja richtig flott mit der Identifizierung, alle Achtung!"

„Glück", sagte Kaminski, „in erster Linie Glück. In Deutschland werden alle medizinischen Eingriffe elektronisch erfasst und an die Krankenkassen übermittelt. Heiligabend. Aussichtslos, da jemanden zu erreichen. Also habe ich nacheinander alle Kliniken in Ludwigshafen und Mannheim angerufen. Überall Fehlanzeige. Bei der Heidelberger Unifrauenklinik dann Volltreffer. Die führen seit 2004 ein Implantatsregister. Und die Seriennummer unseres Opfers war in ihrem Register. Dass die Frau hier in der Umgebung den Eingriff hat durchführen lassen, war zu erwarten. Aber Glück war trotzdem mit im Spiel."

„In der Tat, Kaminski. Und die Frau hätte sich ja auch in die Hände eines der unzähligen Schönheitschirurgen begeben können", murmelte Bolling. „Aber an Heiligabend dürfen selbst wir mal Glück haben."

„Jasmine Herzog, Model, Mann, die kenne ich ja sogar", sagte Kaminski und seine Stimme überschlug sich. „Die war mal Playmate im Playboy."

Der Playboy stand nicht auf Bollings Lektüreliste und er kannte auch kein Model mit diesem Namen. Dass Kaminski den Playboy las, kam ihm sonderbar vor.

„Wohnhaft im Albert-Haueisen-Ring, tolle Gegend, mitten im Grünen, Naherholungsgebiet Roßlache", schwärmte Kaminski.

Den Albert-Haueisen-Ring, den kannte Bolling, dort hatte er sich vorhin verfahren.

„Ja, wunderschöne Gegend. Ganz in der Nähe, am Willersinnweiher, haben wir auch ihre verstümmelte Leiche gefunden."

„Lebt dort mit ihrem Lebensgefährten, Alexander Eichler, einem Investmentbanker", ignorierte Kaminski Bollings Hinweis.

„Auf gehts", sagte Bolling und wunderte sich selbst über die Begeisterung, die er in seine letzten Worte gelegt hatte. „Auf in den Albert-Haueisen-Ring!"

Ein Blick auf die Uhr. Kurz vor sieben. Seit einer Dreiviertelstunde saß Bolling neben Kaminski in seinem Dienstwagen und wartete und dachte an die kleine Doreen, die Tochter seiner Tochter, die er bisher nur von Fotos kannte. Von Kaminski hatte er erfahren, dass sich dessen Freundin von ihm getrennt hatte, vor drei Wochen erst. Genau am zweiten Advent hatte er herausgefunden, dass seine Freundin seit mehr als einem halben Jahr ein Verhältnis mit ihrem Chef hatte.

„Was bin ich bloß für ein Trottel gewesen!"

Dass der Chef am Heiligabend seiner Gattin reinen Wein einschenken wollte.

„Niemals macht der das", hatte Kaminski gerufen. „Für den ist das doch nur eine Spielerei."

Bolling hatte weiter erfahren, dass Kaminskis Eltern Weihnachten in ihrem Winterdomizil auf Mallorca feierten, dass er selbst, Kaminski, mit Weihnachten nichts am Hut habe, dieses Jahr zumindest, dass er froh war über die Leiche am Heiligabend.

Als sie im Adolf-Haueisen-Ring angekommen waren, war das Haus, in dem Jasmine Herzog gelebt hatte, dunkel gewesen. Sie hatten bei den Nachbarn zur Linken und zur Rechten geklingelt. Beide hatten ihnen bestätigt, dass sie Jasmine Herzog am Abend des 12. Dezembers zuletzt gesehen hatten.

„Aber das ist nichts Ungewöhnliches. Jasmine ist ein gefragtes Model", sagte die Nachbarin zur Linken, die, wie Bolling fand, auch als Model hätte arbeiten können.

„Fotoshooting in Kapstadt, hat mir Alexander erzählt. Also, Herr Eichler, müssen Sie wissen, ist der Lebensgefährte von Jasmine. Ein sehr netter Mann."

„Hat es Streit gegeben zwischen den beiden um den 12. Dezember herum?", fragte Kaminski.

Die Nachbarin zur Linken schüttelte den Kopf, viel zu schnell, fand Bolling, dann stutzte sie.

„Am Vorabend des Abflugs, also am 11. Dezember, ist es ein wenig lauter geworden. Um ehrlich zu sein, die beiden haben sich schon ziemlich gezofft."

„Wissen Sie worüber?", fragte Kaminski.

Die Nachbarin mit der Modelfigur nickte.

„Jasmine kam abends noch auf einen Sprung bei mir vorbei. Sie weinte. Alexander habe eine SMS auf ihrem Handy gelesen, die Jasmine ihrem Ex geschickt hat. Alexander war krankhaft eifersüchtig. Aber das kommt ja in den besten Beziehungen vor, oder?"

Vom Nachbarn zur Rechten erfuhren sie Ähnliches.

„Eine Klassefrau, die Herzog. Fotoshooting in Südafrika. Herr Eichler hat mir vorige Woche noch eine Postkarte aus

208

Kapstadt von seiner Lebensgefährtin gezeigt. Ich habe mich noch gewundert, was das sollte. Wir sind eigentlich nicht so intim."

„Herr Eichler kommt sicher bald zurück", rief es aus dem Hintergrund. „Bestimmt besucht er seine Eltern. Die leben im Schiller-Wohnstift in Oggersheim. Er besucht sie regelmäßig, natürlich auch am Heiligabend."

„Meine Frau", erklärte der Nachbar zur Rechten und zuckte mit der Schulter. Bolling konnte die Geste nicht deuten.

Zwanzig nach sieben fuhr ein Porsche 911, schwarz, in die Einfahrt vor dem Haus von Herzog und Eichler. Bolling und Kaminski stiegen aus, hielten dem Mann, der, wie sie sich vergewisserten, Alexander Eichler war, ihre Ausweise vor die Nase und fragten, ob sie hereinkommen könnten.

„Es geht um Ihre Lebensgefährtin", begann Kaminski.

„Was ist mit ihr? Ist was passiert?", fragte Eichler. „Gestern Abend habe ich noch mit ihr geskypt. Jasmine geht es prächtig. Und eine Postkarte, vor vier Tagen angekommen, habe ich hier auch noch. Sie sehen, alles in Ordnung."

Bolling wunderte sich, warum Eichler ihnen das alles erzählte.

„Wir haben eine Frauenleiche gefunden", sagte Bolling. „Hier ganz in der Nähe. Am Willersinnweiher, notdürftig verscharrt. Mit verstümmeltem Gesicht und abgehackten Fingern. Sie brauchen hier keine Geschichten zu erzählen."

Bolling war erstaunt über die Schärfe, mit der er die Worte herausgepresst hatte. Eichler lachte und fuhr sich mit der Hand vor dem Gesicht hin und her, als wolle er unliebsame Geister verscheuchen. Bolling spürte jedoch, dass seinem Gegenüber nicht zum Lachen zumute war.

„Jasmine geht es prächtig, ich habe es Ihnen doch gesagt. Ihre Frauenleiche, das kann nicht Jasmine sein."

„Doch!", sagte Kaminski. „Wir haben sie zweifelsfrei identifiziert."

„Dass ich nicht lache!", brachte Eichler heraus und es hörte sich gar nicht mehr überheblich an. „Das ist unmöglich."

„Wieso?", fragte Kaminski.

„Weil sie lebt", antwortete Eichler.

Wie ein trotziger Junge, dachte Bolling.

„Jasmine Herzog ist tot. Wir haben sie zweifelsfrei identifiziert. Anhand der Seriennummer ihrer Brustimplantate."

Später, im Wohnzimmer, es ging auf Mitternacht zu, in der einen Hand ein Glas Spätburgunder aus dem Jesuitenhofgarten in Dirmstein, im anderen Arm seine Tochter, die ihren Kopf an seine Schulter drückte, wunderte sich Bolling ein drittes Mal. Dass Eichler so schnell zusammengebrochen war. Dass er gestanden hatte, Jasmine nach einem Streit um ihren Ex geschlagen und erwürgt zu haben. Dass er sie dann verstümmelt, sie in der nächsten Nacht in der Nähe des Willersinnweihers verscharrt habe. Als das Geständnis unterschrieben war, hatte Kaminski Bolling nach Hause geschickt.

„Ihre Familie wartet. Es ist Heiligabend. Um die weiteren Formalitäten, Staatsanwalt, Richter und so weiter, kümmere ich mich."

Vor wenigen Minuten war Bolling endlich nach Hause gekommen. Simone, seine Frau, hatte ihn missbilligend angesehen. Bolling überlegte noch, was er sagen sollte, aber seine Frau kam ihm zuvor.

„Eine Leiche zum Heiligabend. Bestimmt hast du den Täter schon gefasst."

„Und er hat auch schon gestanden", murmelte Bolling, aber er war nicht sicher, ob die anderen seine Worte verstanden hatten. Aber das war auch egal.

„Endlich", hatte seine Tochter gesagt und den Vater in den Arm genommen. „Wir dachten schon, du kommst gar nicht mehr."

Eva wollte ihn gar nicht mehr loslassen.

„Doreen schläft schon lange."

Seine Tochter hatte vorsichtig die Tür zum Gästezimmer geöffnet und Bolling zu sich gewinkt. Auf Zehenspitzen hatte er in das Zimmer gesehen. Das Licht der Flurlampe war auf ein winziges Gesicht gefallen. Bolling war ein paar Schritte auf das Gesicht zugegangen. Er hatte geglaubt, ein Lächeln zu sehen, als er sich über das Kinderbett gebeugt hatte. Das Kinderbett, das seine Frau unmittelbar nach Doreens Geburt gekauft hatte, für den Fall, dass sie zu Besuch kommen würden.

Sie sieht aus wie ein Engelchen, dachte Bolling, traute sich aber nicht, seinen Gedanken auszusprechen.

„It's snowing on my piano."

Die Töne perlten verhalten im Hintergrund. Bolling schloss die Augen. Wintermusik. Er konnte die CD nicht nur zur Weihnachtszeit hören. Bei manchen Stücken kam es ihm vor, als sei die Stille wichtiger als die Töne, die Bugge Wesseltoft seinem Klavier entlockte. Der Kommissar griff nach seinem Weinglas. Eichler würde sich einen exklusiven Anwalt leisten können, daran zweifelte er keinen Moment. Und der würde die Fakten so lange drehen und wenden, bis es auf Totschlag hinauslaufen würde. Vielleicht noch im Affekt. Mildernde Umstände. Die ganze Palette. Der Banker würde wahrscheinlich mit einer lächerlich geringen Strafe davonkommen. Die aufgewärmten Würstchen und die Béchamelkartoffeln hatte Bolling verschlungen. Köstlich, das traditionelle Heiligabendessen, dachte er. Er sah, dass die Flasche mit dem Kilkenny-Bier ungeöffnet auf dem Wohnzimmertisch stand. Seine Frau hatte extra ein Sixpack gekauft.

„Liam soll sich bei uns ganz zu Hause fühlen", hatte sie gesagt.

„Schmeckt gut, die Wein", sagte Liam. „Auf dich, Schwiegervater."

Bolling fand den Akzent lustig, er musste an Chris Howland denken, der war doch auch so was wie ein Radiomoderator gewesen. Im Sommer, als sie Eva in Wexford besucht hatten, hatte Liam nur englisch mit ihnen geredet.

„Ich lerne Deutsch, damit ich mich mit meiner Tochter in ihrer Muttersprache unterhalten kann."

Bolling nahm einen Schluck von dem Rotwein. Ganz so verkehrt war sein Schwiegersohn in spe doch nicht. Er ließ den Wein lange im Mund, wälzte ihn von der einen auf die andere Seite, sah das zerschlagene Gesicht der toten Frau vor sich, die sie mithilfe ihrer Brustimplantate identifiziert hatten. Und das Bild in seinem Kopf verblasste, wurde überlagert vom Gesicht der kleinen Doreen, die wenige Meter von ihm entfernt friedlich in ihrem Kinderbett schlummerte. Warum sollten seine Frau und er ab April eigentlich nicht mehr Zeit in Irland bei Eva, Doreen und Liam verbringen? So abwegig war die Bitte seiner Tochter doch gar nicht. Ein wenig Unterstützung könnte Eva sicherlich gut gebrauchen. Bolling schluckte den Wein endlich hinunter.

Jetzt ist Weihnachten, dachte er.

Das Weihnachtsgeschenk Petra Scheuermann

Schuld hatte Hannah gefühlt, all die Jahre, auch wenn sie wusste, dass sie nichts dafür konnte. Aber wie alle Kinder, war auch sie davon überzeugt, die Ereignisse mitverschuldet zu haben. Grundlos lastete diese Bürde ein Leben lang auf ihrer Seele, schwer wie ein riesiger Felsbrocken.

Jetzt jedoch hatte sie tatsächlich Schuld auf sich geladen. Große Schuld. Aber – es fühlte sich nicht so an.

Seine Augen. Unablässig sah sie diese Augen vor sich. Und manchmal verschwamm das Bild von seinen aufgerissenen, regungslosen Augen mit der Erinnerung an den stieren Blick der Mutter und an ihr Lächeln, dieses zufriedene Lächeln.

Wie ein Film spulten sich die Geschehnisse der letzten Tage seit dem Weihnachtsfest in Hannahs Kopf ab. Immer und immer wieder.

Hier, in ihrer kleinen Wohnung in Flomersheim, mit Blick auf die schneebedeckten Gemüsefelder, kam ihr das, was sie getan hatte, so unwirklich vor wie ein vergangener Traum, von dem beim Aufwachen nur noch einzelne bizarre Bilder und vage Gefühlsfetzen im Gedächtnis zurückbleiben. Stets war Hannah zaghaft, unsicher gewesen, hatte sich nie etwas zugetraut. Meist stand sie außerhalb des Lebens, gehörte nicht dazu. Noch nie in ihrem Leben hatte sie etwas Unrechtes getan. Niemals. Und jetzt das. Dieser … dieser Mord. Ja, es war Mord. Sie ist eine Mörderin.

Wie jedes Jahr hatte die ganze Familie das Weihnachtsfest am 24. Dezember 2013 in Tante Klaras Haus gefeiert. Klara, die jüngste Schwester von Hannahs Mutter, war noch recht rüstig für ihre siebenundachtzig Jahre. Ausgerichtet wurde das Fest allerdings – wie auch in den letzten Jahren – von Klaras Tochter, die mit im Haus lebte.

Hannah hasste die Weihnachtszeit. Auch nach so vielen Jahren waren die dunklen Schatten der Vergangenheit an diesen Tagen besonders bedrohlich.

Mit ihren gichtgekrümmten Fingern überreichte Tante Klara ein kleines, fast quadratisches Päckchen an Hannah. Als sie das weihnachtliche Papier entfernt hatte, blickte sie auf ein Buch mit einem marineblauen, abgegriffenen Stoffeinband. Ein Tagebuch. Ein altes Tagebuch. Vorsichtig blätterte sie einzelne Seiten um. Die Schrift war in Sütterlin. Als Kind hatte Hannah diese Schrift in der Schule gelernt. Fragend sah sie ihre Tante an.

Klara murmelte: „Du sollst es wissen. Ich konnte das Tagebuch nicht vernichten, obwohl ich es deiner Mutter damals versprochen hatte."

Hannah konnte nicht verstehen, warum Tante Klara ihr das Tagebuch der Mutter erst jetzt gegeben hatte. Warum nicht schon vor dreißig oder vierzig Jahren?

Erst spät am Abend, als sie allein in ihrer Wohnung saß, in der es nichts gab, was an Weihnachten erinnern konnte – keinen Tannenbaum, keinen Adventskranz, noch nicht einmal eine Weihnachtskerze –, begann sie die alte Schrift zu entziffern. Sie war verwundert, wie mühelos ihr das gelang. Ihre Hände zitterten, während sie las:

„Dass mit dem Kind etwas nicht stimmte, habe ich gleich nach der Geburt bemerkt. Es war dieser mitleidige Blick der Hebamme, als sie mir Rudi reichte. „Mit dem werden Sie nicht viel Freude haben", sagte sie später. „Der Bub leidet an Mongolismus. Er ist schwachsinnig und wird es ein Leben lang bleiben. Am besten geben Sie ihn gleich in eine

Anstalt." Ich behielt Rudi. Natürlich behielt ich ihn. Rudi war ein gutes Kind. Immer lieb, immer folgsam, nie hatte er ein böses oder falsches Wort auf seinen Lippen. Er war so herzlich. Meine Liebe zu diesem Jungen wuchs mit jedem Tag. Rudi bedeutete mir alles. Er war mein Leben."

Ein richtiges Tagebuch war es eigentlich nicht, vielmehr waren es Aufzeichnungen, mit denen die Mutter zwei Monate vor ihrem Tod begonnen hatte.

Hannah hatte einen Bruder gehabt. Rudi. Niemand in ihrer Familie hatte ihn jemals erwähnt, oder doch? Tief aus dem Verborgenen tauchte eine Erinnerung auf. Sie war zwölf Jahre alt gewesen, als sie durch Zufall ein Foto fand. Von Tante Klara wollte sie wissen, wer der Junge zwischen ihren Eltern sei, diese antwortete: „Das war Rudi." Und nach kurzer Überlegung fügte sie hinzu: „Ein Nachbarsjunge." Schnell nahm ihre Tante ihr das Foto aus der Hand und sie hatte es niemals wieder gesehen.

Sie überblätterte zahlreiche Seiten und las weiter.

„Es war der 28. März 1940. Wir wohnten seit Kurzem bei den Schwiegereltern in ihrem Häuschen in Studernheim, einem kleinen Vorort von Frankenthal. Ich hatte Waschtag. Rudi spielte mit dem siebenjährigen Nachbarsjungen im Garten. Ich hörte Johannes sagen: ‚Nein, Rudi, das darfst du nicht anfassen! Du bist ein Depp, ein Krüppel, die dürfen das nicht.' ‚Ich auch, kann auch', wehrte sich Rudi.

Im Keller kochte ich die Wäsche im großen Bottich. ‚Feuer, Feuer, Feuer', plötzlich wurde ich von Rudis Schreien aufgeschreckt. Ich rannte nach draußen. Da sah ich Rudi, er trug Johannes auf seinen Armen. ‚Hannes, Hannes Streichhölzer. Rudi nein, Rudi nein.' Brandgeruch lag in der Luft. Johannes und Rudi husteten, ihre Kleidung war angesengt. Die Gartenhütte brannte lichterloh, mit lautem Knistern züngelten die Flammen meterhoch aus dem Dach. Johannes starb einen Tag später an Rauchvergiftung. An diesem Tag holten sie Rudi ab und brachten ihn in die Heilanstalt Klingenmünster.

215

In Studernheim machte das Gerücht schnell die Runde: ‚Der Depp hat den Nachbarsjungen umgebracht.' Inzwischen glaubte das sogar Johannes' Mutter, obwohl sie Rudi kannte. Er hatte große Angst vor Feuer. Noch nie hatte er gezündelt, im Gegensatz zu Johannes. Wenn ich durch die Straßen ging, tuschelten die Nachbarn hinter meinem Rücken: ‚Da ist sie, die Mördermutter.' Es war ein Unglück. Wieso konnte das keiner verstehen?

Am 24. Juni 1940 erreichte mich das Schreiben aus der Reichspflegeanstalt Grafeneck. ‚Zu unserem Bedauern müssen wir Ihnen mitteilen, dass Ihr Sohn, Rudolf Knoll, infolge einer Lungenentzündung am 12. Juni 1940 verstorben ist … Heil Hitler! Dr. Gerwig.'

An diesem Tag verschwand mein Leben hinter einer dicken Nebelschicht. Niemand in unserer Familie erwähnte jemals wieder Rudis Namen. Sobald ich über ihn oder meinen Schmerz sprechen wollte, behandelte man mich, als sei ich selbst schwachsinnig und hätte mir das alles nur eingebildet, mein Kind, die sechzehn Jahre mit Rudi, das Unglück und Rudis Tod."

Hannah konnte das Gelesene nicht fassen. Tränen liefen über ihre Wangen. Was hatte ihre Mutter durchstehen müssen? Sie blätterte in den Aufzeichnungen weiter.

„Dieser Artikel in der Zeitung raubt mir meinen Schlaf. Grafeneck soll eine Tötungsanstalt gewesen sein und Dr. Gerwig einer der Ärzte, die für das Töten mit dem Gas verantwortlich waren. Ihm wurde nach dem Krieg nicht einmal der Prozess gemacht. Auch jetzt scheint sich niemand für seine Taten zu interessieren. Ich hatte es geahnt. Rudi ist nicht an einer Lungenentzündung gestorben. Er war nie ein kränkliches Kind gewesen. Immer gesund war er. Umgebracht haben sie ihn. Ermordet. Vergast. Als ich heute Morgen mit Lothar sprechen wollte, sagte er nur: ‚Martha, lass die alten Geschichten endlich ruhen. Rudi ist schon lange tot. Es ist vorbei.' Aber dies ist eine Vergangenheit, die

216

nie vergeht. Nichts ist vorbei. Alles ist wieder da. Der Schmerz. Der Nebel. Warum wurde dieser Mörder nicht bestraft? Warum wird das Ganze totgeschwiegen, auch in unserer Familie?"

Hannahs rechter Daumen schmerzte, wieder hatte sie den Fingernagel so weit heruntergebissen, dass sie Blut schmeckte. Schon als Kind hatte sie das getan und auch jetzt im Alter schaffte sie es nicht, damit aufzuhören. Im Gegenteil, dachte sie, dumme Angewohnheiten nehmen im Alter noch zu.

Den letzten Eintrag im Tagebuch ihrer Mutter hatte sie an den Weihnachtsfeiertagen wieder und wieder gelesen.

„Ich müsste mich mehr um Hannah kümmern. Doch ich kann nicht mehr. Ich habe keine Kraft. Der Schmerz schneidet so stark in mein Herz. Ich halte das nicht mehr aus. Die Tage sind grau, alle Tage. Das Leben ist schwer, viel zu schwer. Wie soll ich die langen Tage überstehen? Wie die endlosen Nächte? Ich bin so müde. Ich bin des Lebens müde. Rudi ruft mich. Ich höre ihn deutlich. Ich muss zu ihm."

Zwei Wochen später hatte ihre Mutter Selbstmord begangen. Hannah sah sie wieder vor sich, wie sie dalag, als würde sie schlafen.

Das Klingeln des Telefons riss Hannah aus ihren Gedanken. Ihre Tochter kündigte ihren Besuch für Silvester an. Hannah hatte vor, ihr dann das Tagebuch vorzulesen.

Abermals fragte sie sich, wieso Klara die vielen Jahre über geschwiegen hatte. Warum hatte sie ihr die Aufzeichnungen erst so spät gegeben? Hannah fühlte sich betrogen. Erst jetzt konnte sie ihre Mutter verstehen, ihr endlich verzeihen. Und zum ersten Mal spürte sie keine Schuld mehr. Sie fühlte sich befreit. Ihr ganzes Leben lang hatte Hannah dieses Bild verfolgt: Sie, als kleines achtjähriges Mädchen, am Bett der toten Mutter.

Es war am Morgen des 24. Dezember 1951 gewesen. Hannah war sehr früh aufgewacht. Sie freute sich auf das Weihnachtsfest und darauf, endlich den Tannenbaum mit den selbst gebastelten Sternen und den selbst gebackenen Plätzchen zu schmücken. So aufgeregt war sie gewesen, sie wusste nicht, wie sie den Tag bis zum Abend, bis zur Verteilung der Geschenke, überstehen sollte.

Hannah war ins Schlafzimmer der Mutter gestürzt und rief: „Mama, Mama, steh endlich auf!"

Sie hatte sofort begriffen, dass etwas Schlimmes passiert war. Dennoch rüttelte sie wieder und wieder an der kalten Mutter. Sie sah aus, als würde sie schlafen, ihre Lippen umspielte ein zufriedenes Lächeln, das Hannah noch nie zuvor an ihr gesehen hatte.

Nach dem Tod der Mutter begann der Vater zu trinken. Zwei Jahre später kam er bei einem Unfall mit seiner Isetta ums Leben.

Hannah wollte noch mehr über die Vergangenheit wissen. Jetzt bereute sie es, dass sie weder Computer noch Smartphone besaß. Nach den Weihnachtsfeiertagen setzte sie sich morgens in ihr Auto und fuhr nach Frankenthal. Unweit des Bahnhofs betrat sie ein Internetcafé. Ein netter junger Mann wies ihr einen Computer zu und gab ihr Tipps für die Recherche. Sie hätte nicht gedacht, dass dies so einfach wäre. Als Erstes gab sie ‚Grafeneck' ein.

„Schloss Grafeneck in der Schwäbischen Alb wurde der erste Ort systematisch-industrieller Ermordung von Menschen im Nationalsozialismus. Hier nahm die Aktion T4 ihren Ausgangspunkt."

Energisch tippte sie ‚Aktion T4' in das Suchfeld.

„Die ‚Aktion T4' war der Tarnname für das Euthanasie-Programm des Naziregimes, benannt nach dem Sitz der Organisationszentrale in der Tiergartenstraße 4 in Berlin. Im Rahmen der Vernichtungsaktion wurden circa 70.000 körperlich und geistig behinderte Menschen sowie psychisch Kranke ermordet."

Hannah fasste sogleich den Entschluss: Sie würde nach Grafeneck fahren. Noch heute.

Etwa fünf Stunden später betrat sie das Dokumentationszentrum Grafeneck. Sie ging von Raum zu Raum und las die Stelltafeln. Die eigentliche Vernichtungsanstalt lag 300 Meter vom Schloss entfernt. Auf einem Bild sah sie das massive Gebäude, das aus einem Wartezimmer bestand und aus dem ,Duschraum', in dem die Menschen vergast wurden. Dies war der Ort, an dem Rudi ermordet wurde. Welche Angst musste er ausgestanden haben, so ganz allein? Neben dem Vergasungsraum befand sich ein Arztzimmer, aus dem durch ein Ventil Kohlenoxidgas in den sogenannten Duschraum eingeleitet wurde. Von hier aus hatten Dr. Gerwig und die anderen Ärzte das Geschehen in der Sterbekammer durch ein Glasfenster beobachten können. Das Grauen ließ ihr einen Schauer über den Rücken laufen. Wozu konnten Menschen fähig sein? Wie konnten diese Ärzte damals zu Mördern werden? Zu unbarmherzigen Mördern?

Hannah las, dass Grafeneck im Dezember 1940 aufgelöst worden war. Bis zu diesem Zeitpunkt waren dort insgesamt 10.654 Menschen umgebracht worden. Ein Viertel der Täter von Grafeneck wurde später in den Vernichtungslagern Belzec, Treblinka, Sobibor und Auschwitz-Birkenau eingesetzt. Von den achtzig bis hundert Tätern aus Grafeneck waren nur acht angeklagt worden. Hannah konnte diese Ungeheuerlichkeit nicht glauben. Wieso wurden diese Mörder nie belangt? Sie schlug im Opferbuch nach. Hier war Rudi aufgeführt. Am 12. Juni 1940 war er von Klingenmünster nach Grafeneck deportiert und dort am selben Tag vergast worden.

In dieser Nacht fand Hannah keinen Schlaf. Ob Dr. Gerwig noch lebte? Sie musste wissen, was aus ihm geworden war.

Am nächsten Morgen saß Hannah erneut im Internetcafé. Sie entdeckte mehrere Veröffentlichungen über die Gräueltaten dieses Arztes. In einem Beitrag aus dem ‚Wormser Anzeiger' vom Oktober letzten Jahres war über den 95. Geburtstag des Arztes Dr. Helmuth Gerwig berichtet worden, den er in der Wormser Seniorenresidenz ‚Domblick' feierte. Mit keinem Satz war in dem Artikel erwähnt worden, dass Dr. Gerwig in der Nazizeit an Verbrechen gegen die Menschlichkeit beteiligt gewesen war. Dieser Mörder lebte nur einen Steinwurf von Hannah entfernt! Warum war er niemals angeklagt worden? Wie konnte er als junger Arzt zum Mörder werden? Sie wollte Antworten. Und sie fand, dass sie ein Recht darauf hatte.

Mit festen Schritten überquerte Hannah die Hagenstraße und ging auf die Eingangspforte der Seniorenresidenz zu. Die Tür war geöffnet. In der Mitte des Foyers thronte eine große geschmückte Nordmanntanne. Sie entdeckte den Pförtner und fragte ihn nach Dr. Gerwig. Ohne von seinem Sudoku aufzusehen, nannte er ihr Etage und Zimmernummer. Im dritten Stock angekommen, zögerte sie. Wollte sie diesem Mann wirklich gegenübertreten? Ja, sie musste ihm in die Augen sehen. Zimmer 305. Neben der Tür war ein kleines Schild mit seinem Namen angebracht. Hannah atmete noch einmal tief durch. Ihr Puls raste, als wäre sie um ihr Leben gelaufen. Sie klopfte. Keine Antwort. Vorsichtig drückte sie die Klinke nach unten. Der Gestank von Urin und Krankheit schlug ihr entgegen. Bald würde sie auch so riechen. Sie hasste das Alter. Das Zimmer war mit schweren antiken Möbeln eingerichtet, den Mittelpunkt bildete das große, moderne Pflegebett.

„Was wollen Sie hier?" Sie erschrak. Seine Stimme war laut, herrisch, ans Kommandieren gewohnt, sie klang fest, wie die Stimme eines jungen Mannes, sie passte nicht zu diesem Häufchen Elend. „Wer sind Sie?"

Sie stand neben seinem Bett und sah auf ihn herunter, aber es fühlte sich so an, als würde er auf sie herabblicken.

„Sind Sie stumm? Was wollen Sie?"

„Ich möchte wissen: Wa –, warum?" Ihre Hände zitterten. Ihre Stimme bebte. Sie schwitzte.

„Warum was?", bellte er.

„Warum –, warum haben Sie das getan, – damals? Wie konnten Sie all diese Menschen umbringen, Kinder, Frauen, Männer? Sie waren Arzt. Sie hatten sich verpflichtet, Leben zu retten und nicht, Leben zu töten."

„Ich habe keinen umgebracht. Diesen Menschen wurde der Gnadentod gewährt. Unwertes Leben, Ballastexistenzen, unnütze Esser, Schwachsinnige. Sind Sie von der Presse? Nein, Sie sind zu alt für die Presse."

Auf der Fahrt nach Worms hatte sie sich vorgestellt, wie er ihr antworten würde: „Ja, ich habe Schuld auf mich geladen. Ich war jung, verblendet, ein Nazi. Ich hatte an die wirren Parolen geglaubt. Jede Nacht kommen diese Toten in meine Träume; auch sie wollen eine Antwort, die ich nicht geben kann. Es gibt keine Entschuldigung für das, was ich getan habe."

Dass er nichts bereute, gar nichts, damit hatte sie nicht gerechnet. „Sehen Sie sich doch um", er hatte sich in Rage geredet, „heute gibt es nur noch nutzlose Esser, überall. Und die deutsche Rasse, durchmischt mit fremdem Blut, krank und verweichlicht. Die Dinge von damals werden heute schlechtgeredet. Wir waren doch keine Mörder. Unsere Handlungen dienten dem Schutz der Erbgesundheit des deutschen Volkes."

Die ewig gleichen Naziparolen. Als würde er ihr eine Ohrfeige nach der anderen verpassen. Hannah konnte seine Worte nicht ertragen. Ihr Magen drehte sich. Sie musste gehen. Ihre Beine jedoch bewegten sich nicht, keinen Millimeter. Wie in Zeitlupe zog sie das kleine Kissen, das seinen rechten Arm stützte, hervor.

„Unter den anderen Arm legen", befahl er.

Sie hielt das Kissen in der Hand und er keifte: „Wollen Sie mich mit dem Kissen ersticken? Das schaffen SIE nie", er lachte grell und gemein. Es war, als würde er Hannah, ihre Familie, ihr ganzes Leid verhöhnen: „Diese nutzlosen Esser und Idioten haben kein Recht zu leben. Die deutsche Rasse soll rein und gesund …"

Sie musste das Kissen nicht lange auf sein Gesicht drücken. Es ging blitzschnell. Als sie das Kissen aufs Bett warf, hatten sich seine verkrampften Arme entspannt. Sie sah seine Augen, ungläubig, weit aufgerissen, starr. Fluchtartig rannte sie aus dem Zimmer. Hannahs Herz schlug wild und unregelmäßig, als wolle es sich aus ihrem Brustkorb befreien. Sie blieb einen Augenblick stehen, bevor sie die Tür zum Erdgeschoss öffnete. Der Pförtner. Sie hatte ihn völlig vergessen. Angeregt las er in einer Zeitschrift, bemüht langsam ging sie an ihm vorbei, kurz blickte er auf, sie nickte ihm zu und lächelte.

222

Nachdem sie am frühen Silvesterabend ihre Tochter und ihren Enkel zur Tür gebracht hatte, setzte sich Hannah in den schwarzen Ledersessel. Sie hoffte, dass ihre Tochter ihr verzeihen würde. Es war Unrecht, ein Verbrechen, das niemals hätte passieren dürfen. Nur zu gerne hätte sie die Tat rückgängig gemacht. Jedoch, was geschehen war, war geschehen.

Alles Totgeschwiegene drängt in die Gegenwart, schnellt an die Oberfläche zurück, wie ein Ball, der nur mit Gewalt unter Wasser gedrückt werden kann.

Hannah war ganz ruhig. Sie ging zum Telefon und nahm den Zettel mit der Nummer, die sie gegoogelt hatte. Langsam, ganz langsam, tippte sie die einzelnen Ziffern ein. Die Stimme am anderen Ende der Leitung klang jung und dynamisch: „Kriminaldauerdienst. Sie sprechen mit Maximilian Steinauer."

Mit Mama auf dem Weihnachtsmarkt
Isabella Archan

I.) Vor der Alten Münze

„Junge, du sollst doch nicht mit fremden Frauen sprechen!"

Die Mutter gibt ihm einen leichten Klaps auf den Hinterkopf. Er duckt sich weg und schaut nach unten. Dort ist nur Kopfsteinpflaster und er kann die hübschen bunten Lichter nicht mehr sehen.

„Tut mir leid, Mama!"

Er hebt seinen Kopf wieder und sieht sie mit schuldbewusstem Gesicht an.

Mama ist direkt vor ihm und genau hinter ihrem Kopf steht ein erleuchteter Weihnachtsbaum. Es sieht aus, als würden die Äste aus Mamas Ohren wachsen. Fast lacht er darüber, aber im letzten Moment beherrscht er sich. Trotz der Kälte bilden sich Schweißtropfen auf seiner Stirn.

Mama ist verärgert. Er kennt diesen Gesichtsausdruck. Er hat einen Fehler gemacht und er wird dafür bezahlen müssen. Kein Pudding zum Nachtisch, schaurige Geschichten vor dem Einschlafen, sodass er noch stundenlang wach liegt vor lauter Angst.

Er fühlt sich elend. Damit Mama auf ihn herunterblicken kann, ist er in die Hocke gegangen. Das mag sie. Er ein bisschen auch. So kommt sie ihm groß und gewaltig vor. Sein Rücken schmerzt. Würde er aufstehen, würde er sie um einen Kopf überragen, doch das traut er sich jetzt nicht. Lieber schluckt er den Schmerz hinunter. Wie ein Indianer. Indianerherz, kennt keinen Schmerz. Ob er Mama mit dem alten Spruch zum Schmunzeln bringen könnte, wenn er sich trauen würde, ihn auszusprechen? Pst! Lieber nicht.

224

Mamas Blick wechselt von Ärger zu Traurigkeit.

Arme Mama. Was ist er nur für ein ungeratener Sohn! Nur Sorgen hat man mit ihm.

Gott sei Dank gibt es die Liste mit Wiedergutmachungsmöglichkeiten. Ihr beim Geschirrspülen helfen, ihren Rücken kraulen, in der Nacht in ihr Bett schlüpfen, sie inniglich drücken und in ihren Armen einschlafen. Mama ist eine wunderbare Frau und oft übermannt ihn seine Dankbarkeit ihr gegenüber so sehr, dass er an den unmöglichsten Plätzen weinen muss. Aber manchmal reitet ihn eben auch der Teufel.

‚Dich reitet der Teufel‘, genau so sagt Mama es dann immer.

Genau wie heute.

Er hat sich so gefreut, mit Mama auf den Weihnachtsmarkt zu dürfen.

Sie gehen ohnehin selten aus, denn für Mama ist es sehr anstrengend, auf ihn aufzupassen, sie muss ihre Augen überall haben und überall lauert Gefahr. Was einem Jungen alles in dieser bösen Welt passieren kann, das hat er schon früh erfahren, als sein Papa fortging, wegen einer bösen Frau, und ihn und Mama alleingelassen hat. Der Teufel hatte damals auch seinen Papa geritten, so war das gewesen. Er selbst hatte Mama geschworen, nie, niemals, von ihr wegzugehen. Seit diesem schwarzen Tag hat er sein Versprechen gehalten, obwohl das Erbe seines Papas manchmal über ihn kommt. Wie eben.

Ohne Nachzudenken ist er zu der netten blonden Dame am Glühweinstand hingegangen und hat ihr zugelächelt.

Ein Impuls, stärker als alle Vorsicht.

Er hat sie angelächelt und ihr gesagt, dass er sie hübsch findet. Es ist aus seinem Mund herausgerutscht, einfach so.

Die Dame hat zurückgelächelt und sich bedankt. Zuerst findet er die Begebenheit gar nicht so schlimm. Erst, als Mama ihn in eine Nische zwischen zwei Buden zieht und ihm den Klaps auf den Hinterkopf verpasst, weiß er, dass er einen Riesenfehler begangen hat. Jetzt ist es zu spät.

„Bitte, Mama, es tut mir echt leid!"

Schon spürt er, wie Tränen in seinen Augen brennen. Er will nicht heulen wie ein Baby. Was, wenn die hübsche Dame um die Ecke kommen würde?

In diesem Augenblick höchster Not blitzt eine Eingebung in ihm auf, wie er die Situation retten kann.

„Mama, du hast doch versprochen, dass wir zugucken, wie das Jesuskind gemacht wird!"

Es platzt aus ihm heraus. Er sieht sie auffordernd an. In Wahrheit hat er bis jetzt selbst nicht daran gedacht, denn eigentlich macht sich Mama nichts aus Religion. Doch Weihnachten mag sie. Die Musik in den Kaufhäusern, die vielen Kekse und überall Krippen mit dem Jesuskind.

So hat er früher auch mal ausgesehen. So klein und unschuldig. Da hatte es Mama noch leicht mit ihm.

Vor einer Woche hat Mama selbst das Thema angeschnitten und gemeint, sie würde gerne mit ihm auf den Weihnachtsmarkt vor der Alten Münze gehen. Im Rathaus gibt es im Innenhof zusätzlich an den Adventswochenenden Handwerkerzelte. Da könnten sie beide den Kunsthandwerkern zusehen, wie sie eine Krippe bauen. Mit Glück kämen sie genau richtig, um zu beobachten, wie aus einem Klumpen Holz das Jesuskind herausgeschnitzt wird. Was für ein Abenteuer.

Sie hat ihm Zuckerwatte, gebratene Mandeln und einen besonderen Tag versprochen. Er dankt dem lieben Gott für diesen Erinnerungsblitz.

Mama ist irritiert.

Sie will doch immer die beste Mama der Welt sein. In ihrem Gesicht spielt sich ein kleiner Kampf ab, zwischen der eben erlittenen Demütigung durch ihren Sohn und ihrem Versprechen. Er spürt, dass er gewonnen hat, dass er diesmal davonkommen wird. Und nie mehr wird ihn ein Teufel reiten. Er greift nach ihrer Hand. Lächelt sie vorsichtig an.

„Lass uns zu den Handwerkern gehen, Mama."

Zu seiner unendlichen Erleichterung nickt sie.

Er stützt sich mit der Schulter am Holz der Bude ab und steht auf. Es zieht in seinem Rücken, sein linker Fuß ist eingeschlafen.

Trotzdem ist alles gut.

Mama drückt fest seine Finger. Ihre Stimme klingt versöhnlich, etwas belehrend.

„Hast du gewusst, dass das Besondere in Speyer ist, dass der Weihnachtsmarkt nach den beiden Weihnachtsfeiertagen als Neujahrsmarkt bis in die ersten Tage des neuen Jahres weitergeführt wird? Wenn du also brav bist, kommen wir dann noch mal her."

Oh nein, das hat er nicht gewusst. Obwohl sie es so nah bis zum Platz vor der Alten Münze haben, kann er sich nicht erinnern, jemals auch nach dem Weihnachtsfest mit Mama auf dem Weihnachtsmarkt gewesen zu sein.

Und, oh ja, und wie er brav sein wird!

Beim Weggehen wirft er aber doch noch einen Blick auf die blonde Dame. Die trinkt ihren Glühwein und lacht. Sie hat sich einen goldenen Stern ins Haar gesteckt. Wie ein echter Engel. Wenn er sich was wünschen könnte, dann…

Pst!

Mamas können manchmal Gedanken lesen.

Er seufzt versteckt in seinen Mantelärmel hinein.

II.) Kekse und Kakao

Später.

Nach dem Weihnachtsmarkt.

Zu Hause in der Kutschergasse.

Er ist auf seinem Zimmer und hört sie schon die ganze Zeit in der Küche rumoren und vor sich hin trällern. Er weiß, das hat mit der schönen kleinen Krippe zu tun, die sie sich gekauft hat. Mit einem nagelneuen Jesuskind im Stroh. Jetzt kann Weihnachten kommen, hat sie gesagt. Jetzt ist alles gut.

Nicht nur das.

Mama war nach dem Besuch des Weihnachtsmarktes und einem Glas heißen Punsch so aufgedreht, dass sie ihm sogar erlaubt hat, einen kleinen fertigen Weihnachtsbaum mit weißen Kugeln und roten Schleifen mitzunehmen. Auf seiner Spitze steckt ein goldener Stern.

Er ist in glücklicher Erwartung. Mama backt Kekse. Die mit der roten Marmelade, die er so mag. Mama ruft ihn. Er stürzt die Treppe hinunter und da steht sie mit ihrer weißen Schürze, wie das Christkind selbst. Sie lächelt und zwinkert ihm mit einem Auge zu.

Sie singt ,Es ist ein Ros' entsprungen' und drückt ihm das Tablett mit Kakao und Keksen in seine Hände.

Das Tablett ist schwer und dann passiert das Unglück. Als er Mama ins Wohnzimmer folgt, stolpert er über die Kante des Teppichs. Der Kakao ergießt sich über seine Hausschuhe, den Teppich und den Boden. Ein Kakaosee entsteht. In hohem Bogen fliegen die Kekse davon, es sieht aus wie bei einem Keksfeuerwerk. Er lässt auch das Tablett los, es schlägt auf dem Boden auf und klappert gegen den Couchtisch.

Mamas Wangen werden rot.

Er geht auf alle Viere, will retten, was nicht mehr zu retten ist. Seine Knie patschen in den Kakaosee. Das klingt trotz allem lustig.

Obwohl er weiß, dass es unpassend ist, muss er heftig kichern. Vielleicht, weil bald Weihnachten ist, muss Mama selber grinsen. Ihr Klaps auf seinen Hinterkopf fällt sanft und weich aus.

„Dreißig Jahr' alt und immer noch doofer als Stroh!"

III.) Wie schnell sich ein Weihnachtswunsch erfüllen kann

Eine Woche später ist er doch wieder ein böser Junge.

Ihn reitet der Teufel.

Mama und er sind auf dem Weihnachtsmarkt, der jetzt ein Neujahrsmarkt ist. Mama hat einen Nachbarn getroffen. Sie redet und redet und er muss schon länger dringend auf Toilette.

Er zupft sie am Ärmel und flüstert in ihr Ohr.

„Na, dann geh' doch!", sagt Mama. Vor dem Nachbarn will sie sich locker geben.

Er geht los, folgt den Hinweisschildern bis zu den WCs, die in einer hinteren Ecke vom Markt aufgebaut sind. Er denkt nichts Böses, als SIE auftaucht. Die blonde Dame, die ihm seit seinem ersten Besuch vor dem Fest nicht mehr aus dem Kopf gegangen ist.

Das ist sie doch, oder?

Sie hat zwar keinen Stern mehr in ihrem blonden Haar, aber den Mantel erkennt er wieder. Er kann es kaum fassen, dass sein Weihnachtswunsch in Erfüllung gegangen ist. Natürlich kann SIE sich nicht mehr an ihn erinnern, aber das macht nichts. SIE schwebt an ihm vorbei und geht in die Damentoilette.

SIE lächelt. Gilt das ihm?

Er dreht sich einmal im Kreis. Wie es der Zufall oder vielleicht doch der Teufel will, ist sonst keiner da. Alle anderen treiben sich vorne am Neujahrsmarkt herum. Obwohl er weiß, dass er da nicht hineindarf – Mama hat es ihm immer und immer wieder verboten –, geht er der blonden Dame hinterher.

Niemand außer ihr und ihm sind drinnen im Waschraum. Es ist eng.

Jeden Moment kann jemand dazukommen.

SIE dreht sich um und das kleine Lächeln auf ihrem Gesicht gefriert, als SIE ihn sieht. Ihre Augenbrauen ziehen sich zusammen und er ahnt, dass SIE ihn gleich hinauswerfen wird. Am Ende ruft SIE noch und alle hören es. Dabei will er doch nur …

Pst!

Leise!

Einen Kuss will er, nur einen.

Das hat er sich vor dem kleinen Baum mit den weißen Kugeln und den roten Schleifen gewünscht. Und der goldene Stern hat ihn hierher geführt.

Er ist mit zwei Schritten bei ihr und legt ihr die Hände um den Hals. SIE darf auf keinen Fall schreien und Mama alarmieren. Er presst seine Lippen auf die ihren und drückt zu. Drückt zu, so fest er kann. Seine Lippen brennen, ihm wird ganz heiß. Die Füße der Dame zappeln unter ihm, dann wird ihr Körper ganz weich und schlaff. Er lässt erschrocken los, SIE fällt aus seinem Griff wie eine leblose Puppe. Ihr Körper schlägt auf den weißen Boden auf. Fast so, als hätte er ein Tablett mit Kakao und Keksen fallen gelassen. Nur, dass nichts durch die Luft fliegt.

Jetzt steigt Panik in ihm hoch. Wenn Mama das erfährt! Er

fährt sich schuldbewusst über den Mund und weiß, dass es der Teufel gewesen sein muss, der die hübsche Dame hierher gelockt hat. Schnell verlässt er die Damentoilette und rennt zurück. Er presst seine Beine beim Laufen zusammen, seine Blase ist immer noch voll und meldet sich wieder. Doch das kann und muss er aushalten.

Da ist auch schon Mama und sein Herz beginnt unkontrolliert zu schlagen. Er rennt ihr entgegen. Ihr Blick ist prüfend auf ihn gerichtet, sie kann in seine Seele sehen.

„Ist was …?"

Schnell greift er nach ihrer Hand, zieht sie weg von dem Neujahrsmarkt.

„Komm, lass uns im Dom noch eine Kerze anzünden."

Hand in Hand, wie ein Liebespaar, mischen sich die beiden, Mutter und Sohn, in den Strom der Passanten, die sich in den malerischen Gassen von Speyer tummeln.

Kirschbaumopfer Christina Bacher

Alberts Tod hat hier im Dorf richtig Furore gemacht. Er hat ausgerechnet Weihnachten ein Vogelhäuschen am Kirschbaum anbringen wollen und ist dabei von der Leiter gestürzt – Genickbruch! Das Albertche tot! Unfassbar!

Die meisten Einwohner des Dorfes Druidenstein bei Kaiserslautern sterben ja am Kirschbaum, aber so gut wie nie im Winter. Normal sind Todesfälle zwischen Mai und Juli, wenn die Bäume Früchte tragen und die Menschen mit ihren Eimern in der Höhe herumhantieren. Jeder hier weiß, dass mit dem Kirschenpflücken nicht zu spaßen ist, und dass das Ganze tödlich ausgehen kann. Doch im Winter rechnet man damit nicht und wird unvorsichtiger. Mannmannmann, jetzt ist er nicht mehr. Gerade er!

Alberts Beerdigung ist heute, ausgerechnet am Dreikönigstag. Da unser Ort wie eine Lichtung von Wald umgeben ist und man ihn nur über eine kleine Zufahrtsstraße von Westen erreichen kann, verirren sich nur wenige Fremde hier hoch. Mit den „Kerscheknabbern", wie wir genannt werden, ist nicht gut Kirschen essen, heißt es. Seit Dorfgedenken finden die Menschen auf dem Waldfriedhof ihre letzte Ruhe. Beerdigt werden sie gemeinhin im kleinen Kreis. Nicht aber der Albert.

‚Warum', frage ich mich, ‚tauchen ausgerechnet am Tag seiner Beerdigung hier zwei fremde Gesichter auf? Die Zufahrtsstraße ist doch vereist, die Busse fahren nicht – dennoch haben sich die beiden Männer die Mühe gemacht, ihm das letzte Geleit zu geben. Ob das Alberts Verwandte sind?'

Mir tun die Knochen weh: Sein Grab auszuheben, hat mich den ganzen Tag gekostet – wegen der gefrorenen Erde

232

und der Kälte, die in meine rissigen Hände gekrochen ist. Ich bin ja auch nicht mehr der Jüngste, Alberts Jahrgang eben. Und mit seinem Ableben habe ich erst im Sommer gerechnet. Die Leitern präpariere ich immer in den Wintermonaten schon vorsorglich für die Kirschenpflücksaison.

Konnte ich ja nicht ahnen, dass dieser Utschebäbbes sein Vogelhäuschen auch ausgerechnet an seinen dämlichen Sauerkirschbaum hängen will. Hätte ich das geahnt, hätte ich mich doch vorher mit ihm ausgesöhnt. Noch an Heiligabend habe ich daran gedacht, mal rüberzugehen und die alte Sache ad acta zu legen.

Am 24. Dezember jährt sich ja immer unser Streit – ausgerechnet also am Fest der Liebe. Es ging ja damals in 1986 um die Vorzüge und Nachteile von Sauer- und Süßkirschen – keiner von uns beiden Dickköpfen hatte damals klein beigeben wollen. Während Albert auf Teufel komm raus die kleinen, dunklen Sauren verteidigte, sprang ich – später dann auch schon nicht mehr ganz nüchtern – für die dicken, hellen süßen Früchte in die Bresche. Na ja, da gab dann ein Wort das andere und wir trennten uns an dem Abend ohne Versöhnung.

Am Ende haben wir uns nicht mal mehr im Dorf gegrüßt. Und das, obwohl wir uns seit Sternsinger-Zeiten kennen. Was war das immer schön gewesen, wir Kinder sind als Melchior, Balthasar und Caspar durchs Dorf gezogen – ich mit dem Stern über mir, s' Albertche immer mit der Spendenbox. Obwohl der gar nicht auf Drei zählen konnte, hat er das Geld verwaltet.

Der Genauigkeit halber muss gesagt werden, dass er eigentlich gar nicht hier geboren ist. Als kleiner Junge ist Albert mit seiner Mutter zugezogen: Diese – übrigens Friseurin von Beruf – hatte das kleine Häuschen am Berg wohnlich gemacht und mich vor einigen Jahren gebeten, im Garten einen Kirschbaum zu pflanzen. Übrigens sein späterer Todesbaum.

Albert hat meines Wissens das Dorf nur ein einziges Mal verlassen. Das war kurz nach unserem Streit an Weihnachten 1986 gewesen. Jedenfalls hieß es, er fahre wegen Beschwerden in der Schulter zum Röntgen nach Kaiserslautern. Ich erinnere mich noch, wie er an diesem Tag zur Bushaltestelle gestiefelt war, er hatte seine graue Strickjacke an und den „guten Hut" auf dem Kopf, den er sonst nur in der Kirche trug, und natürlich frisch gewienerte Schuhe. Um die Jahreswende haben doch alle Ärzte zu, habe ich damals noch gedacht. Abends war er wieder zurück, von seiner Schulter war nie wieder die Rede. Den Sternsingern gab er in 86 reichlich Taschengeld, sprach sich rum. Hatte er unten in der Stadt eine Bank ausgeraubt?

Und jetzt die Beerdigung, prompt auf den Dreikönigstag. Während also die übernächste Generation Caspar, Melchior und Balthasar gerade im Dorf ihre Runden dreht und die kleine Trauergesellschaft um Alberts offenes Grab steht, mache ich mir plötzlich Sorgen: Die zwei fremden Männer schauen schon die ganze Zeit zu mir rüber und tuscheln. Und jetzt stapfen sie geradewegs auf mich zu.

„Tobias Meyer, Friedhofswärter?", fragt der eine.

„Jo, des bin isch. Höchstpersönlich."

„Wir haben Grund zur Annahme, dass Sie den Tod von Albert Meueler verschuldet haben. Wir müssen Sie vorläufig festnehmen", sagt jetzt der Kleinere der beiden, ein schmächtiger Mann mit Schnäuzer, und hält mir seine Polizeimarke direkt vor die Nase. Die sind offenbar nicht von hier, sie sprechen hochdeutsch.

234

Das versuche ich jetzt auch: „Albert ist eines natürlichen Todes gestorben, am Kirschbaum, wie alle hier."

Der Mann, laut Ausweis Kommissar Werner Loos, grinst triumphierend: „Sie haben den Kirschbaum in den 50er-Jahren gepflanzt. Das können zahlreiche Dorfbewohner noch bezeugen. Außerdem wurden Sie am dritten Advent beobachtet, wie Sie die Leiter des Herrn Meueler angesägt haben. Das ist von langer Hand geplanter Mord. Die Tatwaffe stammt also von Ihnen."

Der Kleine funkelt mich mit dunklen Augen an. „Sie sind festgenommen."

Zu Hause darf ich jetzt noch ein paar persönliche Dinge zusammenpacken.

Die beiden Herren stehen gerade vor der Tür, während ich einen letzten Blick über den Garten schweifen lasse und mir dann das Seil schnappe, das ich mir schon lange zurechtgelegt habe.

Ich habe Albert unterschätzt. Ich dachte, wer sich ausschließlich von dunklen Sauerkirschen ernährt, kann ja nicht der Hellste sein. Dabei hat er mir nach seinem Tod noch ganz schön eins ausgewischt: Kommissar Loos hat mir auf dem Weg vom Friedhof nach Hause erklärt, was es mit meiner Verhaftung auf sich hat: Albert habe 1986 – bei seinem einzigen Stadtausflug, am Tag nach unserem Streit – einen Anwalt aufgesucht. Diesem habe er einen Brief diktiert, in dem stehe, dass die Todesfälle am Kirschbaum kein Zufall seien. Als er nun verstorben war, hat man den Brief seinem Wunsch gemäß geöffnet. Darin stand auch, dass der Friedhofsgärtner, Tobias Meyer, das Ableben eines ganzen Dorfes von langer Hand plane. Dieser – also ich – lebe vom Pflanzen, Beschneiden, Fällen der Bäume und sei schließlich auch dafür zuständig, die Toten unter die Erde zu bringen.

Ein wahnsinnig ausgeklügeltes und erfolgreiches Geschäfts-
modell. Nur er, Albert, ein Zugereister im Dorf, könne das
Augenscheinliche erkennen, für das die Ureinwohner zu be-
triebsblind waren: Dass ein Serienmörder unter ihnen lebte und sie jeden Sommer in der Kirschsaison um die Ecke
brachte.

Alles, was er behauptete, stimmt. Aber den Baum mit den
stärksten Ästen habe ich mir hier selbst herangezüchtet und
an ihm werde ich jetzt meinem Leben ein Ende setzen. Der
Kirschbaumtod ist in Druidenstein nichts, wofür man sich
schämen muss. Auch nicht im Winter. Und schon gar nicht
am Dreikönigstag.

Die Autorinnen und Autoren

Cornelia Anken

*1967, lebt in Frankfurt/Main. Sie hat Germanistik, Ethnologie und Archäologie studiert und arbeitet seit 1996 an der Goethe-Universität. Anken erhielt mehrere Literaturpreise. 2002 bzw. 2010 erschienen ihre Kriminalromane „Narrenspiele" und „Leonora Timms und die verlorenen Kinder". Regelmäßig veröffentlicht Anken Kurzgeschichten und hält Lesungen. Sie ist Mitglied des Syndikats und der Mörderischen Schwestern.

Isabella Archan

*1965 in Graz/Österreich, Beruf: Schauspielerin mit langjährigen Theaterengagements; Zurzeit freischaffend in Köln; sie ist auch als Autorin von Kurzkrimis und Kindergeschichten tätig. www.filmmakers.de

Christina Bacher

*1973, gründete vor einigen Jahren „Bachers Büro" – eine Schmiede für Texte aller Art. Seither arbeitet sie als Chefredakteurin des Kölner Straßenmagazins *Draußenseiter* und berät soziale Vereine in der Öffentlichkeitsarbeit. Seit 2008 schreibt sie Jugendbücher und Kriminalromane und geht damit auf Lesereise. Im Jahr 2013 wurde sie sowohl mit dem Stipendium des Kölner Kulturamts in Zusammenarbeit mit der Antoniterkirche als auch mit dem ‚Tatort Töwerland'-Stipendium ausgezeichnet. Für ihr Interview mit dem Kölner Straßenkind Esat wurde sie 2013 beim International Street Paper Award in der Kategorie ‚Best Interview' nominiert. Zeitgleich wurde der *Draußenseiter* mit dem Journalistenpreis der Arbeiterwohlfahrt Mittelrhein als besondere Redaktion ausgezeichnet. Christina Bacher lebt mit ihrer Familie in Köln.

Ella Daelken

wurde in einem malerischen Kurort am Rande des Teutoburger Waldes geboren, studierte in Osnabrück und Nottingham Geschichte und Germanistik und arbeitet heute als Öffentlichkeitsreferentin. Sie mordet mit großer Freude in verschiedenen Kurzgeschichten, die in verschiedenen Anthologien veröffentlicht wurden. Darüber hinaus hat sie einige Fachpublikationen veröffentlicht. 2014 erscheint ihr erster Kriminalroman, *Nur fünf Tage.*

Monika Deutsch

*1952 im Rheinland; Lehre und Maschinenbautechnikum; bis 2001 Projektleiterin in der KFZ-Produktentwicklung; ab 2001 Studium/Gasthörerin an der Uni in Heidelberg (Geschichte/Archäologie); seit 2013 VHS-Kurs in Germersheim: Die Kunst des Schreibens

Antje Fries

*1966, ist Grund- und Hauptschullehrerin und derzeit Lehrerin der „Schule im Grünen" im Wormser Umwelthaus. Sie lebt mit ihrer Familie in Osthofen. – Ihre Krimis: *Stille Wasser mahlen langsam* (2011, 2. Auflage), *Kaltgestellt oder: Die Rechte des Fälschers* (2006), *Knielings Garten. Oder: Gegen jeden ist ein Kraut gewachsen* (2008), *Kleine Schwestern* (2009), *Nibelungen-Tod* (2010). Daneben hat sie 13 Kurzkrimis geschrieben, die alle in der Anthologie *Kräftig im Abgang* erschienen sind (2014). Antje Fries ist Mitglied in den Krimi-Netzwerken Syndikat, Mörderische Schwestern und Mörderisches Rheinhessen. – Ihr Kinder-Sachbuch (zusammen mit Maike Müller und Carolin Klein) *Kalle im Wingert. Von Ausbrechern, einem Lesekönig und verschwundenen Rebläusen* erschien 2013 in 3. Auflage (alle Bücher im Leinpfad Verlag). www.antjefries.de

Gina Greifenstein

*1962, hat als Kochbuchautorin bereits zwei Bestseller gelandet: *1 Teig – 50 Kuchen* und *1 Teig – 50 Torten* (Gräfe und Unzer). 2014 erschien von der ausgebildeten Hauswirtschafterin *Pfälzer Tapas* (Leinpfad Verlag). Gina Greifenstein ist aber auch Krimi-Autorin – jede Menge Kurzkrimis und inzwischen fünf Romane (darunter die Pfalz-Krimireihe um die Kommissarin Paula Stern) stammen aus ihrer Feder. Die gebürtige Unterfränkin lebt und arbeitet seit nahezu 20 Jahren in der Südpfalz; sie ist Mitglied des Syndikats. www.gina-greifenstein.de

Alexandra Guggenheim

ist promovierte Kunsthistorikerin. Sie war als wissenschaftliche Mitarbeiterin an der Universität Köln tätig und veröffentlichte 2003 ihren ersten Kurzkrimi, dem viele weitere folgten. Ihrer erlernten Profession bleibt sie dennoch treu – mit Geschichten über Bilder, Maler, Niederlagen und Leidenschaften. In ihren historischen Romanen spielen so bedeutende Künstler wie Rembrandt van Rijn und Jan Vermeer eine besondere Rolle. Die Autorin lebt mit ihrer Familie im Hamburger Umland.

Jürgen Heimbach

*1961 in Koblenz. Er studierte Germanistik und Philosophie in Mainz, arbeitete als Regieassistent am Theater Mainz, war Mitbegründer eines Theaters und organisierte Theaterfestivals und Ausstellungen. Er ist als Redakteur bei ZDFkultur und 3sat beschäftigt. Jürgen Heimbach ist Autor zahlreicher Kurzkrimis und Kriminalromane, zuletzt erschien sein Nachkriegs-Kriminalroman „Alte Feinde"(Pendragon Verlag, Bielefeld, 2014).

Jürgen Heimbach ist Mitglied der Autorengemeinschaft „Mörderisches Rheinhessen" und in der Autorengruppe deutschsprachige Kriminalliteratur „Syndikat". www.juergen-heimbach.de

Birgit Jennerjahn-Hakenes

*1968 in Heidelberg, Abitur, Ausbildung zur Kinderkrankenschwester, 15 Jahre Arbeit auf Kinderintensivstationen; nebenberuflich Fernstudium an einer Schreibschule. Zahlreiche Veröffentlichungen in Anthologien, 2011 Erzählband „Kranke Pflege ‚n' leicht" (DerKleineBuchVerlag)

Wolfgang Kemmer

geboren im Hunsrück, studierte Germanistik, Anglistik und Angloamerikanische Geschichte und arbeitete anschließend als Lektor in einer Literatur-Agentur. Heute lebt er als freiberuflicher Autor und Redakteur mit seiner Familie in Augsburg. Er ist Herausgeber mehrerer Krimi-Anthologien und betreut seit Jahren den Kurzkrimi-Podcast für www.jokers.de. Homepage: www.wolfgang-kemmer.de

Susanne Knepper

*1965 in Lünen/NRW. Seit 1994 mit Mann und drei Söhnen wohnhaft in Karlsruhe. Von 2009 - 2012 Fernstudium für Kreatives Schreiben bei der Studiengemeinschaft Darmstadt. 2014 nominiert für den AUTORIKA-Preis Karlsruhe, Veröffentlichung der Kurzgeschichte „Besser spät als nie" in der Anthologie (Der Kleine Buch Verlag).

Walter Landin

*1952, Pfälzer, Dirmsteiner, Mannheimer (seit 1974), Realschullehrer, seit September 2013 im Vorruhestand, Schreiber, Mitglied im Verband Deutscher Schriftsteller, im Syndikat - Autorengruppe deutschsprachige Kriminalliteratur und im Literarischen Verein der Pfalz. www.landin.de

Heidi Moor-Blank

Die Schreiblust war Ventil während des Rückzugs ins reine Mutterleben. Unterstützung und Inspiration gab die Mitgliedschaft bei den „Mörderischen Schwestern". Nach der Rückeroberung des Arbeitsplatzes in einem Softwarehaus bleibt nur noch wenig Freizeit – deshalb reicht es ‚nur' für Krimi-Kurzgeschichten. Schließlich muss noch genügend Zeit sein für die weiteren Hobbys: Theater bei der „Kleinen Bühne Landau" und schwimmen und tauchen, wann immer es geht. www.heidi-moor-blank.de

Claudia Platz

lebt und arbeitet als freie Autorin in Gau-Bischofsheim. Neben Kurzgeschichten und Krimis schreibt sie historische Romane und ist Mitglied in den Autorenvereinigungen: Mörderische Schwestern, Mörderisches Rheinhessen und dem Syndikat. www.claudiaplatz.de

Astrid Plötner

*1967 in Unna. Langjährige Tätigkeit als Kauffrau im Einzelhandel. Seit 2009 zahlreiche Veröffentlichungen in Anthologien. 2012 erscheint ihr Roman „Tod und Täuschung". Mitglied bei den „Mörderischen Schwestern". 2013 und 2014 Nominierung zum Agatha-Christie-Krimipreis. www.astrid-ploetner.de

Kathrin Pohl

*1980, verbrachte als Kind jedes Jahr eine Woche voller Burgen und Abenteuer im Pfälzerwald. Sie lebt mit Mann und zwei Kindern in Würzburg. Dort schreibt sie Kurzgeschichten und arbeitet an ihrem ersten Krimi.

Petra Scheuermann

*1959 in Frankenthal/Pfalz, lebt in Mannheim. Berufe: Autorin, Dipl.-Sozialarbeiterin, Heilpädagogin und Erzieherin. Veröffentlichungen in mehreren Anthologien. Im Herbst 2014 erscheint ihr erster Kriminalroman. 2011 und 2012 ausgezeichnet bei den Literaturpreisen der „Buchmesse im Ried". Mitglied der „Mörderischen Schwestern" und des Literarischen Zentrums Rhein-Neckar e.V. „Die Räuber '77". www.petrascheuermann.de

Gabriele Scholtz

*1955 in Mainz geboren, hat Anglistik, Germanistik und Philosophie

studiert. Sie hat zwei erwachsene Kinder und wohnt mit ihrem Mann in Hofheim, wo sie als Lehrerin arbeitet. Sie ist Mitglied der „Mörderischen Schwestern".

Angelika Schulz-Parthu
*1948, Mitherausgeberin, lebt seit 1950 in Ingelheim, Verlegerin des Leinpfad Verlags, Mitglied der Mörderischen Schwestern und der Bücherfrauen.

Jana Thiem
*1971 in Görlitz, aufgewachsen in der Oberlausitz. Mittlerweile lebt sie mit ihren beiden Kindern in Rheinhessen. 2001 gründete sie die Firma Thiemgeist und arbeitet seitdem als Webdesignerin und Onlineredakteurin. Im Jahr 2013 erfüllte sie sich mit dem Schreiben ihres ersten Kriminalroman einen lang gehegten Traum. *Und wenn das letzte Lichtlein brennt* ist ihr erster Kurzkrimi.

Brigitte Vollenberg
*1953 in Dorsten, Dipl. Betriebswirtin, Mitglied der „Mörderischen Schwestern", mehr als 40 Veröffentlichungen in Anthologien und Literaturzeitschriften. 2013 Nominierung zur vestischen Literatureule Recklinghausen. www.brigittevollenberg.de

Weitere spannende Krimis in der EDITION-TZ.DE:

Gina Greifenstein: **Spectaculum**
ISBN 978-3-945782-48-4

Gina Greifenstein: **Paparazzo**
ISBN 978-3-945782-49-1

Vera Bleibtreu: **Schneezeit**
ISBN 978-3-942291-20-0

Vera Bleibtreu: **Die letzten Tage der Wespen**
ISBN 978-3-942291-91-0

Vera Bleibtreu: **Logbuch des Todes**
ISBN 978-3-945782-20-0

Vera Bleibtreu: **Schöner Sterben**
ISBN 978-3-945782-55-2

Vera Bleibtreu: **Das Erbe der Toten**
ISBN 978-3-96031-028-0

Susanna Kallenberg: **Der Hochzeitskelch**
ISBN 978-3-96031-014-3

Jutta Siorpaes | Jörg Schmitt-Kilian: **Verblendet**
ISBN 978-3-960310-16-7

Jörg Schmitt-Kilian: **Entführt**
ISBN 978-3-96031-020-4

Eva Krüger: **Adornos Gleichnis**
ISBN: 978-3-96031-025-9

Besuchen Sie uns!

EDITION-TZ.DE